叛逆せよ！英雄、転じて邪神騎士2

杉原智則

イラスト：魔太郎

序章

ギュネイが〈竜戦士《りゅう》〉と呼ばれる以前のこと。つまりはまだ、地上に二つとない魔法《まほう》の鎧《よろい》ガイフレイムを手中にしていないときのことだ。

エリシスも〈聖女〉とは呼ばれていなかった。王女の身分でありながら故国エレィノアを単身飛び出した彼女《かのじょ》は、少年アレフを幽閉《ゆうへい》の身分から救出したのち、山賊《さんぞく》にも等しい傭兵《ようへい》団の一員だったギュネイを強引《ごういん》に仲間入りさせた。またその直後、〈聖堂騎士《きし》〉を自称《じしょう》する——このときの実態は〈盗賊騎士《とうぞくきし》〉がせいぜいだったが——ジューザにも声をかけて仲間にしている。

「わたしには神のお導きがあります。あなたたちと出会うことができたのもそのため。そう、わたしには、あらかじめこの未来が予見できていたのです。よって、このお導きに沿って進んでいきさえすれば、必ずや神のご加護のもとにランドールを討伐《とうばつ》することができます」

エリシスのその主張を、ギュネイは頭から信じていたわけではない。自分をはじめとする仲間に出会えたのも「神の預言に従ったおかげ」とはいうが、単に思《おも》い込《こ》みが強いだけの娘《むすめ》ではないか、という考えが捨てきれずにいたし、彼女《かのじょ》が本当にエレィノアの王女なのかどうかも、正直、半信半疑だった。

ともあれ、このときのギュネイには、友人を救うために仲間の存在が不可欠だったから、エリシスの論にあえて異を唱えはしなかった。

ジューザを味方に加えた直後、ギュネイは友人の捕《と》らえられた場所へ急いで、そこではじめて大きな戦いを経験した。結局のところ友人を救うことはできなかったのだが、

（これで終わりじゃない。終わらせてたまるもんか。ランドールの奴《やつ》らをひとりでも多く葬《ほうむ》っておまえの霊《れい》に手向《たむ》けてやるからな）

ギュネイはそんな決意を胸に抱《いだ》いた。

旅をつづけること数か月。

いくつかの戦いがあった。ランドールに侵略《しんりゃく》を受けているさなかのザッハは危険に満ちていた。ランドール軍の威力《いりょく》偵察《ていさつ》隊に襲《おそ》われることもあれば、ギュネイが所属していたような自国の傭兵《ようへい》団に追いかけまわされることも多々あった。

神の声が聞けるというエリシスはその時々の目的がはっきりしていて、道に迷いすらしない。戦うべきときとそうでないときもきっちり区別して、ギュネイたちに指示を下した。このときはまだ流されるしか術のなかったアレフはともかく、れっきとした騎士《きし》の身分であったこともあるジューザすら、エリシスを〈預言者〉としてすっかり信奉《しんぽう》しており、その指針にひと言も疑問を挟《はさ》まなかった。

ギュネイはというと。

いく多の戦いを経て、自分の剣《けん》の腕《うで》が磨《みが》かれているという実感はあった。

故郷で、大工である父の仕事を手伝っていたときとは別人のようになった、という自負もある。あのころは三人の兄貴たちに力負けしていたが、いまなら引けを取らない。つまらない用事をいいつけてきやがったら剣《けん》の柄《つか》で思いきり頭をぶん殴《なぐ》ってやろう——そんな楽しい夢想をすることだってある。が、だからといって、

（このまま仲間たちと腕《うで》を磨《みが》きつづければ、いずれはランドールの戦士の誰《だれ》よりも強くなって、そしていずれは必ず邪神《じゃしん》をも討伐《とうばつ》できる）

などと、無邪気《むじゃき》に信じられはしない。

エリシスは「運命」「神の導き」と繰《く》りかえし口にする。

「あなたも神の導きに沿って、運命に選ばれたひとりなのです、ギュネイ」

と、王女というにはやや頼《たよ》りなげな細い声を張りあげる。

最初のうちこそ、少年っぽい自尊心がくすぐられないでもなかった。が、敵の追っ手が増えていくにつれて、どうしても戦いではなく逃亡《とうぼう》を選択《せんたく》せざるを得ない場面も増えていく。たとえば街の裏通りを怪《あや》しげな男たちに金を握《にぎ》らせながら走《はし》り抜《ぬ》けていくとき、たとえば雨を吸ってじっとりした山道に身を沈《しず》めながら騎馬《きば》隊をやり過ごすとき、たとえば街にも村にも寄れずに食糧《しょくりょう》が底をついたので、小動物が罠《わな》にかかるのを期待して狩《か》りの真似事《まねごと》をせねばならないときなどに、

「なにが運命だ。なにが神の導きだ」

そう大声をあげて、なにもかも投げ出したい衝動《しょうどう》に駆《か》られてしまう。

悪いことに、そんな苛立《いらだ》ちが積み重なりつつあったころ、アレフとジューザと離《はな》れ離《ばな》れになった。ランドールの支配域において『四人組の男女』に手配書が出ていたため、ザッハの国境を越《こ》えるまでは、二人組でそれぞれ別行動を取ることになったのだ。

エリシスと二人きりになったことで、ギュネイの感情を妨《さまた》げるものもなくなり、

「国境を越《こ》える道はどうする？　沼地《ぬまち》を越《こ》えて北西？　そこになにがあるんだ。美味《うま》い食い物があるのか、金が少しでも手に入るのか。神さまはおれたちに干上《ひあ》がってしまえとでもおっしゃっているの？」

愚痴《ぐち》をそのままぶつけてしまう。エリシスはそんなとき唇《くちびる》を噛《か》んで、目を細めて、悲しげな顔をする。ギュネイは女性に慣れていない。たちまち後悔《こうかい》する羽目になるし、そんな顔をさせた自分を恥《は》じもする。が、いまのままでいいとも決して思わない。

（いい加減、目的の見えない冒険《ぼうけん》ごっこはうんざりだ。こんなまわりくどいことなんてしないで、ザッハで抵抗《ていこう》をつづけている騎士《きし》団や市民軍に合流するほうが早い。泥水《どろみず》を啜《すす》りながら逃《に》げつづけるより、そのほうが奴《やつ》らをひとりでも多く葬《ほうむ》ることができるじゃないかよ）

そういって何度かエリシスを口説こうともしたのだが、エリシスは「すべてはお導きのままに」と繰《く》り言《ごと》を重ねるばかり。いつもは気弱で、他人に強く出られるとおろおろしてどうして

いいかわからないといった態度を取るのに、「神のお導き」と口にするときばかりは、気弱な態度も悲しげな表情もたちまちのうちに消えて、あたかも聖母像をかたどったような無機質な顔になる。

そして。

いまだアレフたちと別行動をつづけている途上《とじょう》で、ギュネイはエリシスの〈預言者〉としての力を目の当たりにする場面に遭遇《そうぐう》した。ともに、それはエリシスその人に大きな失望を覚える場面でもあった。

――彼女《かのじょ》のいうとおりに、「沼地《ぬまち》を越《こ》えて北西」にある村に向かったときのことだ。

エリシスは、その村に「わたしたちの旅に必要なもの」があるという。ギュネイは半ばやけっぱちになってついていった。辺りにはまだランドールの手は伸《の》びていない。国土中央の城《じょう》砦《さい》でかろうじて敵軍の北上を喰《く》い止めているためだった。近隣《きんりん》の村々を治めている領主も、騎《き》士《し》としてその城砦《じょうさい》に赴《おもむ》いているらしい。

そんな緊迫《きんぱく》した情勢下にある村を訪ねた二人を、村の人々はいっせいに指差して、食べ物にたかるアリさながらに集まってきた。

（敵と誤解されたか）

ギュネイのほうこそ緊迫《きんぱく》し、腰《こし》の剣《けん》に手を伸《の》ばしかけたが、

「お待ちしておりました。エレィノアの姫君《ひめぎみ》――いえ、運命の聖女どの」

集団のなかからあらわれた、長衣姿《ながぎぬ》の神父――ザッハ国において教会を預かる司祭職の名だ――と思《おぼ》しき高齢《こうれい》の人物が頭をさげたので、ギュネイは仰天《ぎょうてん》した。エリシスが〈聖女〉と呼ばれたのはこのときがはじめてだったのだが、当時のギュネイはそれよりも神父がはっきりと『姫君《ひめぎみ》』と口にしたことのほうが驚《おどろ》きだった。信心深い土地柄《がら》であるらしく、神父が、

「あなたがここへいらっしゃるというお告げを、わたしはまどろみのなか、何度も耳にしました。あなたこそが、神に選ばれた、世界に訪《おとず》れる災厄《さいやく》の雲を吹《ふ》き払《はら》う聖務を担《にな》った方であることも。ですから、あなたが望むものがこの地にあるならばすべて差しあげましょう」

そういうと、人々はいっせいに神の印を切った。

国土の半分ほども敵軍の進撃《しんげき》を許している状況《じょうきょう》とは信じがたいほど、村の人々はみな穏《おだ》やかで、表情も晴れやかだった。〈聖女〉エリシスが必ずやこの危機を追《お》い払《はら》ってくれると信じていたのだろう。

歓迎《かんげい》の席で、ギュネイは実にひと月ぶりに、木の実やちっぽけな小魚、川の水などではない、まともな食事を胃に入れることができた。「聖女をお守りする騎士《きし》の方」と持ちあげられて、多少はいい気にもなった。慣れない酒までも、勧《すす》められるまま飲み干した。ザッハ人はもとより歌と踊《おど》りを愛する陽気な民《たみ》だ。女たちが即興《そっきょう》で踊《おど》りはじめれば、男たちが陽気に口笛を揃《そろ》えた。

（なんてことだろう）

宴《うたげ》を心の底から楽しみながら、ギュネイはエリシスを見なおさないわけにはいかなかった。

（お告げですべてを知っていただって？　エリシスとこのお坊《ぼう》さんが同じ夢を見るだなんて、そんな偶然《ぐうぜん》があるわけがない。ってことは、お姫《ひめ》さまとか、〈預言〉とやらも、まんざら嘘《うそ》じゃないってことだ）

村の人々に囲まれて、おどおどとした、それでも清廉《せいれん》そのものといったエリシスの笑顔《えがお》を見やりながら、ギュネイは彼女《かのじょ》に愚痴《ぐち》をぶつけてしまったのを今度こそ悔《く》いた。

（じゃあ、おれが神に選ばれた勇士のひとり、っていうのも本当なんだろうか。エリシスのいうとおりにしていれば、おれは、ランドールを滅《ほろ》ぼす英雄《えいゆう》にもなれるってこと？）

英雄《えいゆう》、という言葉にギュネイは少年っぽい憧《あこが》れを抱《いだ》いた。故郷の村に凱旋《がいせん》したなら、あの偏《へん》屈《くつ》な親父《おやじ》も、人間の醜《みにく》くて汚《きたな》い部分を凝縮《ぎょうしゅく》してそれぞれきっちり三等分したかのような馬鹿《ばか》兄貴たちも、さぞ驚《おどろ》くだろう。落ちた顎《あご》が地面を転がって二度と拾えないくらいになるんじゃないかと想像して、「うふふ」とギュネイは忍《しの》び笑《わら》いを洩《も》らした。

夜も深くなって。

村の修道院に呼ばれたエリシスとギュネイは、礼拝堂に通されて、そこで神父から包みに入ったあるものを手渡《てわた》された。

「この修道院に古くから伝わる聖遺物です。ミルド人の悪霊《あくりょう》と戦った聖人トリトォンが、自ら切断した五指の骨でおつくりになったという、五色の霊薬《れいやく》。それぞれの霊的《れいてき》な効能が、聖女どのの旅と戦いを救ってくださることでしょう」

「ありがとうございます。必ずや、聖務に役立ててご覧に入れます」

エリシスは礼をいったが、霊薬《れいやく》とやらをギュネイが受け取ると、まだこのことで語りたそうな神父を尻目《しりめ》に、さっさと席を立ってしまった。

あわててあとを追ったギュネイは、夜道でエリシスと二人きりになった。

「エリシス。……いや、エリシス王女。その」

自分で声をかけておきながらギュネイはまごついた。いままでのことを謝罪すべきだとは思うものの、いまやエレィノア王女であることがはっきりした彼女《かのじょ》に、どんな言葉遣《ことばづか》いをしたらいいものやらわからない。

と、エリシスは急に足を止めて、ギュネイと正面から向きあった。

「ギュネイ」

と早口でエリシスはいった。その澄《す》んだ目がかすかに揺《ゆ》れている。ギュネイの胸がどきりと高鳴った。どういう状況《じょうきょう》なんだろう、これは。暗がりのなか、一国の王女に見つめられている。

遠くから、主役が去ったのちもまだ宴《うたげ》に居残っているらしい男女の笑い声、歌声、手拍子《てびょうし》の音が、かすかな夜風に運ばれてくる。あたかも幼少時に胸を焦《こ》がしながら読みふけった物語の一場面のようだったが、

「ギュネイ。このまま、村を発《た》ちましょう」

エリシスのほうは特に感慨《かんがい》を覚えた風もなく、冷淡《れいたん》ともいえる口調でいった。

「え、い、いまから？」ギュネイは目を丸くした。「もう夜も遅《おそ》いよ。明日には、村の人たちが近くの森を抜《ぬ》けるまで送ってくれるといっていたし、朝になるのを待ってからでも……」

「いいえ、それでは遅《おそ》すぎるのです」

エリシスはいいながらも、しきりに南の方角に視線をやっている。

「遅《おそ》いって、いったいなにが」

「敵が来ます」エリシスは早い口調でいった。「一タード……いいえ、半タードもしないうちに、この村にはランドール軍が押《お》し寄《よ》せてくるでしょう。あなたがいま手にしている五色の霊《れい》薬《やく》を狙《ねら》ってのことです。それを奪《うば》われては元も子もありません。さあ、いますぐに……」

「ま、待て。待ってくれ、エリシス王女」ギュネイは動揺《どうよう》しつつ、すぐにでも駆《か》けようとする少女の細い肩《かた》を手で押《お》さえた。「敵が来る？　城砦《じょうさい》が落ちるってこと？　それも、神のお告げというやつなのか？　い、いや、それよりなにより、敵が来たら、この村はどうなるんだ？」

「敵は霊薬《れいやく》を狙《ねら》っているのです。欲《ほ》しいものがすでにないと知ったら、村をあきらめて、捜索《そうさく》隊を四方に出すでしょう。ですから――」

「ランドール軍のやり口はなんべんも見てきたじゃないか！」思わず大きな声が出る。「奴《やつ》ら、『嘘《うそ》をつくな、どこかにあるはずだ』って家々に火をかけてまわるにちがいない。せめて、おれたちで足止めするとか、村の人たちに襲撃《しゅうげき》があるのを教えるべきなんじゃないのか？」

エリシスが下唇《したくちびる》を嚙《か》むのを、ギュネイは見逃《みのが》さなかった。と同時にはっとなる。わかっているのだ、こんなことは。きっと、自分たちが去ったあと、村に火がかけられるだろうなんてことは、いわれるまでもなくわかっているのだ。それが〈預言〉かどうかはともかくも――、「時間がないのです、ギュネイ。わたしたちには邪悪《じゃあく》な力を地上から消し去るという、重要な使命があるのを忘れないでください。ここでつまずくわけにはいかないのです。そう……すべては神のお導きのままに」

例の、無機質な表情になってそう訴《うった》える少女の顔を、ギュネイは息を呑《の》んで見つめた。

遠く、男女の笑い声はいつまでも聞こえていた。

一章　錯綜

1

「おおう、あらわれおったな、〈黒狼《こくろう》の騎士《きし》〉！」

と大声で呼ばれたギュネイは、もともと、密偵《みってい》の任を負ってランドールの地にやってきたはずだった。

かつて邪神《じゃしん》を奉《ほう》じていたこの国の現状を、ひそかに観察、調査するという任務の性質上、決して派手な行動を起こしてはならない。というより、密偵《みってい》以前に、ギュネイはランドールを壊《かい》滅《めつ》状態に追いやった六英雄《えいゆう》のひとりであるからして、正体が露見《ろけん》するような恐《おそ》れのあることはなにひとつするべきではなかった。どこにいても目立たず、誰《だれ》からも怪《あや》しまれず、気づけばその場の風景に溶《と》け込《こ》んでいて、そしてまた気づいたときにはいなくなっている。見た目、ごくごく平凡《へいぼん》な若者であるギュネイにはそれが比《ひ》較的《かくてき》容易にできるはずだった。

だというのに、

「ランドールの邪教徒《じゃきょうと》どもよ。遠からん者は音に聞け、近くば寄って目にも見よ、われこそはフォーゼ白鳥騎士《きし》団員メッテル！　対ランドール戦役《せんえき》において邪教徒《じゃきょうと》三十名の首を持ち帰ったわたしは、すでに教会より現世の罪を赦《ゆる》されておる。のちの人生は余りものと考えていたところ、〈黒狼《こくろう》の騎士《きし》〉とやらの噂《うわさ》を聞きつけた。フォーゼに譲渡《じょうと》されたはずのカノンの城を卑劣《ひれつ》にも強奪《ごうだつ》したばかりか、聖騎士《せいきし》ジルどのをも葬《ほうむ》ったと聞いては、わが剣《けん》が黙《だま》ってはおらぬ。さあ、正々堂々、一騎打《いっきう》ちせよ！」

はるばる隣国《りんごく》からやってきた騎士《きし》に大声で〈竜《りゅう》戦士〉とはちがう名前を呼ばれ、そして武器を向けられる立場にあるのはなぜだろう。

「人ちがいです。さようなら」

ギュネイはそういうこともできたはずだ。〈竜《りゅう》戦士〉と同様に、〈黒狼《こくろう》の騎士《きし》〉もまた、全身を覆《おお》った鎧兜《よろいかぶと》姿で知られている。近くの茂《しげ》みにでもいって鎧《よろい》を脱《ぬ》いでしまえば、誰《だれ》も、ギュネイを噂《うわさ》の騎士《きし》などとは思いもしない。「騎士《きし》さま、あ、ちょっとそこをお通しくださいませ」と、メッテルや従者一団の脇《わき》をするりと通りぬけて、あとは一路、ザッハに戻《もど》りさえすれば、密偵《みってい》としての役割は終わりを告げる。そこでかつての仲間である〈賢者《けんじゃ》〉ケイオロスに、ランドールで見聞きしたことを漏《も》れなく伝える。行動を起こすのはそれからでも決して遅《おそ》くない。

それも、ギュネイにはわかっている。十分すぎるほど。だというのに、

「フォーゼの騎士《きし》とやら、わざわざの名乗り、痛み入る」黒い色の甲冑《かっちゅう》を鳴らしつつ、笑っている自分は何者なのだろう。「ただし貴公の名前は風に乗って右の耳から左の耳へと抜《ぬ》けてい

った。一瞬《いっしゅん》後には命を失っているか、そうでなくとも憐《あわ》れに地べたを転がっているそのほうの名前にいかほどの価値があるだろう。おれはいま、城の厩舎《きゅうしゃ》で預かっているフォーゼ騎士《きし》団の馬の名前を覚えるのにいそがしい。おお、よく見れば貴公の馬もなかなかよいな。貴公の名前などどうでもよいから、馬のほうの名前を教えてくれ。あとで跨《また》ってみるのが楽しみだ」

メッテルの白い顔がにわかに赤く染まった。

「ぬかしたな、邪教《じゃきょう》の騎士《きし》め。武器を取れ！　神に戴冠《たいかん》を許されしわが女王の御名《みな》において、その首、兜《かぶと》ごと持ち去って城の門にさらしてくれる！」

すると、ギュネイの背後十数クラットに位置していたカノンの住民や兵たちがどっと笑い声を揃《そろ》える。決闘《けっとう》見物のため、わざわざ城外の勾配《こうばい》地まで集まった人々だ。

「フォーゼの騎士《きし》さま、お怒《いか》りになられたぞ」

「その調子で持ちこたえてくれるといいんだが。こちとら、かかあの目を盗《ぬす》んで商売を抜《ぬ》け出《だ》してきたんだ。三タルンは楽しませてくれなきゃ割にあわねえ」

「いやいや、おれは一タルン以内で勝負がつくのに今日の売りあげ全部を賭《か》けるぞ」

などと聞こえよがしにいうものだから、メッテルの顔は血の色を通《とお》り越《こ》してどす黒い。ギュネイは〈黒狼《こくろう》の騎士《きし》〉としてそれをも嘲弄《ちょうろう》しながら、兜《かぶと》の下でこっそりため息をついた。

一刻も早くランドールを去らねばならない——、と、ギュネイはもうずっと以前から同じことを考えている。

なのに、カノンの地に長々と留まっているのは、カノンを『取ってしまった』責任が自分にもあるからだ。それまではなんとか、目立たぬよう目立たぬよう、と自分を律してきたのに、〈聖杯《せいはい》の運び手〉ジルが、「カノンの住民を皆殺《みなごろ》しにする」と宣言したのに我慢《がまん》ならず、一騎打《いっきう》ちで彼《かれ》を破ってしまった。

以前、ギュネイは、ランドール軍の若き騎士《きし》見習いクルスに、「敵が住民を盾《たて》に使うという卑怯《ひきょう》な手段を用いようとも、犠牲《ぎせい》を覚悟《かくご》に戦うべきだった。勝利をもってほかの住民を救うためにも、敵に同じ手段が通用しないと悟《さと》らせるためにも」などと、ご高説を述べた。つまりは目の前のことのみにとらわれず大局的に物事を見よ、という教えなのだが、それをいうならばギュネイだって、

(カノンの住民を見捨ててでも、仲間たちのもとに走って今後のことを話しあうべき)だった。六英雄《えいゆう》が揃《そろ》って声をあげれば諸王とて耳を貸してくれる可能性が高い。そうしていれば、いまごろは――とはさすがにいわないものの、近い将来には、ランドール一国を救えたかもしれないのに。

あくまで推測の域だ。どう考えたところで、あのときのギュネイにカノンの人々を見捨てられたはずはないのだし、『取ってしまった』のはもはや仕方ない。

それからのギュネイは多忙《たぼう》を極《きわ》めた。

まずはフォーゼ王国への備え。

フォーゼは、亡国ランドールに二度までもしてやられた格好だ。女王は激怒《げきど》して——とともに、旧ランドール領内に軍を進める格好の大義名分を得て——すぐさま第二波を送り込《おくこ》んでくるかもしれない。いや、もともとジルのいた騎馬《きば》隊は先遣《せんけん》隊に過ぎなかったはずだから、その本隊が今日明日にもカノンに迫《せま》る、という事態さえあり得た。

ギュネイは、クルスの手も借りて、まずは市内で生き残っていたカノンの兵たちを手当《てあ》たり次第《しだい》に掻《か》き集《あつ》めた。同時に、これまで王都バン＝シィから辿《たど》ってきた道のりに馬を走らせると、村々からも義勇兵を募《つの》った。これは思いのほか数が揃《そろ》った。というのも、クルス率いる一隊が、道中の敵対勢力をことごとく駆逐《くちく》していたため、比較的《ひかくてき》治安が保たれていたのと、

「これほど強い方々がいらっしゃるなら、おれたちの暮らしも守られるかもしれない」

という希望が生まれていたためだ。

英雄《えいゆう》ギュネイとて、まさか、道中さんざん悩《なや》まされていたクルスの独断専行がこんな形で実を結ぶとは思わなかった。

男手が揃《そろ》えば、次は、外壁《がいへき》の修理や、防衛施設《しせつ》——筆頭は、ジルに焼かれた南砦《とりで》——の改修だ。これには男女問わず、大勢のカノン住民が自発的に参加した。

ギュネイの従者リーリンは、城壁《じょうへき》からそうした人の流れを見おろしながら感嘆《かんたん》した。

「工事の速度が凄《すご》いですね。これなら、今日フォーゼ軍が来たって持ちこたえられますよ」

もちろん、それはいいすぎだ。リーリンは、

（だから、今日ここを去ったって大丈夫《だいじょうぶ》ですよ、ギュネイさま）

と暗にいいたいのだが、ギュネイは苛立《いらだ》った声を出した。

「いいや、まだだ。誰《だれ》だよ、あそこの図面を引いたのは。……ああ、人夫の組みわけも上手《うま》くできてないし、物資の運搬《うんぱん》も効率が悪い。なっちゃいない。なっちゃいないな。よし、ちょっといってくる」

「はい？」

リーリンが詰《つ》め寄《よ》ろうとしたときには、ギュネイは城壁《じようへき》の下へと走っている。ついでに鎧《よろい》兜《かぶと》も脱《ぬ》いでいた。彼《かれ》の鎧《よろい》ガイフレイムは一瞬《いっしゅん》にして脱着《だっちゃく》が可能だ。

……数タルン後には、ギュネイは「近くの村から出稼《でかせ》ぎにやってきたジャック」という若者に扮《ふん》して、汗《あせ》まみれになって木材を担《かつ》いでいた。もともと大工の息子《むすこ》だけあって、こうした仕事には手馴《てな》れている。が、ケイオロスと再会したときを思い出してみるまでもなく、人に溶《と》け込《こ》むのが上手とはいえないギュネイだ。さっそく親方に目をつけられて、むしろ彼《かれ》のほうが「段取りが悪い」と叱《しか》られているのを眼下にしながら、リーリンは宙を仰《あお》いだ。

——などとしているうちに、いよいよ恐《おそ》れていた事態がやってきた。

フォーゼの旗が西にはためいているのが目撃《もくげき》されたのだ。

「敵の数は？　弓兵、騎馬《きば》の編成は？」

ギュネイもすばやく反応して、〈黒狼《こくろう》の騎士《きし》〉の姿で状況《じょうきょう》を確認《かくにん》する。

予想に反して、数百、数千の規模ではなかった。それどころか、騎馬《きば》の数が若干《じゃっかん》名、それも甲冑《かっちゅう》を着込《きこ》んでいるのは先頭のひとりだけだった。馬から下りた数名がフォーゼの旗を突《つ》き刺《さ》したのち、甲冑《かっちゅう》を着たそのひとりが、城壁《じょうへき》の下へ馬を進ませてくるや否《いな》や、

「聞けいっ、邪神《じゃしん》の使徒ども」

と大音声《だいおんじょう》を放った。それから長い名乗りがはじまった。要約するに、彼《かれ》はフォーゼの騎士《きし》で、

「こたびの狼藉《ろうぜき》は女王陛下に剣《けん》を捧《ささ》げた騎士《きし》として見過ごすわけにはいかぬ。ジルどのを破ったという邪悪《じゃあく》なる騎士《きし》よ、われと一対一で堂々と勝負せよ」ということだった。

ギュネイが呆気《あっけ》に取《と》られていると、隣《となり》に並んだクルスが、

「フォーゼの、『騎士道《きしどう》』というやつですな。貴婦人崇拝《すうはい》やら、敵前退却《たいきゃく》を例外なく生《い》き恥《はじ》とするなど、独自の倫理規範《りんりきはん》がある模様です。あの男はその騎士道《きしどう》を刺激《しげき》されて、ひとり、カノンへとやってきたのでしょう」

といったが、説明されるまでもなく、フォーゼの騎士《きし》や部隊と行動をともにしたことのあるギュネイにもそれはわかっている。だが、

「ここは敵地だぞ。ひとりでノコノコやってくるだなんて、命知らずなんてものじゃない。ただの馬鹿《ばか》だ」

「誰《だれ》がなにをおっしゃるのやら」

リーリンがこっそりいったが、幸い、ギュネイの耳には届かなかった。一方、

「確かに馬鹿《ばか》ではあるが、いやさ、騎士《きし》道というのもなかなか見あげたもの」クルスは感心したようにしきりと顎《あご》を引いている。「では参られますか、騎士《きし》どの。武器はなにを用意しましよう。馬上での決闘《けっとう》となると槍《やり》、最初から馬を下りての決闘《けっとう》となると、やはり剣《けん》ですかな」

「は？」

とギュネイがいえば、

「は？」とクルスも目を丸くする。「まさか、無手でいかれるというか？　騎士《きし》どのがお強いのはここの子供でも知っている事実ですが、無謀《むぼう》が過ぎる。というより、それはさすがに礼を失しておりましょう。いかに相手が真実の神の庇護《ひご》を知らぬ蛮人《ばんじん》であっても、心意気に応えるのが武人たるもの」

(馬鹿《ばか》がもうひとりいましたね)

リーリンはさらに小声でいったが、ギュネイもこの展開に素知らぬ顔はできなくなった。

なにせ、カノンを『取ってしまった』。なにせ、ジルを『討《う》ってしまった』。城壁《じょうへき》をぐるりと見わたすと、領内で募《つの》ったばかりの新兵たちが期待の眼差《まなざ》しを返してくる。

こういう場面には何度か覚えがあった。過去、邪神《じゃしん》軍と戦っている際も、兵を集め、味方を増やさねばならない局面《きょくめん》においては、まずはなにより勝てる見込《みこ》みを彼《かれ》らに示すのが重要となった。要は、〈運命の勇士〉アレフの剣《けん》と神から授《さず》かった力を、〈竜《りゅう》戦士〉ギュネイの槍《やり》を、

〈賢者《けんじゃ》〉ケイオロスの魔術《まじゅつ》の力を見せつけるのだ。

またか、とギュネイは鳥肌《とりはだ》が立つ思いをしながらも、決闘《けっとう》を承諾《しょうだく》した。

……以降、昼は土木作業に従事し、夕刻には、数日に一度フォーゼからやってくる騎士《きし》の相手をせねばならなくなった。

「そこにいるのが〈黒狼の騎士《こくろうのきし》〉であるか。過日、貴殿《きでん》が丸裸《まるはだか》にして送り返してきた騎士《きし》メッテルは、わたしの弟である。あれほどの恥辱《ちじょく》を受けては生きていられぬと、自刃《じじん》しそうな勢いの弟を縛《しば》りつけて、兄であるわたしがはるばるやってきた。さあ、勝負せよ、〈黒狼の騎士《こくろうのきし》〉、わが槍《やり》は弟などとは比べものにならぬぞ！――」

2

ギュネイが多忙《たぼう》を極《きわ》めている原因はもうひとつある。

城壁《じょうへき》と市街地のちょうど境目辺りに建てられた石造りの建物に、ギュネイは二、三日に一度は足を踏《ふ》み入《い》れていた。

入り口近辺では三人の番兵が木のテーブルについていたが、ギュネイの姿を見ると大急ぎで直立した。さっとカードを後ろ手に隠《かく》したことからして、賭博《とばく》でもやっていたのだろう。

「こ、これは騎士《きし》どの。今日も大活躍《だいかつやく》だったようで――」

「異変はないか」

「はっ。ひとり言をブツブツいう以外は、大人しいものです」

いつものように、ひとりが先導役をつとめた。建物には窓ひとつないため、昼日中でも真っ暗だ。通路の右手側には、石壁《いしかべ》で区切られた小部屋が並んでいる。もともと倉庫かなにかだったのを牢屋《ろうや》に改修したものだが、現在はほとんど空き部屋になっている。唯一《ゆいいつ》の例外が、もっとも奥《おく》まった箇所《かしょ》にある部屋だった。蠟燭《ろうそく》を掲《かか》げた番兵が足を止める。鉄格子《てつごうし》の奥《おく》、一穂《いっすい》の灯《ひ》に照らされたのは、祈《いの》りを捧《ささ》げている男の姿だった。敷《し》き詰《つ》められた干草をわざわざどかしたうえで、石床《ゆか》に直接膝《ひざ》をついている。

あちこちで布が擦《す》り切《き》れて糸もほつれているが、裾《すそ》も袖《そで》も長いその赤い僧衣《そうい》は、まぎれもなくフォーゼ司祭の証《あかし》。

先ごろ、このカノンに軍勢を率いてやってきた、フォーゼの聖騎士《せいきし》ジル・オ・ルーンだった。

「相変わらず、日がな一日、あの姿勢で祈《いの》っています」薄気味《うすきみ》悪《わる》そうに番兵はいった。「くどいようですが、騎士《きし》どの、本当に、あの祈《いの》りによって、例の炎《ほのお》があらわれる、ってことは……」

「くどい」

ギュネイは念を押《お》した。ジルが見せつけた炎《ほのお》の威力《いりょく》は、兵たちの記憶《きおく》に新しくも生々しい。なにしろその炎《ほのお》の一撃《いちげき》だけで百名前後の弓兵がいっせいに命を落としているのだ。

「奴《やつ》いうところの『聖杯《せいはい》』は、おれが保管している。いまの奴《やつ》に炎《ほのお》は使えない」

「そ、そうですか、しかし……」

「あの火が怖《こわ》いから、おまえたちはいつも入り口近辺にいるわけか。無理もない、といいたいが、このカノンには、少なくともおまえたち以上の勇者が育ちつつあるようだな」

ギュネイは番兵の手から蠟燭《ろうそく》を奪《うば》うと、奥《おく》まった柱のほうに灯《あか》りを向けた。すると、その向こう側へと何者かの姿が引《ひ》っ込《こ》んだが、

「遅《おそ》い」笑いを隠《かく》しながらギュネイはいった。「トーマ、それに影《かげ》がくっきり伸《の》びている。この〈黒狼《こくろう》の騎士《きし》〉の目はごまかせんぞ」

「ちぇっ」

舌打ちしながら柱の陰《かげ》からあらわれたのは、まだ、七、八歳《さい》の男の子だった。瘦《や》せた手足をぶらぶらさせながら、まるで勿体《もったい》をつけるような態度でゆっくり進んでくる。

「ま、またおまえか」番兵がいよいよ面目《めんぼく》を失ったような顔をした。「毎度毎度、どうやって忍《しの》び込《こ》んでくるんだ？」

「そっちが遊んでるからだよ。あれで、誰《だれ》かを入れないつもりだったの？　へえー、知らなかった」

「このガキ」

顔を赤くした番兵と、舌を出す子供とのあいだに、ギュネイは身体を入れながら、

「もっと楽しい遊び場所はほかにいくらもあるだろう。トーマはここのなにが気に入ってるん

だ？」

「うっせえ」トーマというその子供は、大人の口真似《くちまね》をしているような口ぶりで毒づいた。「そんなの、おれの勝手だろ。強いからって偉《えら》そうにすんな。おれ、いつか絶対あんたより強くなるからな」

大口を開けると、あちこち歯が欠けているのが見える。「こいつ、騎士《きし》さまになんてことを」と番兵が踏《ふ》み込《こ》もうとするその脇《わき》をするりと抜《ぬ》けて、

「ここ、臭《くさ》くって仕方ねえ。干草は毎日代えろ、って『上』の人にいわれてるだろ。あっ、おまえたちが便所みたいな臭《にお》いを好きなのか。便所好き。便所好き！」

トーマは笑いながら駆《か》け去っていった。

「も、申しわけありません、騎士《きし》さま」

「いや。それより、しばらく外してくれ」

これもいつものことなので、兵は蠟燭《ろうそく》をギュネイに預けたまま、従順に立ち去った。足音が小さくなっていき、やがて絶えると、辺りに重苦しい静寂《せいじゃく》が落ちた。まったくの無音ではない。ジルはいまのトーマや兵とのやり取りなど、まったく頓着《とんちゃく》せず、最初に見かけたときと同じ姿勢のまま、祈《いの》りの文句を小声でずっと唱えている。

今日に限ったことではない。あれから――ギュネイとの一騎打《いっきう》ちから――ずっとこの調子だ。ギュネイは石壁《いしかべ》に甲冑《かっちゅう》の背を預けてじっとしている。蠟燭《ろうそく》が半分ほどの高さになったとき、

「処刑《しょけい》の日が来ましたか」

祈《いの》りを終えたジルのほうから声をかけてきた。といっても姿勢は変わらない。あたかもひとり言のようだ。「いや」とギュネイ。このやり取りも何度繰《く》りかえしたかわからない。

「わたしを生かしておいて、あなた方にどのような得があるというのです」

「自分で考えてみるといい。司祭だの司教だのは、答えがあるかないかもはっきりしないことを日がな一日考えるのが好きなのだろう」

「邪神《じゃしん》の企《たくら》みに想像を巡《めぐ》らせたところで、無駄《むだ》な時間を費《つい》やすばかり。わたしはこの地上からいかにして邪悪《じゃあく》を駆逐《くちく》するか、そのことばかりに心を砕《くだ》いてる。鋼《はがね》の専制に健《すこ》やかな想念を折られてはならない、という聖人ガスパーノさまの教えを常々思い出しながら」

口調は静かだ。カノンでまみえたときにギュネイが感じた、恐《おそ》ろしいほどの敵対心も、嘲弄《ちょうろう》も、狂気《きょうき》もそこにはない。その穏《おだ》やかでぼそぼそとした語り口調は、〈竜《りゅう》戦士〉として肩《かた》を並べて戦った当時の彼《かれ》を思い起こさせる。それがギュネイにある種の期待を抱《いだ》かせているのだが、

「いまも？」

「いまも」ジルはほんのかすかに顎《あご》を引いた。「邪神《じゃしん》に仕える騎士《きし》であるあなたを筆頭に、ふたたび邪悪《じゃあく》が根づきはじめたこの地ランドールをいかにして清めるべきか、いかにして神のご意志に沿った土地につくり変えるべきか、そればかりを考えています」

「おまえにはもう聖杯《せいはい》はない。それでどうやって戦う？」

「この手に戻《もど》りさえすれば、いますぐにでもあなたを屠《ほふ》り、このカノンの地を丸ごと灰にするものを。が、もう戻《もど》らないというのなら、それはそれで神のお導きなのでしょう。殉教《じゅんきょう》の運命に身を委ねるのみです。横たえたわたしの亡骸《なきがら》が種となり、流した血が養分となって、悪徳と背信に腐敗《ふはい》したこの土地にも、やがて真の信仰《しんこう》が芽吹《めぶ》きはじめることでしょう。それもわれら神の忠実な下僕《げぼく》としての戦いなのです。剣《けん》を取って敵の命を奪《うば》うことのみを『戦い』と呼ぶあなた方にはわからぬことなのでしょうけどね」

語尾《ごび》に、「ほほ」と女性じみた笑いをまじえてジルはいった。

ギュネイは、ジルが仲間であったときの記憶《きおく》を捨てきれずにいた。カノンの城を巡《めぐ》って再会したときは状況《じょうきょう》が悪すぎたのだ。フォーゼ軍勢にも死者が出ていたし、カノンでイドリオに散々苦しめられたあとだった。だから結局戦わざるを得なかったのだが、落ちついて話しあえば、きっと以前のように慈愛《じあい》ある司祭としての一面を見ることができるはずだ、とギュネイは考えていた。

（ランドールの現状や、民《たみ》の苦境を話せば、彼《かれ》ならばきっとわかってくれる）

そう信じているのだが、会話はいつもこの調子だ。顔をあわせるごとに落胆《らくたん》が大きくなるのが自分でもわかる。立場ひとつで人はこうも印象を変えるものだろうか。神に仕える者の慈愛《じあい》とは、そうも偏狭《へんきょう》なものなのか。

ギュネイも〈竜《りゅう》戦士〉と呼ばれるほどの英傑《えいけつ》だが、実際は剣《けん》を取っての戦いをはじめてから数年にもならない。「思いを改めないというなら、おまえはランドールの民《たみ》を苦しめる敵だ。殺す」とまでは割りきれない。かといって、『敵』である彼《かれ》をこのまま帰すこともできない。

ギュネイは自分のそんな立場のあやふやさも含《ふく》めて、隠《かく》せないほどに苛立《いらだ》ちを募《つの》らせはじめた。

いつもなら「また来る」といって立ち去るところだが、今日はあえてもう一歩踏《ふ》み込《こ》むことにした。

「お導きか。生まれ落ちたことも、戦うことも、勝利も敗北も、死ぬことさえも」

「ええ。邪悪《じゃあく》に対してあまりに無力で、奪《うば》われる一方だったわたしが、あなた方のいう『戦い』に身を投じることができたのも、神が聖杯《せいはい》を与《あた》えてくださったから。それが神のご意志ならばわたしとて『戦う』し、手もとから奪《うば》われたのならば、それもまたお導きの証《あかし》。神はきっと、わたしに殉《じゅん》ぜよ、とおっしゃっているのでしょう。だからわたしは死を恐《おそ》れない。——おや、まさか、わたしから命乞《いのちご》いを引き出そうなどと考えていたわけではあるまいな？　おめさない、それこそ時間の無駄《むだ》だ。すべてを神に委ねてきたわたしにとって、死は新たな門出《かどで》、という以上の意味はない。そう、すべて……」

「すべてか！」突然《とつぜん》、ギュネイの感情がある一線を越《こ》えた。「すべてといったな。物を食うことも、便をすることも、石につまずいて膝《ひざ》を擦《す》りむくのも、しらみを潰《つぶ》すのも、卑猥《ひわい》な冗談《じょうだん》も、金を落とすのも、夢を見るのも、病気になるのも、火事で財産を失うのも、ひもじさに耐《た》えるのも、好きな女が奪《うば》われるのも、屁《へ》をするのも——すべて。すべてか！」

息せき切ってギュネイは叫《さけ》んだが、やはりジルは微動《びどう》だにしなかった。

「幼子のような方だ。あなたは、まだ信仰《しんこう》の入り口にさえ立っていない。驚《おどろ》きはすまい。それがランドールという土地の……」

「そうだ、そうだよ。なにもかもが神のお導きだというなら、このランドールに生まれ落ちた人たちはどうなる。誰《だれ》も、親を選べない。生まれる土地だって。おまえのいう邪神《じゃしん》の信仰《しんこう》をランドールに広めたのはハーディンだ。王家もそれに結びついた。人々はそれに従うしかなかった。でなければ生きていけなかったからだ。彼《かれ》らにいったいなんの罪がある？　たまたまランドール人として生まれついたその『お導き』のために、おまえに殺されなければならないのか？　それも神のご意志か！」

ほほほ、ともう一度ジルは笑った。

「なんとも醜《みにく》い。まるで、あなたのほうこそ命乞《いのちご》いをしているようではありませんか。そう、あなたの恐《おそ》れているとおりです。ふたたび邪神《じゃしん》を崇《あが》めようと、このカノンを奪《うば》おうとも、神の威光《いこう》の前ではいっさいが無駄《むだ》。ランドール人に天国の門は決して開かれない。たとえわたし自身の手で聖なる炎《ほのお》を振《ふ》るうことができなくなったとしても、信仰《しんこう》を正しく受《う》け継《つ》いだ者たちはこの世に無数といる。裁きは必ずやくだりましょう」

「なぜ、そういいきれる？」

「邪神《じゃしん》は一度討《う》たれたではありませんか。本来、人の力などおよぶはずもないその存在が、人の手によって討《う》たれた。真実の神がそれを望まれたからです。だから大勢の人々に奇跡《きせき》の力が発現した。六英雄《えいゆう》がまさにその象徴《しょうちょう》ではありませんか」

「おれこそが、おまえのいう六英雄《えいゆう》のひとりだよ、くそったれ！」

そういって、いっそすべてをぶちまけてやろうかという誘惑《ゆうわく》に駆《か》られたギュネイだったが、すんでのところで踏《ふ》みとどまった。

ここはランドール。かつての敵地であり、まさしく『奇跡《きせき》』が数多く発現した地。いったいどこに誰《だれ》の目、誰《だれ》の耳があるかわからない——という理性的な判断に思えて、しかし、その裏側には、とある、荒々《あらあら》しくも寒々しい感情がある。ひと言でいうならば恐怖《きょうふ》だ。

ギュネイは煮《に》えた湯を飲むような苦労をしていったんは激情をやり過ごした。代わりに、われながら底意地が悪いと思える考えが浮《う》きあがってきた。

「なるほど、また神のお導き、神のご意志とやらか。では、おれがその神の意志に介入《かいにゅう》してやるとしよう」

「ほう。邪悪《じゃあく》な勢力に与《くみ》する者が、神にどうして介入《かいにゅう》できるというのです？」

ジルはせせら笑ったが、ギュネイが懐《ふところ》から木製のコップを取り出すと、表情が一瞬《いっしゅん》にして消えた。いうまでもない。〈聖杯《せいはい》〉だ。

「聖杯《せいはい》が手に戻《もど》らなければ、殉教《じゅんきょう》するのが神のご意志といったな。では、おれがここでつまずいた振《ふ》りをして、聖杯《せいはい》が鉄格子《てつごうし》越しにおまえの手に戻《もど》ったならどうなる。決まっている、おまえはそれで『戦う』のが神のご意志といった」

「なにがいいたいのです？」

「おれがいまから起こす些細《ささい》な気まぐれひとつで、神のご意志とやらは極端《きょくたん》に割れる、ってことだ。おまえの運命もろともな。つまり、この場合の『神』とは、ははは、ほかでもない、このおれ、ということになる」

「馬鹿馬鹿《ばかばか》しい」

「ほう、馬鹿《ばか》か。神に愚《おろ》かしい口を利《き》くものだ。われを崇《あが》めたてまつれ、ジル。さすれば奇跡《きせき》を授《さず》けてやろうぞ」

「あまりに馬鹿《ばか》げていて、怒《おこ》る気にもなりませんね」

「本当だぞ。ほれ」

そっぽを向きかけたジルが、強く目をみはった。ギュネイが、鉄格子《てつごうし》の隙間《すきま》にコップの飲み口をそろりと差し入れたのだ。

「ほれ、手の届く距離《きょり》に聖杯《せいはい》があるぞ、ジル。われを崇《あが》める祈《いの》りの文句をひと声唱えれば、この聖杯《せいはい》をくれてやろう。たったひと声でいいのだぞ。それだけでおまえは牢獄《ろうごく》を抜《ぬ》け出《だ》せるばかりか、おれを殺し、街の住民を皆殺《みなごろ》しにして、カノンの地を灰にもできる。それこそ神のご意志に沿うことであろう？　それとも誇《ほこ》りが邪魔《じゃま》をしてそんなことはできぬ、とでもいうか？　はん、おまえの信仰《しんこう》はそのていどか」

「悪魔《あくま》め、この場から立ち去れ！」

ジルははじめて祈《いの》りの姿勢を崩《くず》した。立ちあがりながら信仰《しんこう》の印を切る。目が憎《にく》しみに釣《つ》りあがっていた。ギュネイも兜《かぶと》越《ご》しに赤い僧衣《そうい》をにらみつけながら、

「もうひとつ、馬鹿《ばか》げたことを教えてやろう。本当は、この聖杯《せいはい》などなくてもおまえは炎《ほのお》を操《あやつ》れるはずなんだ。前にいったな。おまえに宿ったのは奇跡《きせき》などではなく、魔術《まじゅつ》なのだと。だが、おまえはそれを決して認めないだろう。神の奇跡《きせき》が宿ったこの聖杯《せいはい》があるからこそ、自分は力を振《ふ》るえるのだと信じている——というよりも、それをなによりの大義名分にしているからだ。聖杯《せいはい》を神がお与《あた》えになった、だから戦うのだ、だからランドール人を殺すのだ、だから復讐《ふくしゅう》してもよいのだ、と」

復讐《ふくしゅう》、と聞いたジルの様子に変化が起こらぬものか、とギュネイはこれも意地の悪い期待をしたものの、もはや聞く耳を持たないと決めたのか、ジルは祈《いの》りの姿勢に戻《もど》って、目を閉じている。

「いちばん馬鹿《ばか》げているのはおまえだよ。その気になれば、聖杯《せいはい》などなくとも一瞬《いっしゅん》でこの場を切《き》り抜《ぬ》けられるだろうに。なにもかも神のご意志とやらで決めつけているから、自分自身の目を曇《くも》らせ、自分自身の手足を縛《しば》りつけていやがる。いいさ、そこで好きなだけ祈《いの》っていろ、ジル。残念ながらおまえの運命を決めるのは神にあらず、おれだ」

ギュネイは鉄格子《てつごうし》に背を向けると、石造りの壁《かべ》に足音を高く反響《はんきょう》させながら、建物内から出

ていった。

あとに、荒々《あらあら》しい呼吸だけが渦《うず》を巻いて残っていた。

3

今朝も訪問者があった。早くから祈《いの》りを捧《ささ》げていたジルは、閉じた瞼《まぶたご》越しにもその気配を感じている。鉄格子《てつごうし》越《ご》しにこちらをじっと観察しているようだ。確か、〈黒狼《こくろう》の騎士《きし》〉はトーマと呼んでいたか。

あの騎士《きし》の言葉ではないが、なにが面白《おもしろ》くて、囚人《しゅうじん》ひとりきりの牢屋《ろうや》に忍《しの》び込《こ》んでくるのだろうか、と思う。他国人がそれほどに珍《めずら》しいのか。ジルは雑念を振《ふ》り払《はら》って祈《いの》りにふたたび集中した。

どれほど経《た》ったろう。あっちへうろうろ、こっちをうろうろしていた気配がぴたりと止まるのをジルは感じた。なぜか誘惑《ゆうわく》に耐《た》えかねて、ジルは薄目《うすめ》を開いてみた。すると、鉄格子《てつごうし》の真ん前で、トーマがジルと同じ姿勢になっていた。片膝《かたひざ》を床《ゆか》について、両手を組みあわせている。どのような圧力や恐怖《きょうふ》にも屈《くっ》せぬジルの姿に感銘《かんめい》を受けたに相違《そうい》ない。そう、邪教《じゃきょう》の国家に、ついにジルと心同じくする心清らかな信者が誕生した瞬間《しゅんかん》だ——などとはさすがにジルも思わない。大人の真似《まね》をしているだけだ。すぐに膝《ひざ》が痛くなってか、左右の足を入《い》れ替《か》えては、難しい顔をしている。

（この人、ずうっとこんなことしてるけど、これでなにか楽しいんだろうか）

という感情が手に取るようにわかって、思わずジルは微笑《ほほえ》みそうになった。

と同時に、瞼《まぶた》の裏に思いがけないほどの熱さがこみあげてきた。

「あなたの真似《まね》をしているのよ」

柔《やわ》らかな声。

「お父さんみたいな司祭さまになりたいんだ、っていってたわ」

いまのいままで固く閉ざされていた扉《とびら》が、あたかも予期せぬ突風《とっぷう》で開け放たれたかのようだ。あわてて扉《とびら》を閉めようにも、次から次に吹《ふ》きつけてくる記憶《きおく》の暴風に、さしものジルも抗《あらが》えない。

（ああ……、そうだ、わたしは、二人も息子《むすこ》を失った）

ジルは、フォーゼ東の国境近くで、平凡《へいぼん》な馬飼いの息子《むすこ》として生まれた。若くして妻を得て、長男にも恵《めぐ》まれたが、その直後に地方一帯が飢饉《ききん》に見舞《みま》われた。大勢の人が冬を越《こ》えることができなかった。ジルたちはなけなしの財産だった家畜《かちく》を潰《つぶ》すか、二束三文で売りさばいて、かろうじて食いつなぐ以外になかった。そこへ、食いはぐれた末に盗賊《とうぞく》となった男たちの襲撃《しゅうげき》を受けた。抵抗《ていこう》したジルの父はそのときに亡《な》くなった。生きのびたその他の家族も、食糧《しょくりょう》がないのでは命を長らえられない。長男の泣き声は日増しに小さくなって、そしてついには絶えた。

ジルや妻も痩《や》せ衰《おとろ》えて、死の瀬戸際《せとぎわ》にあった。そこを救ってくれたのが、地方で唯一《ゆいいつ》の修道院だった。この飢饉《ききん》で人心が乱れ果てたさなかにあって、神の敬虔《けいけん》なる使徒だけは人としての健《すこ》やかな魂《たましい》を持ちあわせていた。盗賊《とうぞく》に襲《おそ》われる危険を冒《おか》してでも、村々に馬車を飛ばして糧《りょう》食《しょく》を届け、同じく馬車で運んだ病人に修道院での治療《ちりょう》を受けさせた。

青白い顔をして床《ゆか》に伏《ふ》せっきりだった妻の顔に血の色が戻《もど》った。ふたたび生きる活力を得たジルは、ごく自然のなりゆきとして修道士としての道を歩みはじめた。まずは農夫として、次いで、覚えのよさと手先の器用さを買われて記述者として、修行僧《しゅぎょうそう》の道のりを順調に進んでいったジルは、二人目の子供が生まれたのとほぼ同時に司祭となった。フォーゼ教会において の僧《そう》は、司祭に叙階《じょかい》される前までならば妻帯が認められている。

やがて山をひとつ越《こ》えた先にある修道院つきの教会に赴任《ふにん》し、そこからジル一家の新しい生活がはじまった。人々は素朴《そぼく》で優《やさ》しく、なにより信心深かった。子供もすくすくと成長した。まだ二歳《さい》の半ばを過ぎたばかりのころ、たまたま家に戻《もど》ったジルは息子の姿に驚《おどろ》いた。片膝《かたひざ》をついての祈《いの》りの姿勢になっていたのだ。

「あなたの真似《まね》をしているのよ。司祭さまになりたんだって」妻はくすくす笑っていた。「でも、神さまへの愛に目覚めたわけじゃないみたい。あの子はまだあなたが祈《いの》っている姿しか知らないから、きっと、ほかのお家《うち》のお父さんたちみたいに汗《あせ》まみれ泥《どろ》まみれになって働いているより、そっちのほうが楽に見えたんじゃないかしら」

そういうことか、とジルは笑った。

息子《むすこ》もこれからいろいろな経験をするだろう。ジルが子供の時分にしていたようなことが大半だろうが、息子《むすこ》ならではの独自の経験もあるにちがいない。友人と川で魚釣《さかなつ》りをするだろう、森で木の枝を拾い集めては自分のものがより丈夫《じょうぶ》で強そうで剣《けん》みたいだと友達に自慢《じまん》するだろう、喧嘩《けんか》もする、鹿《しか》や猪《いのしし》に追いかけられる経験もするかもしれない、恋《こい》だってするはずだ。自分ならではの道を見つけてくれるといい。決して楽な生き方に逃《に》げるのではなく――どっちみち、そんなものなどこの世にはないのだと、遠からぬ将来に気づいてくれるだろうから――、ただただ健《すこ》やかに時を重ねていってくれさえすれば。

そんな折りだった。ランドール軍の襲撃《しゅうげき》を受けたのは。

「わたしになにを説こうとも無駄《むだ》ですよ」

数日前――、というより半月ほど前にもなるだろうか、〈黒狼《こくろう》の騎士《きし》〉が最初にこの牢獄《ろうごく》を訪ねてきたとき、ジルは祈《いの》りの姿勢を崩《くず》さぬままいった。

「わたしに邪神《じゃしん》の声など届かない。いかなる魔術《まじゅつ》をもってしても無駄《むだ》なことです。いますぐわたしを殺すといい。さもなくば、いずれわたしがこのカノンを灰にするでしょう」

強がりではない。ジルにとってそれはごくごく単純な事実にして、ゆるぎない決意。つましい人々の幸せを奪《うば》って燃やしつくすランドールの炎《ほのお》を、それ以上に強く、それでいて清冽《せいれつ》な炎《ほのお》で呑《の》み込《こ》まねばならぬのだという。

「馬鹿《ばか》な」と騎士《きし》はいった。「ここにいるのは、皆《みな》、おまえが自国の領内で見てきたような、ごくごく普通《ふつう》の人たちばかりだ。赤く目を輝《かがや》かしては、生贄《いけにえ》の血を啜《すす》るような、そんな狂信《きょうしん》者たちじゃない。今日糧《かて》があるのを神に感謝して、糧《かて》がない隣人《りんじん》がいれば喜んでわけ与《あた》えるような、そんな人たちを、おまえは皆殺《みなごろ》しにするというのか？」

〈黒狼《こくろう》の騎士《きし》〉の唖然《あぜん》としたような声は、奇妙《きみょう》な響《ひび》きを持っていた。この男、意外と若いのではないか、とそのとき思ったが、死をも受け入れる境地にあったジルにはさほどかかわりのないことだ。

「そうでなくては、終わらないのですよ。わたしの教会を襲《おそ》い、信者や妻、子供を殺したランドール兵たちは、わたしの息の根を止めるべきだった。そうであれば、その後のわたしの戦いなどは起こり得なかった。それと同じ理由で、ランドールはいま、ここで灰燼《かいじん》とならねばならない。ここで火種を残さず踏《ふ》み消してしまわねば、また同じことの繰《く》りかえしになるからです。それをいみじくも、あなたのごとき存在が証明しているではないですか」

「それは」

「いくさとは元来、土地や財産、諸々《もろもろ》の権利を奪《うば》いあう類のものだった。王侯《おうこう》貴族の遊戯《ゆうぎ》ですよ。しかしランドールの起こした戦争はそれではない。神の威光《いこう》をも秤《はかり》にかけ、人の尊厳を最初からなかったものにするがごときもの。ただの略奪《りゃくだつ》、殺戮《さつりく》ですらない。ですから、いまのランドールもまた、ただの敗戦国ではない、そう振《ふ》る舞《ま》うことも許されない。神の秩序《ちつじょ》をこの世に永続させていくためには、そこにそうした存在があったという痕跡《こんせき》を残さず消し去る必要があるのです。かつて、悪《あ》しき魔術《まじゅつ》を振《ふ》るい、邪神《じゃしん》カダッシュを信仰《しんこう》していたミルド人の帝国《ていこく》を、アンバー人がそうしたように――」

なぜ遠い記憶《きおく》と重なって、こんなごく最近交《か》わした会話をも同時に思い出すのか、ジルにはわかりかねた。そんな一瞬《いっしゅん》の混乱に陥《おちい》ったせいだろうか、

「神さまの声が聞こえる？」

不意に投げかけられた声に、はっとしてジルは目を開けてしまった。例の、トーマという子供が鉄格子《てつごうし》の向こうからこっちを見ている。祈《いの》りの姿勢はそのままだ。ジルは息を呑《の》んだ。

「……神のお声を耳にしたいのですか」

なぜ答える。ジルは自分に問いかける。子供といっても、ほかならぬランドール人だ。灰燼《かいじん》と帰さねばならぬ存在だ。

「だって、死んだ人って、神さまのところにいくんでしょう？」トーマは、また左右の膝《ひざ》を入《い》れ替《か》えながら、ぽつぽつと言葉を重ねた。「おれの、母ちゃん、父ちゃんもそこにいるんだ。神さまの声が聞こえる人には、だから、母ちゃん、父ちゃんの声も聞こえるはずでしょ？」

（あなたの両親が、神の御《み》もとに辿《たど》り着《つ》けたはずはない）

ジルならばそう答える。わたし、い、わたしのよく知るジル・オ・ルーンならば。なのに、なぜだ、そう言い放つことができない。

「……わたしには、死した人間の声などは聞こえません」

　これはランドール人に答えているのではない。あくまで、司祭として、神に関する疑問に自分自身のなかで答えを出すため、そう、そのためだけに声を発している。

「六英雄《えいゆう》の〈竜《りゅう》戦士〉ギュネイどのにはそうした奇跡《きせき》の力が宿っている、と噂《うわさ》には聞いたことがありますが、普通《ふつう》は――、たとえそれが教皇さまであれ、大司教さまであれ、この世に生を受けて生きている以上は、死した人と直接触《ふ》れあうことはできません。ただ」少しためらうような間をおいて、「あなたは、亡《な》くなる前のその方たちのことを覚えていますか。お父さんを、お母さんを。どんな些細《ささい》なことでもよい、こんなことが好きだった、こんなことが嫌《きら》いだった、こんなことで自分は叱《しか》られた、こんなことで笑っていた――」

「覚えてるよ。いつもおれ、父ちゃんに怒《おこ》られてたけど、釣《つ》りの餌《えさ》にしようと思って捕《つか》まえたミミズを抽斗《ひきだし》に入れていたときは、母ちゃんにも死ぬほど怒《おこ》られたな。でも、次の日みんなで釣《つ》りにいったときは、おれの捕《つか》まえたミミズがよく釣《つ》れる、って褒《ほ》めてもらった！」

「なら、それでもう、あなたはご両親と会話をしているはずです。このとき、父さんならなんというだろう、こんなとき、母さんはどんな顔をして叱《しか》るだろう、と、そう想像を巡《めぐ》らせることができるはず。あなたのなかから、その人たちの声やぬくもりが消え去らぬ以上は――」

「トーマ！」

　と、建物の向こうから高い声が響《ひび》いてきた。あわてたような番兵を後ろに引きつれて、十四、

五歳《さい》と見える少女が歩いてくる。番兵がトーマの姿を見つけて、

「あ、ま、また来てやがったな、こいつ……」

怒《いか》りの声をあげるより早く、少女のほうがトーマの肩《かた》を摑《つか》んで立ちあがらせていた。

「ここに来てはいけない、って何度もいったでしょう！」

「リンダ、だ、だってさ——」

「だってじゃない！　こいつと話しては駄目《だめ》。見てもいけない。絶対に！」

有無《うむ》もいわさぬ口調で金切り声をあげる少女は、そのまま半べそを掻《か》いたトーマの腕《うで》を摑《つか》んで引きずっていった。

ジルはため息をついて、ようやく祈《いの》りに集中できる、と姿勢を正そうとした。

しかし、どうにも雑念が飛《と》び交《か》っていけない。先ほど思い出してしまった昔の記憶《きおく》だけでなく、トーマとの会話や、去り際に一度だけ牢獄《ろうごく》のほうを向いた、リンダという少女の眼差《まなざ》しが、胸に焼きついて離《はな》れない。

「あの二人は、姉弟《きょうだい》だ」

気づいたときには、鉄格子《てつごうし》の向こうに〈黒狼《こくろう》の騎士《きし》〉がいた。無視せねばならぬところ、

「ご両親を、亡《な》くされたとか」

なぜだかそう問いかける。

「ああ。亡《な》くなったばかりのトーマの父が、おまえに似ているのだそうだ。あの子自身が、ほ

かの子供にそんなことをいっているのを聞いたことがある」

「そうですか、だから日も置かずしてここへ」

「姉のほうは、おまえのことを弟に教えてない、といっていたからな」

「わたしのこと、とはどういう意味です？」

「トーマの父は、もともとカノン城の守衛だった。おれたちがこの城をフォーゼの手から取《と》り戻《もど》したときも、弓を持って駆《か》けつけてきた。そして新たにやってきたフォーゼの軍勢に立ち向かおうとした」

ジル・オ・ルーンは声を失った。「新たにやってきたフォーゼの軍勢」とは、ジル自身が率いていた先遣《せんけん》隊のことにちがいない。

「守衛として、というより、父としての心意気だったんだろう。イドリオが盾《たて》にするべく捕《つか》まえていた女子供のなかにはリンダが含《ふく》まれていたんだ。娘《むすめ》が連れられていくのを、立場上、彼《かれ》はどうすることもできなかった。トーマだけは守らねばならなかった。そんな決意をしてしまった自分を恥《は》じたかもしれない。今度こそ、子供たちを守るという固い決意をもって城壁《じょうへき》に上がり、敵に矢を射かけて……」

「わたしの炎《ほのお》で焼かれたのですね」

ジルはカノン攻略《こうりゃく》の手はじめに、城壁《じょうへき》から矢を射てきた兵たち百名前後を、〈聖杯《せいはい》〉から立ちのぼる青い炎《ほのお》で焼いた。そのなかにトーマたちの父がいたわけだ。

「わざわざご説明していただいてありがとうございます」ジルはうっすらと笑った。「わたしに罪の意識が芽生えるとでも思ってのことですか？　馬鹿《ばか》な、何度も繰《く》りかえしいったではないですか、ランドール人は……」

「『何度も繰《く》りかえし』聞いたから、もういい」

ぴしゃりと〈黒狼の騎士《こくろうのきし》〉は遮《さえぎ》った。

ジルはいまさら挑発《ちょうはつ》の笑《え》みを引《ひ》っ込《こ》められず、なんとも無様な表情になった。

「おれが説明したのは、あんたがそうしてほしそうだったからだ。それ以外の理由はない」

いつしか〈黒狼の騎士《こくろうのきし》〉がいなくなったあとになっても、リンダの眼差《まなざ》しは胸に焼きついたままだった。

あの少女にとって、自分は父親の仇《かたき》というわけだ。顔も似ているという。それならなおさら憎《にく》しみを駆《か》り立《た》てられる存在なのだろう。構いはしない。誰《だれ》かの憎《にく》しみを買うこと自体は聖職者としての不徳であろうが、その『誰《だれ》か』がことごとくランドール人であるなら、まったく問題はない。彼《かれ》らは端《はな》から神の理念を共有できぬ、いわば獣《けもの》同然の存在であるからだ。

理路整然とした答えを導き出せてジルは満足した。

それなのに、この日、祈《いの》りに没頭《ぼっとう》することはついにできなかった。

4

つまり、ギュネイはカノンの復旧作業に汗《あせ》を流す傍《かたわ》ら、次々にやってくるフォーゼの騎士《きし》を相手にせねばならないし、かつての戦友であり現在は激しく対立するジルの扱《あつか》いにも苦慮《くりょ》している――。多忙《たぼう》なわけだ。

今朝は、兵の募集《ぼしゅう》に応じた男たちが訓練をする様子を眺《なが》めていた。フォーゼの騎士《きし》を日々打《う》ち倒《たお》しているギュネイだから、時折彼《かれ》らから送られる視線はまさしく神を見るそれのようだ。

「あの方とクルスさまがいらっしゃれば、たとえ青白い顔の女王がじきじきにフォーゼの軍勢を率いてやってこようと恐《おそ》れることはない」

「いや、明日にもこっちから攻《せ》めかかってやろう。奴《やつ》らがこのカノンでやったことをそっくりそのままフォーゼの都市都市でやりかえしてやるんだ」

そういった声もあちらこちらから聞こえてくる。

（困ったな）

ギュネイがそう思いつつ、中庭を囲っている柵《さく》の角にまで来て、ひと息つこうとしたとき、

「〈竜《りゅう》戦士〉。いやさ、〈黒狼《こくろう》の騎士《きし》〉どの。日々お忙《いそが》しいようだな」

もうひとつ、多忙《たぼう》の原因が向こうからあらわれた。ギュネイはいついかなるときであれ、遠

くから弓の狙《ねら》いを定められているのだ。

「またも評判をあげているようだ。救国の英雄《えいゆう》よ、気高き騎士《きし》さまよ、とな。おまえがごとき小人はさぞ気分がよかろう」

ディドーが高い柵《さく》の上に立って弓を構えている。なぜか、あらわれるときは、ギュネイより高い位置でないといけない決まりでもあるらしい。

「だが、いまここで、わたしがおまえの正体を暴いてやったらどうなるかな。おまえの集めた兵たちはそっくりそのまま敵となっておまえを襲《おそ》い、肉片《にくへん》ひとつ残さぬほどに切り刻まれるだろうな、ははは」

いちいちディドーを正面から相手にしていたのでは身がもたない。ギュネイは無視をして、柵《さく》に背を預けて座《すわ》り込《こ》んだ。

数タルン後、目の前にディドーが飛び降りてきた。多少時間がかかったのは、飛んでも大《だい》丈夫《じょうぶ》な高さまでじりじり降りてきたからだろう。

「どうするつもりだ?」汗《あせ》まみれになりつつも、その眼差《まなざ》しや声には刃《やいば》の鋭《するど》さがある。「ここで兵を集めようと、おまえがどれほど強かろうと、カノンだけでフォーゼの襲来《しゅうらい》を喰《く》い止められるとは思えぬ。おまえが敵陣営《てきじん》にまで単身赴《おもむ》き、女王を討《う》ち取《と》りでもしない限りは」

「悪くない考えだ」

「まさか、なにをいう。諸王の犬になりさがって、神にさえ牙《きば》を剝《む》いたおまえが、いまさら諸

国を敵にまわすというのか」ディドーは冷笑《れいしょう》した。「大体、自分でいっておいてなんだが、いくらおまえであろうとそのようなことができるとでも――」

「〈竜戦士《りゅう》〉なんだよ、おれ。世界を救った英雄《えいゆう》のひとりが会いにいけば、拒《こば》まれることはないんじゃないかな。女王陛下、ランドールについてお話したいことがあります、できればお人払《はら》いを――とでもいえば、二人きりにだってなれるはず」

「はん、騙《だま》されはせぬぞ。おまえはいつもそのように調子のいいことばかりいって、その結果はどうだ。ランドールの実情を探《さぐ》るだの、戦いはもう終わったから無駄《むだ》な血は流させたくないとかいって、結果は……結果は……、ええと、確かにおまえはそのとおりにしてきたけれど、え、待って、でも……本当に？」

ディドーはたやすくうろたえた。育ちがいいんだろうな、とギュネイは思いつつ、

「そう、討《う》ち取《と》るかどうかはともかくも、会おうと思えば会えるのは確かなはずだ」

ぼんやりとした声音《こわね》でいった。これはギュネイにしてみれば重要な決意を打ち明けたつもりであったのだが、ディドーはなぜか顔をいままで以上に真っ赤に染めて、

「討《う》ち取《と》るかどうかはともかく二人きりにはなれる、だと？　ま、まさかその場で押《お》し倒《たお》して、女王にいうことを聞かせるとでもいうつもりか、この〈強姦魔《ごうかんま》〉、女の敵め！」

「ち、が、い、ま、す！」

ディドーにいわれるまでもなく、

（この先、どうすべきか）

とは常に考えてきた。親方に怒鳴《どな》られながら力仕事をしているときだって、フォーゼの騎士《きし》と剣《けん》を交えているときだって、ジルと無為《むい》な会話を繰《く》りかえしているそのときだって。

ここでフォーゼの襲来《しゅうらい》に備えて、たとえ二、三度は上手《うま》く敵の軍勢を喰《く》い止めたところで、中央の政治が安定しない現在のランドールでは、フォーゼ一国を相手にそうそう長くは戦えないのも、また目に見えている。おまけに、この事態が諸国の耳に入れば――それは決して遠くない将来のことだろう――相手はフォーゼだけでは済まなくなるだろう。

（敵だから戦う、敵の大将だから討《う》ち取《と》る。こんな単純な図式でなんとかなる事態じゃない）

ギュネイとてわかっているから、あれこれ考えた挙げ句に、

（フォーゼの女王とじきじきに会う）

という選択肢《せんたくし》を脳裏《のうり》に浮《う》きあがらせていたのだ。

「捕虜《ほりょ》のジルを解放する名目で、彼《かれ》を連れて、フォーゼへいく。もちろん〈黒狼《こくろう》の騎士《きし》〉としてではなく〈竜戦士《りゅう》〉として女王に会って、直接ランドールの現状を訴《うった》えることで、彼《かれ》らがフォーゼと敵対するつもりではないことを伝えよう。おれだって一応は前大戦を終結させた立役者のひとりだ。女王だって、端《はな》から聞く耳を持たないということはないはずだ」

決して心から望むような選択肢《せんたくし》ではない。旅立つ直前には、〈竜戦士《りゅう》〉の鎧《よろい》をもとあった場所に戻《もど》す決意さえ固めていた。つまり、戦いに身を投じることも、歴史の表舞台《おもてぶたい》に立つこと

も、ギュネイは拒絶《きょぜつ》していたのだ。

「し、しかし、ギュネイ。諸王は、ランドールをミルド人の帝国《ていこく》に匹敵《ひってき》する邪悪《じゃあく》な勢力と位置づけているのだぞ。そのランドールの肩《かた》を持つようなことをひと言でも口にすれば、そいつはすなわち大悪党だ。おまえの英雄《えいゆう》としての肩書《かたが》きも、この先の生涯《しょうがい》で約束された栄光も、地に落ちるかもしれないのだぞ」

「おれは、いまだってろくに顔を知られちゃいないんだ。〈竜《りゅう》戦士〉はもともと歴史から葬《ほうむ》るつもりだったし、その〈竜《りゅう》戦士〉が世間からどんな評価を得ようとも構いやしないよ」

「おまえは、なぜ」

ディドーは衝動《しょうどう》に駆《か》られるように口を開いたが、結局それ以上はなにもいえなかった。

ギュネイ自身はもう先のことを考えている。

（とはいったものの、どうしよう？　ザッハの酒場で会ったみたいなおれの偽者《にせもの》だって世のなかにはごまんといるだろうから、フォーゼ女王がおれを〈竜《りゅう》戦士〉として信頼《しんらい》してくれるかどうか。聖槍《せいそう》エル・スリーンをケイオロスに預けてきたのは失敗だったかなあ。あれこそ〈竜《りゅう》戦士〉の象徴《しょうちょう》みたいなものだったから）

（やっぱり、まずはジルにおれの正体を打ち明けておいたほうがいいか。いっしょに戦ったこともあるし、なおかつ一騎打《いっきう》ちさえした。ほかの奴《やつ》よりは信じてくれるだろう――）

無論、ジルが自分を〈竜《りゅう》戦士〉と信じてくれたところで、「ランドールのために女王を説得する」自分に協力してくれるかどうかは別問題だ。

翌日。

その日はフォーゼ騎士《きし》の到来《とうらい》もなく、陽が出ているあいだはずっと力仕事に従事できた。

夕刻近くになってから仕事を切りあげて、誰《だれ》にも見られていない場所でガイフレイムを身にまとってから、ジルが囚《とら》われている建物に向かう。その途中《とちゅう》、

「あっ、騎士《きし》さまだ」

「決闘《けっとう》のお話を聞かせて！」

「おかげさまで商売を再開できました。近隣《きんりん》の村々から新鮮《しんせん》な卵や野菜も届いております。あとでお部屋に届けさせていただきますよ」

往来のあちこちから声をかけられるのを、ギュネイは時々足を止めて返事する。

こういった場面を、ギュネイは〈竜《りゅう》戦士〉として何度も経験していた。かつてランドール軍に侵略《しんりゃく》された土地を奪《うば》いかえした直後のことだ。それと同じ経験を、今度は〈黒狼《こくろう》の騎士《きし》〉として、ほかならぬランドールの地で繰《く》りかえしている。

歩みを進めながら、ギュネイは、ジルにどう切り出したものか考えている。

〈竜《りゅう》戦士〉とジルの共通の思い出を、二、三、語ってみようか。ジルも鈍《にぶ》い男ではないから、まさか、と気づいてくれるだろう。果たしてどんな顔をするか。ぞくりと恐怖《きょうふ》に似た思いがまたギュネイの足もとから這《は》いのぼってきた。

立場が人をどれほど変えるものか、ギュネイは嫌《いや》になるくらい見てきた。

たとえば、さっきまで笑顔《えがお》で手を振《ふ》ってくれた人たち。ギュネイが黒ずくめの鎧《よろい》ではなく〈竜《りゅう》戦士〉としての鎧《よろい》をまとっていたならどうなったか。皆《みな》いっせいに風を巻いて逃《に》げ出《だ》す、窓や戸口から「父の仇《かたき》」「息子《むすこ》を奪《うば》った悪魔《あくま》」といった罵声《ばせい》と石が同時に飛んでくる——。

例の建物の近くまで来たときにはギュネイは肩《かた》を落としていた。と、

「もし」

その肩《かた》を後ろから叩《たた》かれた。

振《ふ》り向《む》くと、小太りの、いかにも人のよさそうな男が立っている。男は羽根つきの帽子《ぼうし》を脱《ぬ》いで、滑稽《こっけい》な仕草で一礼した。

「噂《うわさ》の、〈黒狼《こくろう》の騎士《きし》〉どのとお見受けしました。足を棒にして探し出す覚悟《かくご》でありましたが、こんなに早くお目にかかれるとは運がいい。わたくしは、しがない旅芸人でしてな。つまらぬ見世物で日々糊口《ここう》をしのいでおります。どうか、わたくしの芸をご覧になっていただきたい。騎士《きし》どののお墨《すみ》つきとあれば、このカノンでも商売がしやすくなる」

「悪いが、忙《いそが》しい身だ。よそを当たってくれ」

「ああっ、つれないことをおっしゃる。どうかお待ちを」

ギュネイは無視をして建物のなかに入ろうとする。それについていこうとする男を番兵が止めた。

（さて――）

結局考えはまとまらなかった。ともあれ、恐《おそ》れている場合ではない。〈竜戦士《りゅう》〉がどうなろうと知ったことか、とディドーにいったばかりだ。たとえ正体が明るみになって、〈黒狼《こくろう》の騎《き》士《し》〉がランドールでの名声を損《そこ》なうことになろうとも、それも知ったことか、という覚悟《かくご》を持つべきだ。

ギュネイはいささか大仰《おおぎょう》といえるほど、力強く建物のなかへ足を踏《ふ》み入《い》れた。

対するジル・オ・ルーン。

暗がりでひとり、今日も祈《いの》っている。

目を閉じて唇《くちびる》を結んだその表情はいつにも増して険しい。今日はやたらと膝《ひざ》の痛みが気になって仕方がないうえに、気がつけば祈《いの》りとは別のことを考えている自分がいる。まったく集中できていないのだ。

ともすれば、手から青白い炎《ほのお》を放って、城壁《じょうへき》の弓兵を焼きつくした一場面が脳裏《のうり》をよぎる。身悶《みもだ》え、その場に横たわるか、城壁《じょうへき》からばらばらと落ちていく兵たち。子供が玩具《おもちゃ》の兵を指で弾《はじ》くかのようにまったく他愛もない。ジルはそれを見て涙《なみだ》が出るほどに笑うのだ。

（いいや、笑った覚えなどはない。これは主から与《あた》えられたわが天命だ。そこに個人の思いが含《ふく》まれてはならない。たとえ悪魔《あくま》を滅《めっ》するそのときであれ、喜びの感情などはあってはならな

いのだ)

繰《く》りかえし繰《く》りかえしそう思うのに、なぜかこの場面が浮《う》かぶとき、必ずジルは笑っている。

(なんだこれは?――今日のわたしはどうかしている。これもランドールの地に住みつく悪魔《あくま》の仕業というのか。負けてはならぬ、悪魔《あくま》の声に耳を傾《かたむ》けてはならぬ)

自分を奮い立たせて、目に見えない敵に挑《いど》みかかる。

しかし炎《ほのお》に包まれる人々の群れは、いくら目をきつく閉じあわせようと、瞼《まぶた》の裏側にたやすく忍《しの》び込《こ》んでくる。と、炎《ほのお》に焼かれて絶命した兵に取りすがる人影《ひとかげ》が新たに見えてきた。トーマと、その姉リンダ。そら来たぞ、とジルは自分に言い聞かせた。やはり悪魔《あくま》の仕業だ。ありもしない罪の意識を植えつけるためにこんな手の込《こ》んだことをしているのだ。

トーマがもう動かない父の遺骸《いがい》にすがりついて泣《な》き叫《さけ》んでいた。惑《まど》わされるな、ジル。いますぐ去れ、悪魔《あくま》。無駄《むだ》なことだ。神が与《あた》えたもうたこの聖なる任務に罪の意識を感ずるなどあり得ない。

ほどなくして、焼かれた遺骸《いがい》は、風に吹《ふ》かれて漂《ただよ》う灰と化す。と、弟と同じく父にすがりついていたリンダが、顔をあげて、高笑いをつづけていたジルをまっすぐに見つめてくる。あの眼差《まなざ》しだ。憎《にく》しみのみに純化された、それこそ焼けつくような眼差《まなざ》し。父の仇《かたき》と断じて、必ずおまえを殺してやるぞ、という、矢のように鋭《するど》くて強い意志のあらわれ。

(馬鹿《ばか》め! なにをにらむ、なにを憎《にく》む、なにを恨《うら》む。おまえのほうこそわたしから奪《うば》っていったのではないか。おまえこそ善良なものを焼きつくしたのではないか。忘れたとはいわさない、いわせるものか！）

すると、瞼《まぶた》の裏側で展開されていた光景が一変した。いっぱいに広がった炎《ほのお》は、今度は青白いそれではなく、猛々《たけだけ》しいまでに赤い。ジルの教会を焼いた炎《ほのお》だ。ジルの愛する信者たち、そして家族を無慈悲《むじひ》に奪《うば》った炎《ほのお》だ。ジルの目がいまこそ釣《つ》りあがった。

（見たことか！　これでわかったか！　いったいこれが悪魔《あくま》の所業でなくてなんだというのだ。だからおまえたちも燃やされるのだ。思い知るがいい、それが報《むく》いなのだと――）

ジルは哄笑《こうしょう》した。そんな風に高笑いする自分を、もうひとりのジルが、半歩ほど距離《きょり》を置いて見つめていた。笑っている？　そうだ、笑っている。わたしは笑っている。

さらにもうひとりのジルが、赤い炎《ほのお》から這《は》い出《で》てきた。日常の残骸《ざんがい》が、その握《にぎ》りしめた両手から灰となってこぼれ落ちていた。どんなに掻《か》き集《あつ》めようと、どれほど強く握《にぎ》りしめようとも、もはや決して取《と》り戻《もど》せはしないのだ、と訴《うった》えかけるかのようだった。

炎《ほのお》から出てきたジルは泣《な》き崩《くず》れた。女性じみた泣き声がやがて絶えると、彼《かれ》は顔をあげた。灰がこぼれ落ちたばかりの両手から、今度は青い炎《ほのお》が洩《も》れている。力を手にした瞬間《しゅんかん》だった。

それに気づいたジルは、燃えてはいるが決して熱くはないその炎《ほのお》をうっとりと眺《なが》めはじめた。そしてうっすらと笑った。笑っている？　距離《きょり》を置いたほうのジルが半ば愕然《がくぜん》としながら思った。そうだ、笑っている。わたしは笑っている。

またも場面が一変。

今度は戦場だ。ひとり馬を進めているジルへ、黒い鎧《よろい》の巨人《きよじん》兵たちが群れをなして襲《おそ》いかかってくる。そして、ジルは見た。青い炎《ほのお》を放って敵を焼きつくしたときの彼自身《かれじしん》の目を。

あの眼差《まなざ》しだ。リンダが去り際に自分に投げかけた、憎《にく》しみの眼差《まなざ》しだ。

いまになって気づいた。わたしは、そう、『あれ』と同じ目をしながら戦っていたのだ。

いつしか、ジルの両目は開いていた。暗がり。カビと糞尿《ふんにょう》の臭《にお》いがする建物のなかで、ジルは呆然《ぼうぜん》としていた。

「泣いてるの?」

鉄格子《てつごうし》の向こうから少年の声がした。トーマだ。今日も潜《もぐ》り込《こ》んできていたらしい。

「どこか痛い? ひょっとして、あいつらに『ごうもん』された? あの騎士《きし》にいいつけてやろうか」

「いや……痛くなどは」

嘘《うそ》だ。石床《ゆか》で磨《す》り減《へ》った膝《ひざ》が痛んで仕方がない。一日中祈《いの》りを捧《ささ》げているから、こわばった筋肉が、きしんだ骨が、痛くてたまらない。

「本当?」

父に似ているという自分を、心底から案じてくれているのか、トーマが近づいてくる。もっと近づけ、とジルは胸中で思った。そうすれば——、鉄格子《てつごうし》越《ご》しにその肌《はだ》に触《ふ》れてやれる。あたたかみのある肉体を感じられる。そして、トーマの首に指を這《は》わせよう。細っこい首だ。ぎゅっと力を入れさえすれば、弱った自分でも絞《し》め殺《ころ》すことができる。

(悪魔《あくま》め)

ジルは痛んだ振《ふ》りをしてよろめきながら、ひそかにあざ笑った。

(どうせこれも貴様《きさま》が見せている幻覚《げんかく》だ。わたしは負けはしない――、神との契約《けいやく》をたがえたりはしない――、ランドールを焼きつくすその日までは――)

トーマの顔が鉄格子《てつごうし》に触《ふ》れた。ほとんどがもう無意識のうちに、ジルの手がその首に伸《の》びていた。触《ふ》れた。やはりあたたかかった。涙《なみだ》ぐむほどに、血の通う肌《はだ》はあたたかかった。

(悪魔《あくま》め)

(消え去れ、悪魔《あくま》め！)

内心の雄《お》たけびとともに、ジルはただのひと息で、おのが望みをかなえた。

二章　目覚め

1

建物に入りかけたギュネイは、突然《とつぜん》、空を切り裂《さ》くような悲鳴を耳にして振《ふ》りかえった。

「なにっ」

思わず声が洩《も》れたのは、腰《こし》を抜《ぬ》かして座《すわ》り込《こ》んだ大道芸人の向こうに、〈異形〉――すなわち魔獣《まじゅう》が複数あらわれているのが見て取れたからだ。ランドールの僧《そう》たちが別次元から呼び寄せる、偉大《いだい》な神の御使《みつか》いとも、おぞましき魔界《まかい》の住人ともされる、この世ならぬ生命体。

それは、ザッハの酒場にあらわれた、翼《つばさ》あるものとは異なっていた。四つ足をついて俊敏《しゅんびん》に移動するさまは野をうろつく獣《けもの》そのものだが、首はずっと細長く、その先で牙《きば》を剝《む》いた頭部などは、禿《は》げあがった中年男性のそれに似ている。ただし、目はひとつしかなく、それは顔の中央に埋《うず》まりながらも、ぎょろぎょろとよく動いて獲物《えもの》を見さだめているかのよう。――主にフォーゼ攻略《こうりゃく》戦でよく見られた魔獣《まじゅう》で、その顔が稀代《きたい》の悪王を描《えが》いたレリーフに似ていたことから、『インダルフの飼い犬』と呼ばれていた。

魔獣《まじゅう》は、ランドール国民からすれば、神がこの国に与《あた》えたもうた力の象徴《しょうちょう》であり、崇拝《すうはい》の対象だったはずだ。が、崇拝《すうはい》とは恐怖《きょうふ》をも孕《はら》んでいる。実際、街中に突如《とつじょ》としてあらわれたこの世ならぬ獣《けもの》が、家々の壁《かべ》や塀《へい》にぴたりと吸いつくように足をつきながら耳障《みみざわ》りな咆哮《ほうこう》をあげると、往来の人々は芸人に負けず劣《おと》らず金切り声をあげて、一目散に逃《に》げていった。

数は三体。

いや、もっとも高い位置で通りを睥睨《へいげい》する魔獣《まじゅう》の隣《となり》に、まるで空をナイフで切りつけた痕《あと》のような、真っ黒いひずみが生まれつつある。さらに一体が次元の門を越《こ》えてこの世にあらわれつつあるのだ。

ギュネイは反射的に腰《こし》の剣《けん》に手をやりながら、しかし冷静さをいくらか保っていた。

「何事か！」怒鳴《どな》りながら往来の真ん中に進み出る。「神の聖獣《せいじゅう》をこの世に招き入れられるほどの力をお持ちの方が近くにいらっしゃるか。ならば、ここに方々の敵はおらぬ。牙《きば》をおさめていただきたい――」

当然、ギュネイにも事態は呑《の》み込《こ》めていない。いったい誰《だれ》がなんの目的で魔獣《まじゅう》を出現させたのか？　その誰《だれ》かはおれの敵なのか、味方なのか。ただでさえその区別が難しくなっているというのに、

（これ以上ややこしくしないでくれ）

というのがギュネイの本音だったが、そういう意味では、四体にまで増えた魔獣《まじゅう》ははっきり

とわかりやすい意図をもって行動を起こしてくれた。

それぞれが銀色の涎《よだれ》を振《ふ》りまきながら牙《きば》だらけの口を開けると、いっせいに地上に飛び降りてきて、往来の真ん中に立ったギュネイめがけて襲《おそ》いかかってきたのだ。

ギュネイは剣《けん》を抜《ぬ》き払《はら》った。『インダルフの飼い犬』とも戦闘《せんとう》経験がある。この魔獣《まじゅう》は見た目以上に俊敏《しゅんびん》だ。体重はないも同然と考えたほうがいい。人間にはまるで予測できないタイミングで横っ飛びしたり、思いがけないほど高く跳躍《ちょうやく》したりと、自由気ままに戦場を駆《か》けまわるのだ。

いままさに。

ギュネイの前方に着地したと見えた獣《けもの》が、急激に右方へと跳《は》ねて、気づいたらギュネイの背後に位置していた。が、ギュネイの対応も速い。動きをあらかじめ読んでいたために剣《けん》を抜《ぬ》きざま一回転。魔獣《まじゅう》は大きく開かれた口を横一文字に斬《き》り裂《さ》かれて、涎《よだれ》の色と同様の体液をぶちまけながらギュネイの傍《かたわ》らに転がった。

まずは一体。そのときには残り三体も動いている。

彼《かれ》らに動物もしくは人間並みの知性が宿っているのか、あるいは〈鎖《くさり》〉を打った術者が操《あやつ》っているのか、その辺りはギュネイにも不明確だが、しかしギュネイを警戒《けいかい》したのは事実らしい、まとめてかかってくることはせず、まずは剣《けん》の届かない距離《きょり》で跳《は》ねまわった。それらの動きを目で追いつづけるのは不可能だ。こちらの疲労《ひろう》を待っているとも考えられたので、ギュネイは自ら一体に跳《と》びかかっていった。

　その一体が後方に跳《は》ねる。側面に位置していた別の一体がしなやかに跳躍《ちょうやく》。ギュネイが振《ふ》るった剣《けん》のぎりぎり真上をかすめて、首もとに牙《きば》を立てかけた。ギュネイが魔獣《まじゅう》の身体ごと路面に倒《たお》れ込《こ》んだ。きゃあっ、という女性の悲鳴じみた声はしかしギュネイのあげたものではない。ギュネイの装甲《そうこう》された左手が魔獣《まじゅう》の口に埋《う》め込《こ》まれている。牙《きば》を喰《く》いとめようという動きか。並みの鎧《よろい》ならば嚙《か》み砕《くだ》かれていたろうが、そこはガイフレイム。左手首から先が刃《やいば》状に変化していたのだ。結果、魔獣《まじゅう》は自ら刃《やいば》に裂《さ》かれる運命を辿《たど》った。

　残り二体。すばやく立ちあがったギュネイだが、そのときまたも大道芸人の悲鳴が聞こえた。見ると、牢屋《ろうや》のある建物の壁際《かべぎわ》でへたり込《こ》んだ彼《かれ》の頭上に魔獣《まじゅう》がいる。壁《かべ》に四つの足をついた『インダルフの飼い犬』は、涎《よだれ》を滴《したた》らせながら芸人の頭にかぶりつかんとしていた。

「伏《ふ》せろ！」

　叫《さけ》びざま、ギュネイは剣《けん》を投擲《とうてき》した。魔獣《まじゅう》が空へと駆《か》けあがる。ギュネイは魔獣《まじゅう》にも劣《おと》らぬ速度で壁際《かべぎわ》に寄った。芸人が首をすくめたそのほんの上に突《つ》き刺《さ》さった剣《けん》を抜《ぬ》き取《と》ろうとしたとき、

「やるなあ、あんた」大道芸人がいった。「われらの神獣《しんじゅう》をああもたやすく可愛《かわい》がってくれるとは。正直、血の気が引くほどだが、ここまでだ」

　ギュネイが跳《と》び離《はな》れようとした刹那《せつな》、芸人の口からびゅっと白い靄《もや》めいたものが吐《は》き出《だ》され

ていた。ギュネイは顔に届く寸前、かろうじて剣《けん》で断《た》ち切《き》った——かに見えたが、剣《けん》の衝撃《しょうげき》で四散したそれは、数千もの糸と化してギュネイの身体に降りかかった。蜘蛛《くも》の糸さながらに強い粘着力《ねんちゃくりょく》がある。手足に貼《は》りついて、ギュネイは壁際《かべぎわ》から身を剝《は》がせなくなった。

(こいつ、魔術師《まじゅつし》か!)

気づいたときには、先ほど空を駆《か》けあがった魔獣《まじゅう》が同じ経路を経て舞《ま》い戻《もど》ってきていた。大道芸人を襲《おそ》ったように見えたのは、ギュネイを引《ひ》き込《こ》む罠《わな》だったのだろう。口を大きく搔《か》き開く。ギュネイの頭部をそっくり包《くる》めるほどに。見た目が人間に似ているだけにぞっとするような形相になった魔獣《まじゅう》は、そのままギュネイに覆《おお》いかぶさってきた。

魔術《まじゅつ》師は勝利を確信したろうが、しかしギュネイはあっさりと前方に宙がえりして難を逃《のが》れていた。彼《かれ》はこの瞬間《しゅんかん》、いったん鎧《よろい》を解くことで糸から解放されて、そして転がりながらふたたび装着したのだが、誰《だれ》の目にもとらえることはできなかった。

むなしく牙《きば》を嚙《か》みあわせた直後の魔獣《まじゅう》の首が刎《は》ねられて、魔術《まじゅつ》師の喉《のど》もとにも剣《けん》の柄《つか》が叩《たた》き込《こ》まれていた。

残り一体。ギュネイが視線をさまよわせると、その最後の一体が建物内に入っていくのが見えた。なかにはジルがいる。ひょっとしたら、今日もトーマが。

ギュネイは急いであとを追おうとしたが、右足が地面に貼《は》りついて動けなかった。振《ふ》り向《む》くと、昏倒《こんとう》させたはずの魔術《まじゅつ》師の口から一本の糸が伸《の》びて足もとに絡《から》みついている。その執念《しゅうねん》たるや感嘆《かんたん》するほどだが、ギュネイの剣《けん》も果断に糸ごと魔術《まじゅつ》師の首を刎《は》ねた。

改めて建物内に入ろうとするギュネイの耳に、幼子のものと思《おぼ》しき絶叫《ぜっきょう》が聞こえてきた。

ジル・オ・ルーンは荒々《あらあら》しい息をついて、鉄格子《てつごうし》に頰《ほお》を寄せていた。

(勝った。わたしは、誘惑《ゆうわく》の声をかける悪魔《あくま》に)

誇《ほこ》らしい達成感とともに、

(わたしは負けた。神のお声を正しく聞くことのできる耳を失ったのだ)

凄《すさ》まじいまでの敗北感と寂寥《せきりょう》の念がある。

「本当に、大丈夫《だいじょうぶ》?」

その声の主は、鉄格子《てつごうし》越《ご》しにこちらをうかがうトーマだ。ジルの両手はだらりと腰《こし》の位置にさがっている。ジルが「退け」と念じた悪魔《あくま》は、トーマそのものではなく、トーマを殺そうとする内心の声のほうだった。ジルはひとつ大きく息を吸って、意を固めた。

「わたしは大丈夫《だいじょうぶ》だ。さあ、ここから出ていきなさい。二度とここへ来てはいけない」

「でもさ、こんなところでひとりでいてもつまらないでしょ。おれが……」

「わたしはあなたの父ではない」ジルは決心が鈍《にぶ》るのを恐《おそ》れるみたいに早口でつづけた。「むしろ、あなたの父を殺したのは、わたしなのだ。城壁《じょうへき》からわたしめがけて矢を射ようとしたあなたの愚《おろ》かな父を、わたしは神の炎《ほのお》で焼きつくした」

トーマはなにをいわれたかわからないような、愚鈍《ぐどん》そのものの顔つきになった。それから左右の眉《まゆ》が互《たが》いちがいにぴくりと動いて、顔が引きゆがんだ。鉄格子《てつごうし》を握《にぎ》っていた手が離《はな》れかける。

そのとき不気味な咆哮《ほうこう》が聞こえた。おぞましき『インダルフの飼い犬』が、床《ゆか》ではなく、壁《かべ》を地面に見立てて駆《か》けてきたのだ。ジルははっとなって、

「逃《に》げなさい！」

叫《さけ》んだが、時すでに遅《おそ》い。獲物《えもの》を見つけた獣《けもの》はすでに跳躍《ちょうやく》していた。ジルは精いっぱい腕《うで》を伸《の》ばして、かろうじてトーマを突《つ》き飛《と》ばした。小柄《こがら》な身体が後ろ倒《たお》しになる。魔獣《まじゅう》の牙《きば》が眼前でがちんという音を立てるのをジルは耳にした。

着地した魔獣《まじゅう》は、しかし結局のところやすやすと望みをかなえられる立場にあった。起きあがろうとするトーマにのっそりと足を運ぶ。ジルの手はもはや届かず、トーマに逃《に》げ道《みち》はない。

ジルは鉄格子《てつごうし》を拳《こぶし》で叩《たた》いて、無我夢中《むがむちゅう》で叫《さけ》んだ。

「こっちだ！　こっちへ来い、化け物。邪神《じゃしん》の落とし子め。飢《う》えに任せて信者の子をも喰《く》らおうとはなんたる浅ましき所業。そうだ、こっちへ来るのだ。わたしはおまえの仲間を何匹《びき》も炎《ほのお》で消し去ってきた。その牙《きば》を向けるべきはわたしなのだ！」

魔獣《まじゅう》はジルを見たものの、うるさそうに人間のものによく似た耳を動かしただけで、ふたたびトーマのほうへと向きなおった。まずは食べやすい獲物《えもの》から、ということなのだろうか。ジ

ルは狂奔《きょうほん》に駆《か》られてなおも鉄格子《てつごうし》を叩《たた》きつづけた。そんななかにも、

（おかしなことだな、ジル）

また、幻《まぼろし》のなかに別のジルがあらわれて、耳もとで囁《ささや》きかけてくる。

（ランドールの子供だぞ。喰《く》わせてやればいい。だって、いずれはわたしもそうするはずだったじゃないか？）

（ちがう）

ジルはそう応じられる自分のことを、ひそかに安堵《あんど》した。が、

（あの子供は神の炎《ほのお》で焼かれなければいけない。邪神《じゃしん》の産物に喰《く》われたのでは浄化《じょうか》にならないのだ）

ジルは愕然《がくぜん》となった。それもまたもうひとりの自分。

いや、それぞれが別人のはずはない。すべてがジルの声だ。彼《かれ》はいままで、こうした内心の声に従って戦ってきたのだ。「邪悪《じゃあく》を燃やせ、邪悪《じゃあく》を殺せ」と何度も自身に言い聞かせてきた挙げ句に、いつしか自身の欲求や衝動《しょうどう》をも、『神のお声』ということにしてきたのではないか？――そんなぞっとするような思いから目を背《そむ》けつつも鉄格子《てつごうし》を叩《たた》きつづけるジルだったが、魔獣《まじゅう》の身体にトーマの姿が隠《かく》れて見えなくなった。トーマの絶叫《ぜっきょう》が響《ひび》いた。

「やめろ！」

無駄《むだ》だと知りつつも声を張りあげるのは、まさしくランドール軍の襲撃《しゅうげき》を受けたあの日の

状況と酷似していた。　信者や家族に剣を振りあげる兵士たちに、　喉から血を噴かんばかりに叫《さけ》びつづけたあの日。

（またも、わたしは失うのか？）

無意識のうちに鉄格子《てつごうし》を強く握《にぎ》りしめたそのとき。冷たくも硬《かた》い感触《かんしょく》が手のなかでぐにゃりと崩《くず》れた。涙《なみだ》を溜《た》めていたジルの目が大きく見開かれる。鉄格子《てつごうし》が手のなかで溶《と》けている。そしてその手は青白い光を放っていた。

時間が止まったように錯覚《さっかく》したこの一瞬《いっしゅん》、ジルは自分の右手から音もなく燃え立つ青白い炎《ほのお》をまじまじと眺《なが》めていた。知らず知らずのうちに、

「おまえに宿ったのは奇跡《きせき》などではない、魔術《まじゅつ》だ」

あの〈黒狼《こくろう》の騎士《きし》〉の声が次々と脳裏《のうり》を走り去っていった。

「本当は、聖杯《せいはい》などなくてもおまえは炎《ほのお》を操《あやつ》れるんだ」

「だが、おまえはそれを決して認めはしないだろう。聖杯《せいはい》を神がお与《あた》えになった、だから戦うのだ、だからランドール人を殺すのだ、だから復讐《ふくしゅう》をしてもよいのだと――それを大義名分にしているからだ」

ジルの膝《ひざ》が崩《くず》れかかった。汗《あせ》にまみれた長髪《ちょうはつ》から覗《のぞ》いた顔面は蒼白《そうはく》になっている。

（わたしは神ではなく、悪魔《あくま》に導かれていたのか？）

神が与《あた》えてくださったと信じていた聖杯《せいはい》がただのコップでしかないというなら、自分は悪魔《あくま》

に騙《だま》されていたのか。悪魔《あくま》は、魔術《まじゅつ》の炎《ほのお》をこっそり自分に貸し与《あた》えて、「これぞ神の力よ」と殺戮《さつりく》を繰《く》りかえすジルを陰《かげ》から見つめながら大笑いしていたのか。

底なしの穴に叩《たた》き込《こ》まれた気分だった。手足をかける場所もなく、ただもう真っ逆さまに落ちていくなかにあって、ジルはこのときなぜか、「うふふ」と忍《しの》び笑《わら》いを洩《も》らしていた。

絶望に陥《おちい》る場面でありながら、右手を切り落としてでも悪魔《あくま》の力を否定せねばならない場面でありながら、このときジルの胸中に雑多な感情を押《お》しのけてでも浮《う》きあがってきたものは、歓喜《かんき》にほかならなかった。

(魔術《まじゅつ》だと？　結構じゃないか)

そうとすら思えた。ジルの唇《くちびる》が不気味な笑《え》みを浮《う》かべた。

鉄格子《てつごうし》から放した右の手を胸にかざす。炎《ほのお》の色彩《しきさい》と形とが倍近くに膨《ふく》れあがった。

(もしも、あの日――ランドール軍がわたしの教会を襲《おそ》ったあのとき。そう、信者や、妻や子供が殺されていくあの場面で、もしも、悪魔《あくま》がわたしの耳もとで囁《ささや》いたならば)

もはや触《ふ》れてもいない鉄格子《てつごうし》が形を失って溶《と》け崩《くず》れていく。

(――力をくれてやるぞ。あいつらを皆殺《みなごろ》しにする力を。おれと契約《けいやく》をするならば)

(そういわれたならば。きっと……わたしは)

冒瀆《ぼうとく》的な考えに身と心をなげうつ、一種の破滅《はめつ》的な悦楽《えつらく》に、涎《よだれ》を垂らすほどの絶頂感を味わいながら、ジルは右手を大きく振《ふ》るった。

熱と気配を感じてか、魔獣《まじゅう》が振《ふ》り向《む》いた。

「もう遅《おそ》いのですよ」ジルは高笑いした。「このわたしを捨て置いた報《むく》いを受けなさい」

魔獣《まじゅう》がいかに俊敏《しゅんびん》であれ、こうも接近していては逃《のが》れられようもない。青い熱波が吹《ふ》き荒《あ》れたのちには魔獣《まじゅう》はあとかたもなく消え去っており、そして、〈黒狼《こくろう》の騎士《きし》〉がおっとり刀で駆《か》けつけてきたのはその数タック後のことだった。

2

ギュネイはその後、建物を中心に数クルー範囲《はんい》を捜索《そうさく》した。魔獣《まじゅう》があらわれた以上、それに〈鎖《くさり》〉を打った術者が必ず近くにいるはず。魔獣《まじゅう》は大道芸人が死んだのちも動いていたから、それとは別にいたことになる。しかし、術をおこなっている最中ならばともかくも、一般人《いっぱんじん》にまぎれ込《こ》んだ術者を見つけるのはギュネイとて困難だ。わかりやすくランドール僧《そう》の法衣《ほうえ》を着ているはずもなく、結局のところ成果はなかった。

道中、騒《さわ》ぎを聞きつけたクルス・アインに会ったので、彼《かれ》率いる兵たちに「念のため警戒《けいかい》を」と呼びかけた。

クルスらと離《はな》れて戻《もど》りすがら、

「聞いたぞ」

ディドーが肩《かた》を並べてきた。表情が緊迫《きんぱく》していて、さしもの彼女《かのじよ》も高い位置からあらわれる状況《じようきよう》ではないと判断したらしい。その理由はギュネイにもなんとなく想像がついた。

「魔獣《まじゆう》を呼び寄せる司祭たちが、暗殺をおこなう魔術《まじゆつ》師の手助けをする。──きみと同じ、双蛇《そうじや》兵団か」

「遺骸《いがい》を見たが、顔も名前も知っている男だった」

といわれたところで、さすがに、「そうか、顔見知りを斬《き》って悪かったな」というほどにギュネイも人がよくない。ディドーも望みはしていないようだった。

往来のあちこちに人出があって、噂話《うわさばなし》を交《か》わしあっている。前にも述べたとおり、大司教ハーディンとその一派に関しては国内でも評価が割れていた。実際に神の力を得た彼《かれ》らをいまだ信奉《しんぽう》する者もある一方、「奴《やつ》らこそ国を焼いた張本人」として激しく憎悪《ぞうお》する者もある。今回の魔獣騒動《まじゆうそうどう》は、カノン内でのそうした議論に油を注ぐかもしれない。

「おれに関しては、きみに暗殺が任せられたんじゃなかったのか？」

ギュネイが尋《たず》ねると、ディドーは暗い面持《おもも》ちでかぶりを振《ふ》って、

「おそらく、おまえのことを〈竜《りゆう》戦士〉と知って襲《おそ》ったのではあるまい。カノンをフォーゼの手から奪回《だつかい》した騎士《きし》のことが噂《うわさ》になって父の耳に届いたのではないか」

そういったが、ということは、〈黒狼《こくろう》の騎士《きし》〉が〈竜《りゆう》戦士〉であるという事実を、ディドーはいまだ味方にも伏《ふ》せているということだ。

「ランドールのために外国の軍勢と戦っているんだから、〈黒狼《こくろう》の騎士《きし》〉は彼《かれ》らの味方のはずじゃないか。なぜ襲《おそ》う？」

「わ、わたしとて、父上のお考えすべてがわかるわけではない」膨《ふく》れっ面《つら》になってディドーはいった。「だが、おまえは怪《あや》しまれるには十分すぎる。正体を隠《かく》した凄腕《すごうで》の剣士《けんし》など、『さあ、謎《なぞ》が謎《なぞ》を呼んでください』といわんばかり。〈黒狼《こくろう》〉などと呼ばれていることもな」

「その仇名《あだな》がどうかした？」

「自覚がないのか。黒狼《こくろう》王、といえば、地上の民《たみ》のために太陽を喰《く》らったとされる、ランドールに伝わる神話上の生き物だ。屈《くっ》せぬ勇気と、不老不死の象徴《しょうちょう》とされて、わが父コンラットもこの黒狼《こくろう》王を紋章《もんしょう》のモチーフにしている」

（あ、そうか）

いまさらながらギュネイは心中で手を打った。もともとガイフレイムの形状を変えざるを得なかったのは、ザッハの軍人たちに正体を気取られたくなかったからだが、そのときはあまりに切迫《せっぱく》した状況《じょうきょう》だった。細かくデザインをするゆとりなどあるはずもなく、最前まで目の当たりにしていた〈赤目〉の鎧《よろい》をもとにするしかなかった。また、数日前にはまさしく黒狼《こくろう》王を描《えが》いた壁画《へきが》を目にしており、記憶《きおく》の片隅《かたすみ》に引っかかっていたその印象がデザインに作用したか、「そういわれれば狼《おおかみ》に似ていなくもない」というような形になった。

ギュネイ自ら名乗ったわけではないのだが、〈黒狼《こくろう》の騎士《きし》〉と呼ばれる騎士《きし》が派手な活躍《かつやく》をしているとあれば、確かにコンラットも怪《あや》しまないわけにはいかないだろう。

「力を試《ため》したうえで、おまえの素性《すじょう》を探《さぐ》るおつもりだったのではないか」

「にしても、やり方が過激すぎる」

　例の建物の前にも人だかりができていて、増員された番兵たちが彼《かれ》らを追《お》い払《はら》うのに懸命《けんめい》になっている。ギュネイが歩いていくと、〈黒狼《こくろう》の騎士《きし》〉を気遣《きづか》う声があちこちから投げかけられた。

「お怪我《けが》はありませんか、騎士《きし》さま？」

「騎士《きし》さまを襲《おそ》うなんて、邪神信奉者《じゃしんしんぽう》たちはなにを考えてやがるんだ！」

「いや、フォーゼの罠《わな》にちがいない。ランドール内で同士討《どうしう》ちをさせようって腹だ――」

　ギュネイは手をあげて彼《かれ》らの声に応じつつ、再度建物のなかに入った。

　ジルは手を拘束《こうそく》されたうえで別の牢屋《ろうや》に移されていた。見張りが複数ついている。とはいえ、ジルがその気になれば脱出《だっしゅつ》するのはたやすかろう。聖杯《せいはい》がなくとも力を発動できるのだと知ったいまならば。

　もう一度、ジルと改まって二人きりで会話すべきだろう――と考えたとき、

「騎士《きし》さま、ここへおいでで《とこ》したか」

　息を切らしながら飛び込んできた兵がある。緊急《きんきゅう》の報告があるという。この兵が周囲の目を気にしたので、奥《おく》まった場所で聞くことにした。しかし、いくらカノン奪還《だっかん》の立役者であると

いっても、正体の知れぬ騎士《きし》に率先《そっせん》して情報が渡《わた》るというのも妙《みょう》な話ではある。

ギュネイは苦笑いをしかけたが、報告を受けると、すぐさま兜《かぶと》の下で真顔になった。

その後、兵たちを下がらせると、ギュネイ以外、ディドーとジルだけとなる。

「どうした、なにかあったのか」

ディドーが聞くと、

「王都バン＝シィが包囲を受けているらしい」

ギュネイはあっさりとこの情報を口にした。

「な、なんだと。バン＝シィに駐留《ちゅうりゅう》しているダスケス王子の軍勢か？」

「それなら包囲するまでもないだろう。だけど王子も無関係じゃない」

ダスケス王子ブルートは、ランドール王女ミネルバに促《うなが》されて——というよりそのかされて——ディラ・ロゴス山に攻《せ》め入《い》っていた。ディラ・ロゴスといえば、ハーディンの娘《むすめ》を旗《はた》頭《がしら》とした司祭クラスの生き残りが集まっている場所であり、かつて四天王と目されたひとり、コンラットもここに合流しているという。ブルートは、ランドール王族との結婚《けっこん》に必要な聖火台を奪《うば》うために兵を進めたものの、過日、ここに攻《せ》め入《い》ったフォーゼの部隊と同じ運命に見舞《みま》われた、というのだ。つまりは、返《かえ》り討《う》ちにあって、敗走させられた。

「ふふん、当然だ。どのような国の兵だろうと、父上に勝てるものか」ディドーは誇《ほこ》らしげな顔になったが、またいつものようにすぐ表情を変えて、「王都が包囲されたというのはしかし、

「何事だ？　いったい何者が――」

「その、『お父上』の軍勢だよ」

「な、なに？」

　これまで、王都駐留《ちゅうりゅう》軍が武装解除を促《うなが》そうと、フォーゼの部隊が攻《せ》めかかろうと、座して動かずにいたディラ・ロゴス勢が、ブルートを返《かえ》り討《う》ちにした余勢を駆《か》ってか、突如《とつじょ》、山を下りてダスケス軍を追撃《ついげき》にかかった。泡《あわ》を喰《く》った王子が命からがらバン＝シィへ逃《に》げ込《こ》むと、ディラ・ロゴス勢は王都を包囲する構えを取ったのだそうだ。

　たったいま届いたばかりの情報だが、王都との距離《きょり》を考えると、それから五日以上は経《た》っていることになる。無論、現状は知りようもない。

「きみのお父上はブルートをどうあっても許さないつもりか。それともこの状況《じょうきょう》を利用して王都を制圧するつもりだろうか」

「わ、わからぬ。父上の考えすべてが、わかるわけではない――」

　ディドーはそう繰《く》りかえした。あきらかに動揺《どうよう》している。

　ギュネイは口を閉ざして考えにふけった。予定どおりフォーゼへいくべきか。それとも一刻も早く王都へ赴《おもむ》くべきか。ギュネイは「ランドール国民は狂信者《きょうしん》ではない」とジルに説いたが、ハーディン一派――そのなかでも再起を図《はか》って雌伏《しふく》していた連中だ――となると、まさしく狂信《きょうしん》者のレッテルがふさわしい連中だとも思える。

（もともと、おれがランドールへ来た理由のひとつは、そういった狂信者《きょうしんしゃ》たちが『六英雄《えいゆう》』に暗殺の刃《やいば》を放ってまで、なにをしでかすつもりでいるのかを確認《かくにん》する、というものだった）

それが、なぜかランドール復興の手助けをするようなおかしなことになっていたのだが、ここに来て、ようやくかつて剣《けん》を交えた『敵』に近しい存在が首をもたげてきた。ギュネイの、普段《ふだん》は凪《なぎ》のように穏《おだ》やかな心の奥底《おくそこ》から、抑《おさ》えがたい感情の荒波《あらなみ》が押《お》し寄《よ》せてきた。

（『奴《やつ》ら』だ。また『奴《やつ》ら』がなにかをやろうとしている）

ハーディン一派こそが、世界を、国を焼いた当事者であり、また、個人的な観点でいっても、ギュネイからたったひとりの親友を奪《うば》って、故郷の村を火で包んだ、いわば『仇敵《きゅうてき》』だ。

「ジル・オ・ルーン、正々堂々一騎《いっき》打《う》ちをした相手として、おまえにひとつ頼《たの》みがある」

数タルクののち、ギュネイは閉ざしていた口を開いた。

以前までなら、「邪神《じゃしん》の加護を受けた者になにを頼《たの》まれようが聞く耳など持ちません、ほほほ」と笑ったろうが、いまのジルは、

「なにを？」

とだけ聞く。

「いますぐおまえを解放する。その足で故郷のフォーゼへ帰れ」

ディドーが目を剝《む》き、ジル本人は、ほう、と無感動に頷《うなず》いて先を促《うなが》した。

「頼《たの》みというのは？」

「書状を持たせる。それを、女王陛下にお届けしてほしい」

「どなたからの書状です？　バン＝シィにランドール王族最後の生き残りがいる、という噂《うわさ》を番兵から聞いたことがあります。その方でありますか」

ミネルバ王女生存の噂《うわさ》はもうカノンにまで届いているらしい。が、

「誰《だれ》が王都にいようとも、いまから書いてもらうには遅《おそ》すぎる。おまえに届けてほしいのはおれがこれから書く書状だ」

「ほっ」ジルは小さく失笑《しっしょう》した。「あ、あなたの書状でありますか。確かに〈黒狼《こくろう》の騎士《きし》〉の名前は、いまやフォーゼの王宮にも知られていましょうが、それはカノンを奪《うば》い、騎士《きし》の誇《ほこ》りを次々奪《うば》っている仇敵《きゅうてき》として、でしょう。失礼ながら、その書状を届けたところで、果たして陛下がお読みになってくださるかどうか」

「読んでくださる。おれが真の名をあきらかにし、おまえがそれを女王に証明してくれるなら」

ジルから笑顔《えがお》が消えた。ディドーも息を詰《つ》めて二人の顔を代わる代わる眺《なが》めている。すでに陽は落ちつつあった。昼ですら暗いこの牢屋《ろうや》の一角は、もう真夜中と変わりない。

「……妙《みょう》だとは思っていました」ジルはまるで闇《やみ》をも見とおせるかのような目で、じっとギュネイの兜《かぶと》を見つめながらいった。「ランドールは六英雄《えいゆう》と諸王の軍勢によって、完膚《かんぷ》なきまでに敗れた。名のある戦士、騎士《きし》、司祭、領主、軍略家……ことごとくが討《う》ち取《と》られた。あなたほどの戦士が生きのびていたなら、敵味方双方《そうほう》で、必ずや噂《うわさ》になっていたはず。となると、あ

なたは、ランドール人ではないのですね。陛下にこの国の知りあいなどおられるはずもない。ふむ……、陛下への手紙になんと書かれるつもりなのです？」

「ランドールとフォーゼの不幸ないきちがいについて、一からご説明さしあげる。いまのランドールに、諸国と事を荒立《あらだ》てるつもりなどいっさいないことも含《ふく》めて。必ずや、おれ本人がのちのち王宮にまで赴《おもむ》いてお話しさせていただくので、まずは槍《やり》を収めていただきたい、と」

それを聞いて、ジルはふたたび視線を落とした。

ギュネイはこれ以上なにもいわない。いまの言葉で、正体などほとんど明かしたようなものだった。一国の統治者を相手にしながら「自分の名前を無視できるはずがない」と確信を抱《いだ》ける存在など、そうそういない。

しばらくあって、ジルが出した答えは、

「お断りします」

というものだった。

「こいつ！」ギュネイより先にディドーが荒々《あらあら》しく反応した。「人の話など端《はな》から聞くつもりがないんだ、この手の男は。一念に凝《こ》りかたまって融通《ゆうづう》が利《き》かない！」

リーリンの台詞《せりふ》ではないが、誰《だれ》がいうのやら。

と、ジルは床《ゆか》に手をつきながら、ゆっくり時間をかけて立ちあがった。彼《かれ》の力はディドーも見知っている。弓を構えかけたが、

「書状は、わたしが書くとしましょう」とジルは妙《みょう》なことをいった。「騎士《きし》どの、本来、あなたは自分の足でフォーゼに向かい、女王を面と向かって説得したかった。しかしバン＝シィでのことがあったため、断念せざるを得ない。そうですな？」

「……そのとおりだ」

ギュネイは率直《そっちょく》に認めた。と、ジルも頷《うなず》いて、

「どうせ、近いうちにまたフォーゼから一騎打《いっきう》ちの騎士《きし》がやってくるでしょう。その騎士《きし》に、わたしが手ずから書状を渡《わた》して国に帰らせれば、女王とてお読みになってくださるはず。しばらくの時間稼《じかんかせ》ぎにはなりましょう。その代わり」

長い牢屋《ろうや》暮らしのためと、祈《いの》りの姿勢で無理を強《し》いたためか、足もとをふらつかせながら、ジルは穏《おだ》やかに、かつ力強くいった。

「わたしも王都まで連れていっていただけませんか」

ほう、と今度はギュネイがいう番だった。試《ため》すような視線にさらされつつ、ジルは自分のかさかさに乾《かわ》いた両手を眺《なが》めた。

「あなたのいわれたとおり、あの聖杯《せいはい》がただのコップだったのかどうか、わたしの身に宿ったのが奇跡《きせき》だったのか魔術《まじゅつ》だったのか、それはわからない。ただ、わたしは自分の心を偽《いつわ》っていたのかもしれない、とは思うようになった。わたしは神の愛と、使徒としての使命をこの口で説きながら、その実、復讐《ふくしゅう》にこの力を利用していただけではないか。家族や信者を失った痛手

と悲しみに向きあいきれず、これを乗《の》り越《こ》えることができず、憎《にく》い敵を燃やしつづけていくのが心地《ここち》よかったがためだけに、『この力を授《さず》かったからには、邪神《じゃしん》を滅《めっ》するのが神より与《あた》えられた使命』などと都合よく解釈《かいしゃく》したのではないかと。そう──、わたしは、神のお声に従って茨《いばら》の道に足を踏《ふ》み入《い》れたのではなく、むしろそのまったく逆に、神が与《あた》えてくださった痛みから逃《に》げただけなのではないか」

「──」

「わたしはランドールを、その土地に住まう人々を、もう一度この目で見てみたい。いままでとはちがう目線で。そして、悲しみ、憎《にく》しみを──剣《けん》や炎《ほのお》で戦うことなく──乗《の》り越《こ》えられる自分でいられるかどうかを確かめたい。騎士《きし》どの、お願い申しあげる。両腕《りょううで》を鎖《くさり》で縛《しば》りつけても、足に鉄球をつないでも構わない。わたしをバン＝シィに同行させてはもらえまいか」

「やあやあ、邪悪《じゃあく》な騎士《きし》にも恐《おそ》れず立ち向かうわれこそは、山脈を越《こ》えて南、フォーゼはウズイールの生まれ。妖精《ようせい》住まうというウズイールの清涼《せいりょう》な湖に育まれ──ぐおっ」

名乗りをあげさせる暇《ひま》も惜《お》しんで、ギュネイは手早く片《かた》をつけた。これで七人目にはなるだろうか。

「お、おのれえ……いきなりしかけてくるとは、卑怯者《ひきょうもの》」

フォーゼ騎士《きし》が悶《もだ》え苦しんでいると、傍《かたわ》らにジルが立った。亡《な》くなった、もしくは凄惨《せいさん》な捕《ほ》虜《りょ》の身にあると思っていた仲間がいきなり健康な姿であらわれたので、ウズイールの某《なにがし》とやらも目を丸くする。そのジルが屈《かが》み込《こ》むや否《いな》や、さっとなにかを差し出してきて、

「わたしからの文《ふみ》です。女王陛下に届けていただきたい」

という。

「ま、待て。どういうことだ？」

「見てのとおり、わたしはランドール人の信頼《しんらい》を得て、自由に動ける立場となっています。わが信心が邪教徒《じゃきょうと》にも届いたのですよ。もうしばらくすればカノンにいる大勢の民《たみ》を味方につけることができよう。さすれば、労せずしてカノンを奪《うば》えるはず。また、この立場を利用してランドールの内情を調べるつもりでいるので、いましばらくのあいだ、カノンには手出し無用でお願いする」

早口でいう。もとより芝居《しばい》の上手《うま》い男ではない。書状には、いま彼《かれ》が口にしたような内容が、もう少しは体裁《ていさい》をととのえて書かれてあった。

フォーゼ騎士《きし》が従者に肩《かた》を担《かつ》がれながら帰っていくのを見届けると、ギュネイも旅立ちのときを迎《むか》える。同行するのは、リーリンとジル。そしておそらくは、遠くで、

「〈邪竜《じゃりゅう》〉め、どこへいこうと、わたしが常におまえを見張っているのを忘れるなよ。おかしなことをしたらすぐさま矢で射貫《ぬ》いてやる」

とばかりに身をひそませているディドー。

ほとんどの者には内密だ。早朝、限られた人間の見送りを受けて、彼《かれ》らは目立たぬように出立した。ギュネイとジルはすでに馬上にある。ということは、ジルの腕《うで》にも足にも枷《かせ》はない。ギュネイがそれでいい、と判断してのことだ。

「カノンのことを頼《たの》む」

とギュネイがいえば、馬の轡《くつわ》を取ったクルスが、

「王都をお頼《たの》み申す」

という。表情がどこか不満げなのは、本心では、「自分も騎士《きし》どのに同行して王都の危機を救いたい」と思っているからだろう。が、ギュネイはクルスに「重要な任務」としてカノンの防衛を命じていた。

「おまえになら、託《たく》すことができると思えばこそだ」

すでに敬愛の域にまで達している騎士《きし》にそういわれては、クルスも承諾《しょうだく》せざるを得ない。

空に薄《うす》く雲が漂《ただよ》う下、門を抜《ぬ》けようとしたとき、ジルが馬の足を止めた。門の傍《かたわ》らに、リンダと弟トーマの姿がある。ギュネイも気づいた。なにか声をかけようとするより早く、

「父ちゃんの仇《かたき》！」

トーマの叫《さけ》びが雲を突《つ》き抜《ぬ》けたように聞こえた。

「いつか、おまえより強くなるからな。おまえより強くなって、おまえと『いっきうち』をする！」

ジルは表情ひとつ変えず、

「待っています」と馬上で言い放った。「ただし、日々、お父上との対話は――祈《いの》りは、欠かさぬよう。そのうえで、お父上が、あなたが命を落とすかもしれぬと知りつつ、なお、自分の仇《かたき》を討《う》て、というのであれば、おいでなさい。そのときは容赦《ようしゃ》しない」

トーマはいくらかひるんだ顔つきになった。言いかえそうとしたが、まともな言葉にはならず、「あっ」と泣き声に似た大声を放ったのみ。その隣《となり》で、リンダは弟の肩《かた》を抱《だ》きながら、ジルの顔をあの眼差《まなざ》しでにらみつづけていたが、最後にはぎくしゃくとした一礼をした。

複雑な心持ちではあっても、一応は、弟を救ってくれた礼をしたのだろう。

一行は門を抜《ぬ》けた。

途端《とたん》に、

「ああ、あ」ギュネイの腰《こし》につかまっていたリーリンがわざとらしく欠伸《あくび》をした。「次はどこへいくものやら、と思っていたら、バン＝シィに逆戻《ぎゃくもど》りですか。まったく、〈黒狼《こくろう》の騎士《きし》〉さまはお忙《いそが》しいですねえ」

「仕方ない。ロウラだかコンラットだかの一派が王都を占拠《せんきょ》するような事態になれば、いま以上の混乱が起きてしまう。それも、諸国を巻《ま》き込《こ》んでの大混乱にまで膨《ふく》れあがる可能性だって否定できないんだ」

「まったくもって正しい言い分なのでしょうけど、そんな大変な事態ならなおさら、頼《たの》もしいお味方に協力してもらうべきだと思いますけどね」

「急がなきゃ、人死にが出る」

ギュネイは切り捨てるような言い方をした。自分が『言い訳』に近い言葉を並べていることは自覚していたからだ。リーリンも無言になった。当分は機嫌《きげん》が悪いだろう。

馬を飛ばしながら、ギュネイは馬の首にくくりつけた包みを開けて、なかから『聖杯《せいはい》』を取り出した。

「フォーゼの聖騎士《せいきし》、これをお返しする」

「こちらへ」

いわれたとおりにギュネイが放り投げた『聖杯《せいはい》』は、ジルの開いた手に辿り着《たどりつ》く寸前、青白い炎《ほのお》によって掻き消《かきき》えてしまった。

3

匹夫《ひっぷ》の勇、とは思わない。

ダスケス王子ブルートは実戦の経験も多いし、ランドールとの戦争に参陣《さんじん》していた以上、決して勝ちいくさのみを重ねてのぼせあがっている男ではない。敗戦の屈辱《くつじょく》も、引き際《ひきぎわ》も、陣《じん》を立てなおす方策も心得ており、一軍の将としてそれなりの器《うつわ》がある——、とミネルバ王女は踏《ふ》んでいた。

対するディラ・ロゴス。その陣容《じんよう》は多くの点で未知数なれど、フォーゼの部隊五百を返《かえ》り討《う》ちにした実績がある。

この双方《そうほう》がぶつかったとき果たしてどちらが勝利をおさめるか。ミネルバにもそれは読みきれなかったが、多少の時間稼《じかんかせ》ぎにはなるだろう、と考えていた。ブルートの軍が王都を離《はな》れたあと、かつて城に仕えていた兵士たちを呼び集めて、

「決して短絡《たんらく》的な行動は起こさぬよう」

と釘《くぎ》を差したうえで、そのうち数十名を、直属の守衛兵としてちゃっかり離宮《りきゅう》で雇《やと》い入《い》れつつ、王子の留守を預かっているダスケス勢のもとへ自分から足を運んで、彼《かれ》らに労《ねぎら》いの言葉を与《あた》えた。かつては離宮《りきゅう》を出ることもままならない立場だったが、王子との婚姻《こんいん》が現実的になっており——少なくとも王子側はそう信じている——、その王子が不在のいま、ミネルバはなし崩《くず》し的に行動範囲《はんい》を広げにかかっていた。

ブルートが勝つにせよ、ディラ・ロゴスが勝つにせよ、決着がつく前に多少の影響《えいきょう》力は取《と》り戻《もど》しておきたい。そう思えばこそだったが、まさかこれほど早く王子が帰還《きかん》してくるとは予想外だった。

王子がバン＝シィの門をくぐったときの青ざめた顔は、しばし市中でも噂《うわさ》になった。

「も、門を閉ざせ。早く、早くしないか」

あのブルートがぶるぶる震《ふる》えていたというのだ。

追撃《ついげき》を受けていた。いうまでもなく、ディラ・ロゴス勢によるものだが、この報告をミネルバはにわかには信じられなかった。長いこと山に座して動かなかった彼《かれ》らが、なぜいまになって？　しかも、大司教の娘《むすめ》ロゥラその人までもが山を下りてきて、部隊の旗頭《はたがしら》になっているという。

ブルートが逃《に》げ込《こ》んできた翌日には、門前に〈異形〉の軍勢があらわれ、さらには門を破ってでも突入《とつにゅう》する構えを見せた。「いかん」とブルートは傍目《はため》にも狼狽《ろうばい》した。そこへミネルバが兵数名をともなって訪ねた。

離宮《りきゅう》から自由に動けている姫《ひめ》の現状にブルートは驚《おどろ》いたが、状況《じょうきょう》が状況《じょうきょう》であるために表立って激しくとがめることはしない。

「なにがあったというのです、殿下《でんか》。ディラ・ロゴスでいったいなにが」

「なにが、などというものではない」ブルートは姫《ひめ》の手前、体裁《ていさい》を取りつくろいながらも、声の震《ふる》えは隠《かく》せなかった。「邪神《じゃしん》勢力は滅《ほろ》んでなどいなかった。あれは、いますぐにでも国のひとつは取れるほどのものだ。あたかも悪夢が群れなしてあらわれたかのようだったわ」

敵の使役《しえき》する魔《ま》獣《じゅう》、〈赤目〉の群れに前進もままならず、むしろディラ・ロゴスの地形を熟知している敵に、天険《てんけん》を利用しての奇襲《きしゅう》、挟撃《きょうげき》をかけられて、ダスケス陣営《じんえい》は崩《くず》れる一方。

おまけに、

「〈黒狼《こくろう》の騎士《きし》〉たちの軍勢がカノンを取った」

という報告が飛《と》び込《こ》んできて、ブルートは汗《あせ》まみれの顔に驚愕《きょうがく》を刻んだ。

戦いに気を取られていて、〈黒狼《こくろう》の騎士《きし》〉のことなどすっかり失念していたというのが本音だ。しかし、たかだか時間稼《じかんかせ》ぎのコマになりさえすればいいと思っていた彼《かれ》らがカノンを取って「しまった」となると事態そのものが変わる。

「え、ええい、くそ」

なにもかもがままならぬ。ランドール王、ダスケス王としての輝《かがや》かしい未来を目の前にしておきながらも、ブルートとてさすがに引《ひ》き際《ぎわ》はわきまえている。断腸の思いで「退け、退け」と号令を下した。

（まさか、このおれがフォーゼの二《に》の舞《ま》いになるとは）

奥歯《おくば》を噛《か》みしめたブルートだったが、フォーゼよりなお悪い。敵は山を下ってまで追撃《ついげき》をかけてきたのだ。ブルートは終始後ろを気にしながら、バン＝シィまで必死の思いで逃《に》げ帰《かえ》った。

だが、敵は王都の外壁《がいへき》や門を崩《くず》してでも押《お》し入《い》ろうとしてきている。怪力《かいりき》の〈赤目〉や、空を飛ぶ種類の魔獣《まじゅう》がいては、市内に攻《せ》め込《こ》んでくるのも時間の問題だった。

（ディラ・ロゴスの勝利か）

王女はちらりと思った。どちらの勝利を望んでいたかは自分でもわからないものの、このままでは市街地に被害《ひがい》が出る。それに、狂信《きょうしん》的で恐《おそ》ろしい力を持つ一派よりは、当面、結婚《けっこん》をちらつかせておけば、まだ協力的な存在にもなり得るブルートのほうに肩入《かたい》れしたい気持ちもあった。

（そう、わたしにとっては、まだ王子のほうが身近で御《ぎょ》しやすい仲間だ）

理性的に判断をするなら、確かにそうなる。

なのにこのとき、ミネルバは自分でも思いがけないほど動揺《どうよう》していた。ディラ・ロゴスを必要以上に恐《おそ》れたのではない。むしろ、正反対の感情が湧《わ》きあがってきたのであるが、

（馬鹿《ばか》な。いまは、とにもかくにも、バン＝シィを戦場にしないことだ）

自分でも不思議と思える感情を必死で呑《の》みくだして、

「このまま侵入《しんにゅう》を許すわけにはいきません。どうでしょう殿下《でんか》、ここは王家の人間であるわたしが、双方《そうほう》のあいだに立つというのは」

王子に訴《うった》えかけた。自分の生存をあきらかにせよ、というのだ。そしてただひとりの勢力でありながら『王家』として一定の影響《えいきょう》力があるように取りつくろえ、ともいっている。

ブルートとて簡単に呑《の》める訴《うった》えではなかったが、しかし部隊の態勢を立てなおす時間さえないのが実情だ。この提案を受け入れざるを得なかった。

すぐに、使者が用意された。

ミネルバは自分の生存を明かしたうえで、王家の許しなくして兵を王都内に入れることを禁じた法律を持ち出し、相手を牽制《けんせい》する内容の書状を送った。

返事はすぐにあった。ディラ・ロゴス勢——すなわちロゥラ一派は、ブルートのことを、「神に刃《やいば》を向けた背教者」であるとして、身柄《みがら》の引《ひ》き渡《わた》しを要求。

「われらは異教徒の手から都を解放するために来た。そちらが本当にランドール王女ミネルバだというならば、むしろ率先《そっせん》して異教徒の蛮人《ばんじん》をこちらに差し出していただきたい」

とも書《か》き添《そ》えてあった。

が、同時に、

「神に、かりそめの足場として降りていただいたこの地を戦場にするのは本意ではない」

ともあった。バン＝シィは、大司教ハーディンが神を降ろす儀式《ぎしき》をおこなった地でもあるため、彼《かれ》らにとっての聖地でもある、というわけだ。

ミネルバはさらに書状を返した。

「こちらとて、教会の方々をないがしろにするつもりはない。されどランドールの情勢は決して以前のままではなく、この混沌《こんとん》とした事態のなか、互《たが》いの進む道をあきらかにするための席を用意したい」

と申し出た。軍勢を門の内側に入れるわけにはいかないが、代表者数名ならば受け入れて話しあいをする用意がある、と伝えたのだ。

この返答には一日を要した。

日没《にちぼつ》寸前に届けられた書状の内容を、ミネルバは忠実な侍女《じじょ》ターシャに読みあげさせた。二度繰《く》りかえさせたあと、ミネルバの白い容貌《ようぼう》が引きしまった。書状には、会談を受け入れる、とある。

大司教の娘《むすめ》ロゥラその人が、バン＝シィへ来るという。

無論、会談の席にはダスケス代表としてブルートが、そして『王家』の代表としてはミネルバ本人がつくこととなるのだ。

十七歳《さい》の王女は深々と息を吸った。


「あなたが、わたしが思っているとおりの人物であるなら、随分《ずいぶん》、お変わりになられたものですな」

ジル・オ・ルーンがそういった相手はギュネイだ。木々がまばらに生えた森を歩いている。

「そうかな？」

答えたギュネイは、数歩歩いては屈《かが》み込《こ》んで、てきぱきと枝を拾い集めていた。

「どの辺りが？」

「あなたはもう少し寡黙《かもく》で——わがフォーゼのガンダーほどではないにせよ——、どっしりと腰《こし》が据《す》わっており、どのような窮地《きゅうち》にあっても決して取り乱さず、そこにいるだけで周囲の者たちのいく道を照らすような、一国の重鎮《じゅうちん》、古豪《こごう》のような雰囲気《ふんいき》がありました」

「いまはちがう？」

「そうですな、いまは……」

「あっ、ウサギだ！」

ギュネイはまるで敵を見つけたときのように鋭《するど》い声を発した。小脇《こわき》に抱《かか》えた薪《たきぎ》を放り出して、

「ジル、左手にまわり込《こ》め！　挟《はさ》み撃《う》ちにしてやる」

その気になれば風よりも速く動けるギュネイだから、逃《に》げる人間なら捕《つか》まえるのもたやすいが、小まわりの利《き》く小動物相手となると勝手が異なった。いく手を塞《ふさ》いだときにはもうウサギは進路を変えて、ギュネイの横合いを跳《は》ねていく。

「ジル、今度は右手側だ。いや、後ろ。ちがうちがう、前、前、目の前だ！」

二人して右往左往した挙げ句に、地面に飛び込《とこ》んだギュネイは、ようやくのことで長い耳を手におさめた。ギュネイはほくほく顔が容易に想像できる声で、

「リーリンの好物なんだ。やっと機嫌《きげん》をなおしてくれるかな。よく追《お》い込《こ》んでくれた、さすがだ、ジル」

といいつつ、早くも、先ほど放り投げた薪《たきぎ》を集める作業にかかっている。

「それで、なんの話だったかな？　ああ、おれが変わった、って話。具体的にはどの辺が？」

「……まあ、諸々《もろもろ》です」

「ふうん」

ギュネイは意に介《かい》した風もなかったが、ジルは、この瞬間《しゅんかん》奇妙《きみょう》な感慨《かんがい》を覚えていた。

（よくやってくれた、さすがだ、聖騎士《せいきし》ジルどの）

過去のとある戦場において、そういって肩《かた》を叩《たた》いてくれた人物がある。聖騎士《せいきし》の称号《しょうごう》を受けてはいても、当時のジルはまだ戦いに不慣れで、思うように戦果を挙げられずにいたのだが、そこを上手《うま》く補佐《ほさ》してくれた武人だった。ジルの能力を理解したうえで、適した場面で、適した作戦をもって、ジルに大きな手柄《てがら》をあげさせてくれた。肩《かた》を叩《たた》かれたのはそのときだ。

（まさか、ウサギを追《お》い込《こ》んで同じことをいわれるとは）

薪《たきぎ》を抱《かか》えた二人は、リーリンが火を熾《おこ》しているところへ戻《もど》っていった。

リーリンはギュネイの従者だから、普段《ふだん》は薪《たきぎ》集めだって彼女《かのじょ》がやるのだが、「今日はおれがやろう」とギュネイが率先《そっせん》して腰《こし》をあげたのだ。カノンを旅立って以降、無口で、むっつりとしている——まあ、要はへそを曲げている——従者を気遣《きづか》ってのことだ、とはジルにもわかった。そのリーリン、二人の姿をじっと冷たい目で眺《なが》めて、

「ああ、お帰りなさいませ。ご苦労さまです」

いかにも事務的に迎《むか》えたが、

「リーリン、当ててみろ。後ろになにを持っていると思う？」

ギュネイが勿体《もったい》ぶってウサギをちらつかせると、リーリンはこれも傍目《はため》にわかりやすいくらい目を輝《かがや》かせはじめた。

「まだ、まだ森にいましたか？」

人犬としての本能なのだろうか、リーリンは食べるのも好きだが狩《か》るほうも大好きだ。うずうずして、いまにも駆《か》け出《だ》そうとしている彼女《かのじょ》を制して、

「いや、見かけたのはこの一羽《わ》だけだ。むしろ、この辺りのウサギは気が早くて、みんなもう冬眠《とうみん》してるんじゃないか、ってくらい見かけない」

「ウサギは冬眠《とうみん》などしませんよ」ジルがやんわりと訂正《ていせい》した。「ランドールのウサギがわたしの知っているウサギと同じものならば、ですが」

その後、すっかり機嫌《きげん》をなおしたリーリンは、慣れた手つきでウサギを解体しはじめた。肉は鍋《なべ》に落《お》とし込《こ》み、剝《む》いた皮は傍《かたわ》らにまとめている。ギュネイはこれを川へ洗いにいった。のちのち、毛皮にするのだ。

その帰り道、突如《とつじょ》、近くの木の枝から何者かが飛び降りてきた。敵の刺客《しかく》ならば、この距離《きょり》のこと、ギュネイならば一撃《いちげき》で斬《き》り伏《ふ》せているところだが、

「剣《けん》を忘れているぞ」

飛び降りてきた当人のディドーに指摘《してき》された。「あっ」とギュネイが腰《こし》に目をやる。焚《た》き火《び》のところに置いてきてしまった。

「これじゃ、またダカン隊長に怒《おこ》られるな」

「なんの話だ？」

「い、いや」

「ふん、わたしがその気になっていれば、ここでおまえの命運も尽《つ》きているところだ」

「以後、気をつけるよ」

「あと、狩《か》りが下手くそだ。わたしならば、矢を一本放つだけで、鳥の二、三羽は落とせるぞ」

びん、と得意げに弦《つる》を鳴らして、豊かな胸をそびやかした直後に、

「なにを笑う？」

険悪な顔になる。表情がころころ変わるのは彼女《かのじょ》の特徴《とくちょう》みたいなものだが、

「いいや、アー・シェも似たようなことをいっていた、と思って」

六英雄《えいゆう》のひとりに数えられる女性の名前を耳にして、またも極端《きょくたん》な反応を示した。「ほう、アー・シェさまが」と顔をほころばせたかと思えば、「あ、あの裏切り者か」とまた一気に表情を険しくさせたのだ。

それに関して、ギュネイには前々から気になっていたことがあった。

「きみとアー・シェは、どちらも女性のランドール軍人で、どちらも弓の達人。ひょっとして、二人は面識があるんじゃないか？」

「……ああ、そうだとも。隠《かく》しはしない。アー・シェは、わたしに弓を教えてくれた人だ」

いまは〈星落としの射手〉として名を讃《たた》えられるアー・シェは、もとはランドールの武人であり、さらには、本来、アンバー人たちが忌《い》み嫌《きら》うミルド人の末裔《まつえい》マーゴス人でもある。ほかの文明圏《けん》では都市部に近づいただけでも追《お》い払《はら》われるような種族だが、実力主義のランドール

においてのみ居場所があった、とアー・シェから聞かされて、ギュネイは複雑な心境になったのをよく覚えている。

「ラクロアさまの身辺警護を任されるほどにその力を認められながら、よくもランドールを裏切ってくれた。なにが英雄《えいゆう》だ。ただの薄情者《はくじょうしゃ》の、恩知らずではないか」

「その辺の話を詳《くわ》しく聞かせてくれないかな。アー・シェはあまり自分の話をしてくれなかったんだ」

「断る」

「そういわずに。そうそう、狩《か》りの技術もぜひ教授してほしい。ほら、火の近くにいこう。もう夜は冷えるし、きみだっていつまでも遠くで見張っているような真似《まね》をしないで、おれたちといっしょに旅をしたほうが」

「ランドールの冬はまだこんなものではないぞ。雪山でじっと息を殺す訓練をしていたこともある。気遣《きづか》わないでもらいたい。それに、おまえや、あの男と行動をともにできるものか」

「あの男、って、ジルのことか」

「おまえにはつくづく呆《あき》れ果《は》てる。六英雄《えいゆう》にはおよばずとも、あいつだってランドール兵を何人も殺した憎《にく》むべき敵だ」

毒をも吐《は》きそうな顔でディドーはいう。

「いまはちがう目でランドールを見たいといっているんだ。信じてやろう」

「ふん、アー・シェがランドールを裏切ったように、今度はあいつが祖国を裏切ってランドールについてくれるとでもいうのか」

「いや、まあ、そこまでは」

「ああそうか、アー・シェのことを持ち出すまでもない、もっと馬鹿《ばか》げた奴《やつ》がひとりいたな」

「誰《だれ》のこと？」

「馬鹿《ばか》だ馬鹿《ばか》だとは思っていたがこれほどとは。まあいい、とにかくわたしの弓はおまえだけではなく、あいつにも狙《ねら》いを定めている。せいぜい気をつけろと忠告しておけ」

ディドーは跳躍《ちょうやく》し、姿を消した。

ギュネイは嘆息《たんそく》すると、リーリンたちのところに戻《もど》って、洗ったばかりのウサギの皮を火で乾《かわ》かす作業をはじめた。ジルが傍《かたわ》らに立って、

「どなたかと、ごいっしょでしたか」

「ああ、いや、森の精と声を交《か》わしていた」

「そうですか。森の精とは、実に美しいものですな」

見えていたらしい。ギュネイはぎょっとなりつつも、ジルが気にしていない風なので、あえて自分も無関心の振《ふ》りをして頷《うなず》いた。話を逸《そ》らす意味もあって、それぞれの食器に鍋《なべ》の中身をよそっているリーリンに、

「さっき、ジルに、おれが前とは別人みたいだといわれたよ。誰《だれ》と比べているかは知らないけ

ど」

　と話しかける。リーリンは小首を傾《かし》げた。

「ケイ――、いえ、あたしのご主人さまも似たようなことおっしゃってましたね。『いつから、ふぬけた、童貞臭《どうていくさ》いツラになりやがった』って」

　ギュネイは渡《わた》されたばかりの食器を取り落としそうになる。

「……おれは、自分が、そんなに変わった自覚はないんだけど。ザッハで再会したとき、リーリンにはおれがどんな風に見えた？　やっぱり、変わっていた？」

「ん、んー」リーリンは自分の食器を手に取りながら、顎《あご》を突《つ》き出《だ》して考《かんが》え込《こ》んだ。「そりゃ、顔つきや、しゃべり方が変わったな、と思わなくもなかったですけど、『人が変わった』とまでは思わなかったです。あたしにとっては、目や耳で感じることより、この鼻で嗅《か》ぎ取《と》れる匂《にお》いがいちばん確かなものですから。ギュ――ジャックさまの匂《にお》いがしたなら、それがどんな顔をしていようと、ジャックさまにちがいない、って」

「いろいろと面倒《めんどう》でしょう。少なくともわたしの前ではもう、ジャックではなく、本名で呼んでもよいのではないですか」

　ジルはいったが、ギュネイは黒い兜《かぶと》を左右に振《ふ》った。

「いまはジャックが本名だ」

「神に誓《ちか》って、他人にいいふらすような真似《まね》はしませんよ。まあ、まだ信用ならないのも無理もないですが。これから、わたし自身の行動で自分を証明するしかないようですね。わかりました、無理強《むりじ》いはしませんよ。ほほ、それにしても『童貞臭《どうていくさ》い』とは」

「おい、司祭さまよ」

「いずれ、わたしもその兜《かぶと》の下の素顔《すがお》を見てみたいものだ。この数日の経験と、いまの言葉で、大体の想像はつきましたがね」

焚《た》き火《び》に照らされながら、ほっほ、とたおやなか仕草で笑う。

ジルという男も、個性豊かな六英雄《えいゆう》に負けず劣《おと》らず変わっている、と、つくづくギュネイは思う。

じかに剣《けん》を持って戦ったのは二月前にもならない。『聖杯《せいはい》』をあっさり燃やしたのもそうだ。何食わぬ顔をしているが、いまのいままで身近にあると思っていた神の存在を消し去るのは、それこそ絶えず吹雪《ふぶ》いている雪山にあって、ぬくもっていた火のそばから離《はな》れて目的地も定《さだ》かではないただはるか遠くへと一歩を踏《ふ》み出《だ》すも同然のことだろう。

（いままでのものを捨てて、がらりと立場を変えるなんて、実に大変なことだろうな）

ギュネイは他人事《ひとごと》のように感心した。

三章　三者会談

1

　貴人の部屋はぶ厚く頑丈《がんじょう》な扉《とびら》で守られていたはずだったが、それがすっかり開け放たれている。おまけに護衛の兵士は、二名とも白目を剝《む》いて倒《たお》れていた。

　お茶を運んできた女性はトレイを床《ゆか》に置くや、すばやく部屋のなかを確認《かくにん》した。貴人の姿が消えている。荒《あ》らされた形跡《けいせき》はない。女は倒《たお》れた兵士たちのほうに視線を戻《もど》した。

　ちっと小さく舌打ち。

「やられた」

　いうなり、駆《か》け出《だ》した。

　ひらひらのフリルがたっぷり波打つエプロンは、彼女《かのじょ》が仕える貴人の趣味《しゅみ》だが、そのうちもどかしくなったように、これを脱《ぬ》ぎ捨《す》てた。男にも引けを取らない速度で角を曲がるや、さらにもどかしくなったか、「ええい」とばかりに両の手をいきなり床《ゆか》について、なんとその姿勢で走りつづけた。野を駆《か》ける獣《けもの》さながらだ。当然、端正《たんせい》な顔立ちの女性には似つかわしくなかったが、これが二本の脚《あし》で駆《か》けていたときよりずっと速い。

もうひとつ角を曲がったところで、若い男が悲鳴をあげて立ちすくんだ。すれちがいざまに顔がちらりと見える。面識があった。この屋敷《やしき》を所有する貴族の執事《しつじ》で、

「なにかご不便なことがありましたら、遠慮《えんりょ》なくお声がけしてください」

そういってくれたときの笑顔《えがお》がまぶしかった。社交辞令のたぐいではない。あきらかに気がある素振《そぶ》りだった。

「お恨《うら》みします」女はしなやかに床《ゆか》を駆《か》けていきながら、そうこぼした。「今夜にも、あの方のほうから食事のお誘《さそ》いがあるはずだったのに。わたしの未来をまたも台無しにしてくださった。お恨《うら》みします、お恨《うら》みします、お恨《うら》みします」

廊下《ろうか》の向こうから衣類を抱《かか》えた侍女《じじょ》が三名、横並びにやってくる。こちらが見えていない、と判断するや、女は両腕《りょううで》をたわめながら前傾《ぜんけい》姿勢になり、次いで、両足で床《ゆか》を鋭《するど》く蹴《け》りつけた。三人の頭上を軽々と飛《と》び越《こ》える。

「それで、子爵《ししゃく》なんて名乗っていたあの男はどうしたのよ?」

「話にならないわ。贈《おく》り物《もの》は安物ばっかりだし、口説き言葉も陳腐《ちんぷ》だし。わたし、お城勤めをしたことがあるのを隠《かく》して、かまをかけてみたんだけどさあ……」

三人はいま起こった出来事にも気づいていない。

女は無表情に、前のみを見据《みす》えたまま駆《か》けつづけた。

この通りは旧囲壁沿いにあたり、南西裏門の近くにあった。ごみが山と積まれている。離《はな》れていても臭《にお》ってくるほどだが、そのごみの山に、数人の男たちがハエのごとくたかっていた。

「あれはなにをしているのだろう」

男たちの後ろ姿を眺《なが》める位置で、少女は小さく声に出してつぶやいたあと、ふっと小さく笑った。

「わたしの知らないことはおまえも知らない。わかっている。これは質問したんじゃなくって、ただのひとり言だ」

年のころ十一、二と見える少女はひとりきりだ。誰《だれ》と会話しているのかはわからない。

ぼろぼろの衣類を見つけては地面に広げている男が、少女のほうを振《ふ》りかえって「おいガキ、見世物じゃねえ」と怒鳴《どな》ろうとしたが、不意に口をつぐんで、自分の作業に戻《もど》った。

少女の、それこそ身につけている服装を見てのことだろう。この辺りで見かけるようなものではない。絹の滑《なめ》らかさが見て取れる服、足もとには柔《やわ》らかそうな革靴《かわぐつ》。おまけに髪《かみ》には宝飾《ほうしょく》類が輝《かがや》いている。この通りにはあまりにも不釣《ふつ》りあいだ。ごみを漁《あさ》っている男たちは、

（ひとりか？）

（どこかに護衛がいるはずだ。じゃなきゃ、とっくに人さらいに連れていかれてる）

（放《ほ》っとけ、下手にかかわると厄介《やっかい》ごとに巻《ま》き込《こ》まれるぞ）

すばやく視線を交《か》わしあって、あとは無視することに決めた。急がねば、食べ物も、まだ着られる服も――臭《くさ》すぎず、穴の空いていない布切れであればよい――、これから先に待ち受ける冬を越《こ》すための燃料も、『同僚《どうりよう》』に根こそぎかっさらわれてしまう。

少女はそんな男たちをいまだ飽《あ》きずじっと眺《なが》めていた。目鼻立ちのくっきりとした、ドレスに近い衣装《いしよう》を着た少女が、そうやって動かずに一点を見つめていると、なにやら薄気味《うすきみ》悪《わる》くさえある。

と、少女は、ごみを漁《あさ》っている者のなかに、自分より年下の子供が混じっているのに気づいた。ちょうど、目当てのものを見つけたらしい。揃《そろ》いの革靴《かわぐつ》だ。小さな穴だらけで、ひどい悪《あく》臭《しゆう》のしそうなそれを宝物のように抱《かか》えると、ごみの山を離《はな》れた。

「おい、待て」

それを、先ほど少女に怒鳴《どな》ろうとした髭《ひげ》だらけの男が引き止めた。小さな肩《かた》を捕《つか》まえて、

「おれのために見つけてくれてありがとうよ。さ、置いていってくんな」

「い、嫌《いや》だよ。これ、ぼくが見つけたんだもの」

「おまえには大きすぎる。おまえが履《は》けるようになるまでおれが預かっておいてやるから、さっさとよこせといってるんだ」

「嫌《いや》だ！」

子供は男の手を振《ふ》り払《はら》うと、やにわに駆《か》け出《だ》した。男が追う。二、三歩もいかないうちにそ

の手がふたたび子供の肩《かた》に触《ふ》れようとした。瞬間《しゅんかん》、奇妙《きみょう》なことが起こった。男が前のめりに転んでしまったのは、足もとの石か道のでっぱりにつまずいたのだろうと思えるが、そのまま子供を巻《ま》き込《こ》んで倒《たお》れるかに見えたとき、なぜか突然《とつぜん》後ろ倒《たお》しになったのだ。見えない手で突《つ》き飛《と》ばされたかのように。

その瞬間《しゅんかん》を目撃《もくげき》していたのは少女ひとりだったが、彼女《かのじょ》は特に疑問に思った風でもなく、もう子供のほうを小走りに追いかけていた。

「な、なんだ？」

当惑《とうわく》の体で男が顔をあげたときには、彼《かれ》が下手をしたのに気づいた『同僚《どうりょう》』連中がどっと笑い声を揃《そろ》えるばかりだった。


少女がふたたび足を止めたのは、通りを北に向かって数タルン後。

ランドールが破竹の勢いで領土を広げていた時期、王都バン＝シィも度重《たびかさ》なる拡張工事がおこなわれた。ここは、以前は壁《かべ》の外に追いやられていた貧民《ひんみん》層が暮らしていた辺りだが、現在は急ごしらえの建物が並んでいる。国が栄えているときは人手も多く欲《ほっ》される。仕事に困っていた人々も、建築の手伝いや、資材の運搬《うんぱん》、またはそれぞれの警備など、それなりの給金で雇《やと》われるようになって、また、「彼《かれ》らが安心して国のために働けるように」と大司教ハーディンのひと声で、拡張した領域に家を建てる民《たみ》には援助《えんじょ》金さえ出た。

入り組んだ通りの入り口に突《つ》っ立《た》って、無駄話《むだばなし》をしている子供たちも、そうした貧民《ひんみん》からなりあがった――そしていままた仕事を失った――父親たちの子なのだろう。皆《みな》、一様に痩《や》せてはいたが、なにか冗談《じょうだん》をいいあっては身を反らして笑っている姿に、敗戦国の暗がりはない。

そこへ、靴《くつ》を抱《かか》えた例の子供が声をかけた。

「いいものを見つけた」

と自慢《じまん》する。見ると、ほとんどの子が素足《すあし》か、粗末《そまつ》な木靴《きぐつ》を履《は》いていた。例の子は、この集団のなかにあっても年少だったから、「おまえじゃ大きすぎる」とさっきと同じからかい方をされたが、

「ボロ布詰《つ》めれば誰《だれ》だって履《は》けるよ」

とひとりがいい、靴《くつ》を持ってきた子が、

「これ賭《か》けて勝負しよう！」

宝物を頭上に掲《かか》げてそう提案した。

『勝負』とは、石蹴《け》り遊びだった。通りの真ん中に、これもゴミ捨て場で拾ったと思われる、粗末《そまつ》な騎士《きし》の人形を置く。それに、各々《おのおの》、手ごろな石をみつくろってきては、同じ建物の軒下《のき》から順番に蹴《け》りあげて、人形に何個命中させたかを競《きそ》うのだ。

単純な遊びだが、彼《かれ》らなりにルールが厳格で、蹴《け》った石はあるていどの高さにまでいかないと無効とみなされたり、人形の倒《たお》れ方ひとつひとつに細かく点数がついていたり、年少の子は

軒下《のき》から一歩くらいなら出てもいいとされていたりと、長いこと、あれこれ工夫《くふう》しながら遊んできたのがわかる。

歓声《かんせい》やら悲鳴やらをあげて勝負に興じる子供たちを見ていると、少女もウズウズしてきた。

誰《だれ》かの蹴《け》った石が足もとに転がってきたのをきっかけに、彼《かれ》らのもとに近づいていくなり、

「わたしも混ぜろ」

と尊大にいった。

子供らは当初、やはり少女の場ちがいな服装に戸惑《とまど》ったが、それよりも優先されたのはやはり彼《かれ》らなりの厳格なルール――『掟《おきて》』とさえ言《い》い換《か》えていい――だった。

「女は駄目《だめ》なんだ。おれたちとじゃ勝負にならないし、負けるとすぐに泣き出して、大人にいいつけるからな」

そういって追いかえそうとしたが、少女も引かなかった。

「くだらない。勝負ごとに、男も女もあるか」

「なんだと、女が偉《えら》そうに」

「おんな、おんな、おんな、とうるさい。どうせ女に負けるのが恥《は》ずかしい奴《やつ》が、そんなルールをつくったんだろう」

「な、なにを」

むきになる子もある一方、

「いいじゃない、一回くらいやらせてやれば」

少女の参戦を認める子もある。子供たち同士でいさかいがはじまりそうになったとき、「よし」と少女はいきなりなにを思ってか、自分の靴《くつ》を大急ぎで脱《ぬ》いだ。それをさっきの子みたいに頭のてっぺんに捧《ささ》げて、

「なら、これを賭《か》けてやる。賞品を出すんだ、それならわたしが参加しても問題ないだろう」

子供らは呆気《あっけ》に取《と》られた。

数タルン後、順番待ちをしている列のなかに少女の姿があった。いざ順番がまわってくると、待ちきれなかったように「それっ」と勢いよく蹴《け》る。が、石はあらぬ方向に飛んでいった。

「下手くそ」

先ほどいがみあった子がさっそくからかう。少女はむすっとした。次の番も、その次の番も失敗した。四回目で、かろうじて騎士《きし》人形の肩《かた》に命中した。

「どうだ、見たか」

「倒《たお》れていないから、一点だけだ」

それぞれに許された回数は五回。ほかの子たちはそれなりに点数を取っている。少女に最後の番が来た。少女が勝つには、石を兜《かぶと》の角飾《かざ》りに当てて、なおかつ人形を後ろ倒《たお》しにさせたうえで、二回以上は地面を転がさなければならない。

ほかの子たちは、自分がどうすれば勝てるかの計算に気を取られていた。もう勝ち目のない

少女には目もくれない。最後の石を手にしたまま、少女はひとつ深呼吸をした。

「早くしろよ」

「黙《だま》って見てろ」

　少女はいうなり、最後の石を蹴《け》りあげた。力が入りすぎて、一回目よりも目標を大きく逸《そ》れた。やれやれ、と次の子が少女を押《お》しのけて位置につこうとしたとき。

「あっ⁉」

　子供たちが甲高《かんだか》い声を揃《そろ》えた。でたらめに飛んでいったはずの石が、カツン、と音を立てて騎《き》士《し》人形の角飾《かざ》りに命中。人形はいったんぐらついたが、すぐに直立した。男の子たちがほっとしたのも束《つか》の間《ま》、人形はまるで気が変わったみたいに後ろ倒《たお》しになって、さらに、地面をきっちり二回転がった。

「わたしの勝ちだな」

　女の子が腰《こし》に手を当てて勝《か》ち誇《ほこ》った。するといがみあっていた子が、

「い、いんちきだ」と叫《さけ》んだ。「石に細工しただろ。あんな飛び方はおかしい！」

「どうやって細工をすればああ飛ぶっていうんだ」

「し、知らないよ。人形の倒《たお》れ方だっておかしかっただろ。おまえ、なにをしたんだよ」

「それをわからない奴《やつ》がいんちきだと決めつけるのはおかしいだろう。おまえ、ちゃんと考えてしゃべっているのか」

騒《さわ》がしいくらいのいいあいになる。しまいには取っ組みあいにもなりそうになったところ、

「ガキども、うるせえぞ。商売の邪魔《じゃま》をするな」

大人の怒声《どせい》が全員の注目を集めた。荷車が通りの角に停《と》められている。パンが積まれているのを見た子供たちが、石蹴《け》り遊びも喧嘩《けんか》騒《さわ》ぎもほったらかしにして、荷車のほうに群がった。

「金もないのに来るんじゃない。こらっ、汚《きたな》い手で触《さわ》るな」

大人の男は商品を守ろうと必死だ。

朝に焼いたパンの売れ残りを、日没《にちぼつ》直前に安価で売り歩いている。ランドールの敗戦前は、地域の教会がこうしたことをやっていた。金のある者には金で売り、貧しい者たちには、次の休日に教会への無償《むしょう》奉仕《ほうし》をさせることを条件に、無料でパンを手渡《てわた》ししていた。

現在、都市部の各地にあった教会は大半が取《と》り壊《こわ》されている。田園部の収穫《しゅうかく》が全盛期の半分以下になったいまのランドールでは穀物の値段も高騰《こうとう》しており、貧しい者たちはパンひと切れを買い求めるのも困難だ。ここにいる子供たちの大半は、親が戦争で亡《な》くなったか、仕事を失ったかしているので、常に腹を空かせていた。

「なんだおまえら、パンが欲《ほ》しいのか」

荷車に群がる子供たちの輪から一歩引いたところで、少女がくすりと笑った。商売人の男は不機嫌《ふきげん》な声で、

「いくら欲《ほ》しくても金がない奴《やつ》には売れないよ。これから常連の客がわんさと押《お》し寄《よ》せてくる

んだ。ガキどもは帰った、帰った」

そういったが、少女はさらに一歩進み出てくると、

「お金があればいいんだろう」

右の手を突《つ》き出《だ》した。指のあいだにきらりと光る硬貨《こうか》がある。目を白黒させる男の手に硬貨《こうか》を落としたあと、少女はパンを物色しはじめた。いわゆる雑穀パンであまり質のいいものではない。それでも少女はその場にいる人数ぶんを見つくろって、小脇《こわき》に抱《かか》えようとしていたが、

「おい、待て」

突然《とつぜん》男に手を摑《つか》まれたので、びっくりした少女はパンを全部荷車の上に落としてしまった。

「なんだ、なにをする」

「なにをする、ってのはこっちの台詞《せりふ》だ。こんな金、使えるわけないだろう。危《あや》うく騙《だま》されるところだったぜ」

「なに？　偽物《にせもの》なんかじゃないぞ。本物の銀貨だ」

「本物ならなおさらだ。こんなもの、どこも取り引きしちゃくれねえよ。『祟《たた》り』がありそう、ってんで加工してくれる職人もいやしねえんだ」

そういうと、男は少女の手を放す代わりに、銀貨を少女の足もとに投げ捨てた。子供たちが先を競《きそ》ってそれを手に取ろうとしたが、せっかく最初に摑《つか》み取《と》りかけた男の子が、「げ」といってすぐに手を放した。

銀貨の表面に、とある男の横顔が描《えが》かれている。ランドールで――というより、世界中で知らぬ者はない。かつて『邪神国家《じゃしん》』において国王よりも強い権勢を誇《ほこ》ったといわれる、大司教ハーディンの顔だ。この硬貨《こうか》は、ランドールが各国国境付近に橋頭堡《きょうとうほ》を打ち立てたころに、世界制覇《せいは》の第一歩を踏《ふ》み出《だ》した記念として発行されたものだった。

少女は子供たちを押《お》しのける勢いで銀貨を拾いあげた。服の裾《すそ》で泥汚《どろよご》れを拭《ぬぐ》いつつ、血の気の引いた青白い顔を男に突《つ》きつけた。

「貴様《きさま》、大司教さまを侮辱《ぶじょく》するのか」

「大司教さまだ？」男は思いきり鼻をすぼめて、嫌《いや》な顔になった。「そうかい、妙《みょう》な格好してやがると思ったが、街の者じゃねえな。お山からおりてきなすった、例の連中だろう。いいか、バン＝シィでもう好き勝手できると思うなよ。おれたちには、この街を蛮人《ばんじん》の手からお救いくださった騎士《きし》さまがついてるんだ。しかも、その騎士《きし》さまに命令を下しているのは、誰《だれ》あろう、ミネルバ王女だって話さ。そうだ、バン＝シィは王家の手に戻《もど》ったのさ！」

「そんな話はどうでもいい。貴様《きさま》、いますぐ膝《ひざ》をついて神と大司教さまに許しを請《こ》え。でなければその魂《たましい》はいますぐ地獄《じごく》へ落ちようぞ！」

「もう騙《だま》されるか。国ぐるみでハーディンの野郎《やろう》に騙《だま》されちまって、どうだい、いまのランドールは。神に許しを請《こ》え？　はっ、手前らの信じる神さまとやらは人間に倒《たお》されちまったじゃねえか。地獄《じごく》に落ちるだと？　本物の神さまに裁かれて地獄《じごく》にいくのは手前らのほうだ！　おれの従兄弟《いとこ》だって、〈赤目〉にされちまったんだ。あんな、いい奴《やつ》だったのにようっ」

しゃべっているうちに激してきたらしい男は、相手の肩《かた》を荒々《あらあら》しく突《つ》き飛《と》ばした。少女は「きゃっ」と小さく悲鳴をあげて倒《たお》れ込《こ》んだ。

そうしたやり取りのさなか、子供たちはあとずさりをはじめている。大司教の名はこの区画では嫌《きら》われていたが、同時に、非常に恐《おそ》れられてもいて、子供心にかかわりあいを避《さ》けたくなったのだろう。もっとも、手癖《てくせ》の悪い子供はこの間にもパンをひとつひったくっている。

「貴様《きさま》」

子供たちの姿が見えなくなったころ、少女は地の底から噴《ふ》きあがるような声を発して立ちあがった。服や顔を泥《どろ》まみれにしながらも、目は戦場に立つ武将そっくりに釣《つ》りあがっている。

「そこまでいうなら、この場で、神の裁きを受けるがいい」

「やってみせろ、この小娘《こむすめ》――って、いいたいがな。こっちだって商売があるんだ。いつまでもガキと遊んでいる暇《ひま》はねえんだよ」

さすがにやりすぎたと後悔《こうかい》してか、男はいくらか頭が冷えていた。

「ほれ、これをやるから、さっさと帰んな」

パンを半分にちぎってそれを渡《わた》そうとさえしたが、その手が急激にこわばった。いや、手だけではない。顔も、肩《かた》も、胸も、足も、小刻みに震《ふる》えを帯びている。

「な、な、な」

なにかいおうとするのだが、唇《くちびる》も歯も激しく震《ふる》えて、言葉にならない。あまつさえ、パンを差し出した姿勢はそのままに、男の足が地面を離《はな》れはじめていた。顔が血の色に染まっていくのと同時に、その身が宙に浮《う》いていく。まるで縛《しば》り首《くび》にされている囚人《しゅうじん》さながらの姿だが、首にかかっているはずの縄《なわ》はまったく見えない。

「どうした、背教者め」少女はにやにや笑いながらそれを見ている。「神が人間に倒《たお》されただと？　では、いまおまえを苦しめている力はなんだ？　唱えてみろ、偉大《いだい》なる神の名を。祈《いの》ってみよ、その身の救いを。貴様《きさま》がまだ声を発せられるものならな！」

男の手足がこれまで以上に激しく震《ふる》えた。空中で蹴《け》り出された足が荷車に当たって、大量のパンごと横転。男の開いた口からだらりと舌が垂れた。白目を剝《む》きかけている。

少女は、年齢《ねんれい》に似つかわしくない――というより、この年齢《ねんれい》特有のといってもよいか――嗜《し》虐《ぎゃく》的な笑顔《えがお》でそれを眺《なが》めていたが、

「待て！」

突如《とつじょ》、駆《か》け込《こ》んできた人影《ひとかげ》があった。

「それ以上は駄目《だめ》だ。死んでしまう」

若者らしい声で叫《さけ》ぶや、少女の両肩《りょうかた》を強く摑《つか》んだ。すると少女の笑《え》みが消え、同時に、はっとなったようにその目が丸く見開かれた。男がばたりと地面に倒《たお》れたのも、これまた同時。

少女は大きい目をぱちくりとさせた。

2

男は泡《あわ》を噴《ふ》いていたが、命に別状はなさそうだ。

そう判断したあと、若者は横転していた荷車を戻《もど》して律儀《りちぎ》にパンを拾い集めはじめた。すると、ちょうど買い出しの時間になったのか、近所の女たちが籠《かご》を持って集まってくる。

「まあ、なに、なんの騒《さわ》ぎ？」

「なんでこの人寝《ね》ているの？」

わいわいとさっそく蜜蜂《みつばち》の巣箱を突《つ》いたような騒《さわ》ぎになった。若者があわてて、

「あっ、す、すいません。パンを落としちゃいまして。表面を削《けず》れば大丈夫《だいじょうぶ》です」

「そりゃそうだけど、いつもよりはお安くしてくれるのよね？」

「パンの目方を誤魔化《ごまか》すとあとでお役所が怖《こわ》いわよ。近ごろになって、やっとそういうこともやってくれるようになったんだから」

「それってやっぱり、ミネルバさまがお城に戻《もど》られたからでしょ？」

「ねえねえあなた、見ない顔だけど、この人の息子《むすこ》さん？」

「若い男なんてほとんど戦争にいったから、ここらじゃ珍《めずら》しいわね。戦地帰り？」

奥《おく》さま方の好奇《こうき》心と話の種は尽《つ》きることがない。

若者は気を失った男の代わりに、なぜだかパンを売る羽目になって、あたふたとせわしなく働かねばならなくなった。

パンが売りきれるまで一タードとかからない。が、売りきったころには若者はへとへとになっていた。売りあげぶんの金を袋《ふくろ》に積めて、ようやく目を覚ました男に渡《わた》してやる。

「な、なんだ、あんた。この金は？」

当然、男は目を白黒させている。若者は笑って、

「いやだな、あなたがパンを売りきったお金じゃないですか。そこに落としていましたよ」

「売りきった、って……ありゃ、本当だ。なくなってやがる」

「昨日、飲みすぎたんですか？　急に倒《たお》れちゃって皆《みな》さん心配していましたよ。でもまあ、パンが売れてよかったですね。それじゃあ」

適当なことを早口でいってから、若者はまだ釈然《しゃくぜん》としない様子の男を残して、その場を去った。路地を曲がったところで、「ふう」と息をつく。青い布を額に巻いている、この若者は――いうまでもない、〈竜《りゅう》戦士〉にして〈黒狼《こくろう》の騎士《きし》〉であるところの、ギュネイだ。

カノンから馬を飛ばして数日、バン＝シィに戻《もど》り着いたのが三タードほど前だった。

以前、領内を旅していたときと比較《ひかく》するまでもなく、安全な道のりだった。山賊《さんぞく》や傭兵崩《ようへいくず》れに命を狙《ねら》われることもない。これも、クルス率いる一隊が辺りの無法者をすでに駆逐《くちく》していたからだ。

いく道の村々から話を聞いたところ、ロゥラ一派はいったん都から距離《きょり》を置いて、廃村《はいそん》の建物を使うか、天幕を張っての野営をしているらしい。確かに街道《かいどう》からは姿が見えなかった。ちなみに「都が包囲された」という報告だったが、もとよりロゥラ一派にさほどの兵力はない。が、恐《おそ》ろしいのは兵士の数ではなく、彼《かれ》らの使役《しえき》する魔獣《まじゅう》や〈赤目〉たちだ。魔獣《まじゅう》を呼び出せる司祭が五十名もいれば、いまのバン＝シィを陥落《かんらく》させるには十分すぎるほどだろう。

ギュネイはすぐに離宮《りきゅう》に向かってミネルバ王女に会ってもよかったが、まずは〈黒狼《こくろう》の騎《き》士《し》〉としての鎧《よろい》を解いて、情報を集めることにした。

王女ミネルバ生存の件は、もはや噂《うわさ》ではなく、真実となって人々の口から語られている。ダスケス王子を追ってここまでやってきたディラ・ロゴス勢の説得に当たった、という話もあった。

（遅《おそ》すぎはしなかったみたいだ）

ひとまず、ギュネイは安堵《あんど》の息をつく。ディラ・ロゴス勢とて、力押《お》しで王都を制圧するという愚《ぐ》は犯《おか》さなかった。なんべんも繰《く》りかえしてきたことだが、彼《かれ》ら、いわゆるハーディン一派の残党に対しては民衆の対応も割れている。パンを売っていた男のように、彼《かれ》らを親の仇《かたき》のごとく憎《にく》む者もある一方で、たとえばギュネイが話を聞くため立ち寄った村では、

「フォーゼにつづいて、ダスケスまでお山から追《お》っ払《ぱら》ったとは、さすがハーディンさまの教えを継《つ》ぐ方々だ。この方たちがまたランドールを盛り立ててくださるにちがいない」

と、ランドール信仰《しんこう》の証《あかし》である十字を切る人々も多数いた。

王家の生き残りとして名乗りをあげたに等しいミネルバと真っ向から対立すれば、そうした民心が極端《きょくたん》なほうに傾《かたむ》きかねないことを、一応のこと警戒《けいかい》はしているのだろう。

（今日のうちに王女に会うべきか。それとももう陽も落ちそうだから明日にするかな）

ギュネイが路地の壁《かべ》に背を預けながら考えていると、

「おい」

と幼い声を投げかけられた。

例の少女だ。ギュネイが荷車の片づけやら、商売を肩代《かたが》わりしているあいだ、路地のあいだに入って、じっと待っていたらしい。

「あっ、き、きみ」

すっかり忘れていた。

ギュネイはたまたまこの路地に入ったのだが、このとき妙《みょう》な寒気を覚えて足を進めていくと、パン屋の身体が宙に浮《う》いているところを目撃《もくげき》した。黒っぽい、なにやら煙《けむり》じみたものがパン屋の身体にまとわりついている。魔術《まじゅつ》の力だ、と直感したギュネイは、急いで止めに入った。

魔術《まじゅつ》といえば、それに誰《だれ》よりも詳《くわ》しいのがかっての旅の仲間、〈賢者《けんじゃ》〉ケイオロス。ケイオロスがいっていたところによれば、子供が魔術《まじゅつ》を発動する例は稀《まれ》にあるらしい。

「本人に素養さえありゃ、知識や訓練がなくても、本人も気づかぬうちに発動することがある。

というより『たまたま発動する』なんてケースは、子供にこそ多い、といっていいかもしれないな。魂《たましい》の器《うつわ》である肉体がまだ現世に馴染《なじ》みきっていない時期だからこそ、その魂《たましい》から生じる『意志の力』が肉の枷《かせ》を飛《と》び越《こ》えることがたまにあるんだよ。もっとも、一回、二回、発動できたところで、その厳密な仕組みややり方を知っているわけじゃないから、大方は本当にただの偶然《ぐうぜん》で終わるのさ」

　が、先ほどの場面、少女は眼前の光景に驚《おどろ》いたり怯《おび》えたりはしていなかった。少なくとも過去に何度か同じような経験をしているのだろう。もしも自分の意志で魔力《まりょく》を操《あやつ》っていたとするなら、彼女《かのじょ》は、ギュネイが出会ったなかでは最年少の魔術師《まじゅつし》ということになる。

「ああいうこと、きみはいつも自由にできるの？」

「やはり、おまえもわかっていて、止めたんだな」少女はギュネイの質問を無視して、しかつめらしい態度でいった。「もしかして、見えたのか？」

「黒っぽい、煙《けむり》みたいな」

「わたしの『ミスラ』だ！　そうか、見えたのならおまえも素質があるぞ。よかったな」

　なにがよいのやらわからないが、笑顔《えがお》でそう請《う》け負《お》った少女は、しかし急に顔を怖《こわ》くさせて、

「だが、わかっていたなら、どうしてわたしを止めた？」

　とギュネイに詰《つ》め寄《よ》った。少女ながら、こうやって感情をくるくる変えるところはまさしく女性そのものだ。

「ど、どうして、って……あのままじゃ、パン屋の人は死ぬところだったじゃないか」

「殺すもんか。少しばかりお仕置きしてやろうとしただけだ。ミスラがそれをやるということは、つまり、神さまがそれをやっていい、とおっしゃっているのと同じこと。誰《だれ》にも止める権利はないはずだ」

（神さま）

ギュネイの脳裏《のうり》に、宿に残してきたジルの姿がよぎった。重なる部分が多々ある。

「大体、あいつは、神さまも、わたしの父をも侮辱《ぶじょく》した！」少女は細い足で地面を何度も踏《ふ》みつけた。「知ってるか、知ってるだろう、わたしの父上は偉大《いだい》なお方だ。神さまに次いでとてもとてもお偉《えら》い方だ。そんな方を悪しざまにいうなど、世が世なら、わたしが力を振《ふ》るうまでもない。おつきの兵隊に捕《つか》まえさせて、絞首台《こうしゅだい》送りにさせていたところだ。あの男はわたしの慈悲深《じひぶか》さにむしろ感謝すべきなのだ」

ギュネイは眉間《みけん》に皺《しわ》を寄せた。言葉遣《ことばづか》いからすると、貴族の娘《むすめ》といったところか。『父』を大変敬愛しているらしいところは微笑《ほほえ》ましいものの、その『父』の名誉《めいよ》を守るためなら他人に懲罰《ちょうばつ》を加えても構わないと思《おも》い込《こ》んでいる辺り、やはり、ジルと同じくらいに厄介《やっかい》で、恐《おそ》ろしい。放っておくとまた騒《さわ》ぎを起こしかねなかったので、

「きみ、見たところ、お城かお屋敷《やしき》に住んでいそうだけど、どうして、たったひとりで外に出ているの？　家まで送ってあげようか」

親切にもギュネイはそう申し出たのだが、

「イヤだ！」少女はツンとそっぽを向いた。「せっかく出てきたんだ。おまえにはわからないだろうが、これもなかなか苦労が要《い》るんだぞ。イシスの鼻ときたら凄《すさ》まじいからな。あいつに用事をいいつけて、十分離《はな》れたころあいを見計らって一気に計画実行、だ。それでも油断できないぞ。なにせイシスは走りも凄《すさ》まじいからな。外に出る寸前で何度捕《つか》まったことか。今日はやっと成功したんだ。それなのに家まで送るなどと、無責任なことをいうな、この穀潰《ごくつぶ》しめが」

意味がわかっているのかそうでないのかはともかく、なんとなくギュネイはよろめいた。と、

「そうだ！」

いきなり大声をあげながら手を叩《たた》いたので、ギュネイは目も耳もびっくりさせられた。

「まだ石蹴《け》りの賞品をもらってなかった。あいつら、どこへいった？」

「あっ、おい、待って」

少女はスカートの裾《すそ》をつまみながら、それでも決してお上品とはいえない走り方でさっきの場所まで戻《もど》っていく。その後あちこちを走りまわったが、子供たちの姿はない。

「なんだ、あいつら、卑怯《ひきょう》者め。逃《に》げたな」

「賞品って？」

「靴《くつ》だ」

ギュネイはそこではじめて彼女《かのじょ》が素足《すあし》なのに気づいた。辺りを見まわすと、路地の角の軒下《のき》

に革製《かわせい》の靴《くつ》が揃《そろ》って置かれている。見た目上等な代物《しろもの》で、いままで誰《だれ》の目にも触《ふ》れずにそこにありつづけたのが奇跡《きせき》のようだ。「あれだろう」とギュネイがいうと、

「あれはもともとわたしのだ。賞品じゃない」

軒下《のき》に近づいた少女は、靴《くつ》を履《は》くのかと思いきや、そのままぺたんと座《すわ》り込《こ》んでしまった。

「それにあいつら、腹を空かせてるんじゃなかったのか。まったく、意味のわからない連中だな」

隠《かく》し持《も》っていたらしいパンを取り出したので、「あっ」とギュネイが声をあげると、

「代金は渡《わた》そうとしたぞ。あいつが受け取らないからいけないんだ」

この場合の『あいつ』とはパンを売っていた男のことだろう。話についていくのにも苦労させられる。なぜか急に不機嫌《ふきげん》の極《きわ》みになって、少女はパンをひと口、二口、まるで獣《けもの》が肉をむしりとるように齧《かじ》ってから、残りをギュネイに差し出した。

「くれるの？」

「不味《まず》い。あとは、おまえが残さず食べろ」

ギュネイはなんともいえない顔つきになった。空は色を失いつつあり、その代わりに星がぽつぽつと灯《とも》りはじめている。座《すわ》りながらも、少女の目がきょろきょろとせわしないのは、まだ路地の角からいっしょに遊んでいた子供たちが出てくるのを期待しているのかもしれない。

「もう、みんな家に帰ったんだよ」ギュネイはなるべくやんわりとした口調でいった。「きみ

も帰ったほうがいい」

「さっきの話だ。なぜ、わたしのミスラが見えていて、すなわちそれが神の所業だと知りながらわたしを止めたのだ？」

となかなかに少女はしつこい。いい加減、ギュネイも子供の相手に疲《つか》れてきたので、思ったままの言葉が口を衝《つ》いて出た。

「確かに見えたけど、神の所業だとは思わなかったから」

「なんだと？」

さっそく少女の小鼻が膨《ふく》らむ。

「その力は神さまからの授《さず》かりものだとは限らない。だから、その力で人を苦しめていいということにはならないんだ」

「なにをいう。わたしの父も、叔父《おじ》も、神さまに直接言葉を届けられる方々だ。それだけじゃなくって、おつきの兵のなかにも、神に力を授《さず》かった者は大勢いた。それで悪を殲滅《せんめつ》させることこそ、神さまがわたしたちに下された使命なんだ」

ますますジルの論理に似ている。ギュネイは少し頭を悩《なや》ませた。

「ええと、そうだな、神さまは、きみたちを試《ため》しているのかもしれない。力を与《あた》えてみて、それをどう使うのか。人を助けるのか、あるいは、人を苦しめるのか。神さまはどっちをお望みだと思う？」

「おまえは馬鹿《ばか》か。悪と戦うことで、人を助けているんだ」

「じゃあ、あのパン屋の男は悪だったの？」

「そうだ！」顔を赤くして少女は怒鳴《どな》った。「さっきもいったろう。あの男は、神を、父を侮蔑《ぶべつ》した、愚弄《ぐろう》した！　それが悪でなくてなんだというんだ」

「いや、だから」

感情的になる子供をなだめようとしつつも、ギュネイは、ジルを牢屋《ろうや》で説得しようとしていたときに感じた苛立《いらだ》ちを思い出さないわけにはいかなかった。神の後ろ盾《うしろだて》を得たつもりになった人間というのは、どうしてこうも腹が立つほどに頑迷《がんめい》なのか。

「神さまがお力を与《あた》えてくださったのだから、なにをしてもいいのだ」

という、ハーディン側が主張していたのに近い理屈《りくつ》は、結局のところ、諸国側に立ってみると、

「邪神《じゃしん》を崇《あが》めていたランドールはなにをされても仕方がないのだ」

というジルの理屈《りくつ》と同義になる。こうした頑迷《がんめい》な理屈《りくつ》こそが、いまのギュネイの立場をあれこれ翻弄《ほんろう》させている要因といっていい。

「みんないなくなったんだぞ。母も、父も、遊んでくれた男も、女たちも！　全部敵がわたしから奪《うば》っていったんだ。これ以上誰《だれ》もいなくさせたりなんてしないんだからな！」

「それも、だから」

「わかった！　おまえも敵か。わたしの敵なんだな。見ていろ、ミスラがおまえを倒《たお》していいというのなら、それが、わたしにとっておまえが敵である証《あかし》なんだ」

「自分勝手な理屈《りくつ》ばかりいうなといってるんだ！」

ギュネイは思わず怒鳴《どな》りかえした。少女は目をこれ以上はないというほど丸くして、それからますます激昂《げきこう》した。

「黙《だま》れ黙《だま》れ黙《だま》れっ。さっきからわたしに馴《な》れ馴《な》れしい口を利《き》いて！　世が世なら、おまえだって縛《しば》り首《くび》だぞ！」

「脅《おど》したり、力ずくだったり、それで他人を自分のいいなりにしようなんて、ふざけた子供だ。貴族だろうが王族だろうが、きみのまわりに、きみをひっぱたく大人はいないのか！」

「な、な、な」

スカートが風で膨《ふく》らむほどの勢いで少女は立ちあがった。小柄《こがら》なその身体から、嫌《いや》な気配が渦《うず》を巻くように立ちのぼるのを感じて、ギュネイは、

（しまった）

と後悔《こうかい》した。しまった、もなにもない。歴戦の戦士が子供相手に本気になってどうするというのか。子供に手をあげたくはないが、しかし目の当たりにしたあの力は並大抵《なみたいてい》のものではない。ギュネイは身構えつつも、どうするべきか本気で頭を悩《なや》ませた。それはひょっとすると、大戦後、〈竜《りゅう》戦士〉が迎《むか》えたもっとも困難な局面《きょくめん》であったかもしれないのだが、

「ここにおられましたか、お嬢《じょう》さま」

突然《とつぜん》、妙《みょう》に涼《すず》やかな声が聞こえた。

見ると、ワンピース姿の女性が路地の入り口に立っていた。二十歳《さい》前後。声の印象と同じく涼《すず》しげな美貌《びぼう》の主だったが、右の目に黒い眼帯をしている。「お嬢《じょう》さま」と声をかけたからには、この少女を捜《さが》していた家の者なのだろう。しかしどうしてか、その表情にも、腰《こし》の前で手を組んだ立ち姿にも、およそ、令嬢《れいじょう》を見つけられた喜びというものが感じられない。

「イシス！　いいところに来た。いまからこいつを神のご意志に従って成敗する。おまえは人が来ないように見張っていろ」

「それもよろしいでしょうが、他の方をどうこういう前に、まずはご自分の胸に手を当てて、神に恥《は》ずべき行為《こうい》がなかったかどうかを確認《かくにん》すべきでしょう」

イシスと呼ばれたその女性は、ギュネイが驚《おどろ》くほど無造作に少女の背後へまわると、幼い腰《こし》に手をかけた。「うわっ⁉」と少女が悲鳴をあげたのも無理はない。女性はその細腕《ほそうで》でよくもというほど、これも無造作に少女を抱《かか》えあげたのだ。

「さあ、帰りましょう」

事もなげにいってから、イシスはいきなり駆《か》け出《だ》した。数歩走った直後、地面を蹴《け》りつけて、ギュネイが見あげる高さにまで跳躍《ちょうやく》する。少女ひとりを抱《かか》えたままだ。建物の屋根に着地すると、また疾走《しっそう》、跳躍《ちょうやく》を繰《く》りかえして、見る見るギュネイの視界から遠ざかっていく。「うわ

ああぁ」と少女の悲鳴が長く尾《お》を引いた。

常人離《ばな》れしたあの身のこなしはなんだろう。二人の姿が見えなくなると、ギュネイは一気に脱力《だつりょく》した。

(さすがはランドールの元王都。おかしな連中でいっぱいだな)

その一方——、イシスという女性は風を切りながら、屋根を蹴《け》ってはまた次の屋根へ、という跳躍《ちょうやく》を繰《く》りかえしていた。空は青紫《あおむらさき》の色に沈《しず》んでいる。

「風が冷たくて気持ちようございますね、お嬢《じょう》さま」

「う、うるさいっ」

「おや、お嬢《じょう》さま。裸足《はだし》じゃありませんか。どうせ遊びに夢中になられて脱《ぬ》いでしまったんでしょう。靴《くつ》だって安くはないんですよ」

「お、おまえのせいで置いてきてしまったんじゃないか。わたしの命令を無視しおって！　あとで叔父上《おじうえ》にいいつけて、鞭打《むちう》ちの刑《けい》に処してやるぞっ」

「どうぞ、ご随意《ずいい》に。しかし、はて、今日《ひ》の件が叔父上《おじうえ》さまに知られて困るのはいったいどちらなのでしょうね。大事なご用を明日に控《ひか》えているのに、護衛してくださる方々を痛めつけてまでも遊びに出かけた、などと叔父上《おじうえ》さまがお知りになったら、ひょっとして鞭打《むちう》たれるのはわたしなどではなくお嬢《じょう》さまのちっちゃなお尻《しり》のほうかもしれませんよ」

「お、おまえ……」小脇《こわき》に抱《かか》えられながら屋根の上を駆《か》けているこんな状況《じょうきょう》下で、いまさらながら少女の顔が青ざめた。「主人を脅《おど》しているのか」

「わたしにご給金を払《はら》ってくださっているのはあくまであなたの叔父上《おじうえ》さま。そのご命令であなたのお世話をしているに過ぎません。どちらの命令が優先されるかは、いわずもがな」

「こ、この、権威《けんい》の犬めが」

「犬などとは失礼な。わたしは誇《ほこ》り高《たか》き、つるぎ岩の狼《おおかみ》。おまちがいなきよう。ところで、いっしょにいたあの殿方《とのがた》はどなたです？」

「ぶれいいいいせんばんな愚《おろ》か者《もの》だ！　馴《な》れ馴《な》れしい口は利《き》くわ、わたしをひっぱたく大人はいないのか、などというわ！」

「あら、ご立派な殿方《とのがた》」イシスは小さく微笑《ほほえ》んで、濡《ぬ》れた眼差《まなざ》しを後方に注いだ。「そういえば、去り際、わたしをじっと見つめておいでした。きっと、わたしをひと目見て恋《こい》に落ちたのでしょう。もう二度と会うこともないでしょうに、なんと不憫《ふびん》な」

「おまえは男に会うといつもそうだな！」

「事実なので致《いた》し方なし。あと、おとこというのはおやめなさい」

少女がぎゃあぎゃあわめくのを無視して、イシスは足もとひとつ乱すことなく、屋根の上を疾走《しっそう》しつづける。が、

「ただ、あの殿方《とのがた》」

一度、ひくひくと鼻を動かしながら、小さな声でこういった。

「剣《けん》の臭《にお》いがしました。それも濃厚《のうこう》に」

3

結局、陽が落ちたので城にいくのをあきらめて、ギュネイは宿に戻《もど》った。

同じく街で調査に当たっていたリーリンと情報交換《こうかん》した結果、ランドール王家、ダスケス、そしてディラ・ロゴスの代表者が会談をする運びになっているのではないか、と推測する。

ジル・オ・ルーンは顎《あご》を撫《な》でた。

「ダスケス王子を引《ひ》き渡《わた》すわけにもいかず、ディラ・ロゴスの部隊も受け入れられず、さりとて戦って追《お》い払《はら》うわけにもいかず。バン＝シィ側としては、代表者と話しあいの席を設けることで妥協《だきょう》点を見出《みいだ》そうとしている、と見るのが自然ですな」

となると、この場合、バン＝シィ側の代表はミネルバ王女だろう。ギュネイは彼女《かのじょ》の葛藤《かっとう》ぶりが目に浮《う》かんだ。いまのロゥラ一派は、王家としては相当に扱《あつか》いにくい存在だ。ある意味では、民《たみ》に害をなしていたブルートよりも厄介《やっかい》といっていい。王子にはわかりやすい野心がある。しかし、神をこの世に招き入れんとしていた教会の生き残りとなると、そこにいかなる考えがあるのか余人では想像もつかない。

「しかしどう考えても、この会談でなにかが解決するとは思えませんな」

ギュネイも同意見だった。

翌日。ギュネイは会談の正式な場所と日取りを探《さぐ》るべく、王城に足を向けた。〈黒狼《こくろう》の騎士《きし》〉として訪ねれば王女との面会もすんなりかなうだろうが、カノンにいた際、ギュネイは双蛇《そうじゃ》兵団に命を狙《ねら》われている。明確な理由はいまも定《さだ》かではないが、ともかく双蛇《そうじゃ》兵団はディラ・ロゴスを指揮するコンラット配下の一団だ。ここで〈黒狼《こくろう》の騎士《きし》〉としてのこのこあらわれれば、また要《い》らぬ騒動《そうどう》と争いを招きかねない。

ギュネイはなけなしの金で荷車を買うと、近隣《きんりん》の村々で買い求めた野菜やら卵やらを積んで、ジルとリーリンにこれを引かせた。ちなみにジルの赤い僧衣《そうい》はフォーゼ教会の証《あかし》だから、バン＝シィ入りする前から、農夫が着るような毛織《けおり》の服に替《か》えさせている。

大手門のアーチを潜《くぐ》り抜《ぬ》けたリーリンが、門番に荷車のなかを見せて、

「取れたての卵に、新鮮《しんせん》な野菜ばかりですよ。城の料理人さんに見せたら、全部買《か》い占《し》めてくれると思うんですが」

などと交渉《こうしょう》しているあいだ、その遠くにいたギュネイは門番の鎧《よろい》姿を記憶《きおく》し、ガイフレイムにこの姿を模倣《もほう》させた直後、高い跳躍《ちょうやく》力を発揮して塀《へい》の上に立った。

時同じくして。

バン＝シィ王城は、初代ランドール国王の名を取ってレルリック城と呼ばれることも多い。

大手門から三つの跳《は》ね橋《ばし》を越《こ》えた先、本丸の最上階において、いままさに、三者会談がはじまろうとしていた。

正午、小さく鳴らされた鐘《かね》が開始の合図だ。

控《ひか》えの間からそれぞれの代表者があらわれてテーブルに着く。

まず、ランドール王家代表はいわずもがな、ミネルバ・ディオン・ランドール。若干《じゃっかん》十七歳《さい》にして、王家最後の生き残りといわれる盲目《もうもく》の少女。おつきは侍女《じじょ》のターシャ。

ダスケス代表は、これも改まっていうまでもない、バン＝シィ駐留《ちゅうりゅう》軍の指揮官にして、ダスケス国第二王子ブルート。覚悟《かくご》を示すためか、あるいはいまだディラ・ロゴスでの悪夢のような経験が尾《お》を引いているのか、甲冑《かっちゅう》を着込《きこ》んでいる。おつきの副官もそうだが、さすがに室内では武器の携帯《けいたい》は禁じられていた。

ただ、会談の場を守る必要上、各々《おのおの》の陣営《じんえい》から数名ずつの武装兵が部屋の外で待機している。ダスケス兵が三名、王女が身辺警護のために再雇用《こよう》した城兵が三名、そしてディラ・ロゴスからは二名。ディラ・ロゴスの兵は、他陣営《じんえい》の屈強《くっきょう》な男たちから失笑《しっしょう》を買うほどに痩《や》せ細《ほそ》っていた。しかしブルートは神経質だった。頰《ほお》のこけた顔をじろじろ眺《なが》めながら、

「何食わぬ顔をしているが、まさか、魔獣《まじゅう》を召喚《しょうかん》できるのではあるまいな。だとするなら、この規則に反しているぞ。魔獣《まじゅう》は兵十名以上にも値《あたい》するのだからな。いますぐ別の奴《やつ》に代われ」

としつこい。男二人が揃《そろ》って頭をさげ、

「われらに眷族《けんぞく》の方々をお招きする力はありませぬ」

といってもなかなか信じず、

「神にかけて誓《ちか》えるのだろうな。この際、貴様《きさま》らの信じる邪神《じゃしん》でも構わぬ、いいや、そうでなくては意味がない。さあ、どうなのだ」

と念を押《お》す。兄弟なのだろう、よく似た顔をした二人の男が「神にかけて」と誓《ちか》いを述べたので、ようやくのことでブルートも安心して会談の席に臨《のぞ》んだ。もっとも、ディラ・ロゴス勢を警戒《けいかい》しているのは彼《かれ》だけではない。もともと彼《かれ》らによい感情を持っていなかったターシャなど、「あの狂信《きょうしん》者どもが姫《ひめ》に少しで仇《あだ》なそうとしたならば、このターシャが斬《き》りつけてごらんに入れます」と包丁を振《ふ》りかざすので、ミネルバは苦労して取りあげねばならなかった。

そして——、そのディラ・ロゴスからの代表者が、まるでもったいぶるような足取りで最後にあらわれた。

ミネルバ以外の全員の目が一点に集中し、そして丸くなる。

もしもギュネイがこの場にいたなら、彼《かれ》もまたあんぐりと口を開けて驚《おどろ》きを表現したことだろう。小さな足でずかずかと歩いてきたのは、昨日、バン＝シィでギュネイが出会ったあの少女だった。

かつてランドールの権勢をほしいままにし、世界をもその手に掴《つか》みかけた大司教ハーディンの娘《むすめ》にして、現在、一応のことディラ・ロゴスに集った勢力の頂点とされているロゥラ。

ブルートは驚《おどろ》きを隠《かく》せなかった。十四歳《さい》という話だったが、見たところ、それよりも幼い。大人用の椅子《いす》に勢いよく飛び乗った彼女《かのじょ》は、十歳《さい》を一つ二つ超《こ》えたくらいがせいぜいだ。ターシャも、目の見えない主人にそれを小声で伝えている。ミネルバの眉が動いた。

（ほう。ディラ・ロゴスにて、生き残りを集めるための檄《げき》を飛ばすのに、いくら偉大《いだい》なる大司教の娘《むすめ》とはいえ、十一、十二の少女が旗頭《はたがしら》では心もとないと考えたか）

宣伝する際に年齢《ねんれい》を嵩増《かさまし》ししたということだろう。十四ならば、まあ成人扱《あつか》いされてもおかしくはない歳《とし》だ。

おつきは、眼帯をしている女性イシス。これもターシャに耳打ちされたミネルバはかすかに顎《あご》を引いた。イシスとは面識がある。

一方、ブルートは失笑《しっしょう》を通《とお》り越《こ》して、苦々しい思いに駆《か》られていた。ロゥラなどは大人たちに担《かつ》がれた存在に過ぎず、あくまで代表として顔を見せるのみで、実際の交渉《こうしょう》事はコンラットに指名された年配の司祭クラスがやるのだろう、と思っていたのに、おつきまでもが若い女性と来た。

（なんだこれは。大人と呼べるのはおれひとりじゃないか。十七歳《さい》の王女に、せいぜい十二歳《さい》ていどの小娘《こむすめ》。これが国の行方《ゆくえ》を占《うらな》う三者会談だと？　おままごとのようだ）

「さて、揃《そろ》ったな」

口火を切ったのはその少女――ロゥラだ。偉《えら》そうにテーブルに両肘《りょうひじ》をつきながら、ランド

ール王女と、ダスケス王子を代わる代わる見つめて、

「長々と話をする気なんてこっちにはないぞ。要求はただひとつだ。そちらにいるダスケス王子の身柄《みがら》を、われらに引《ひ》き渡《わた》してもらう。この要求を、われらは一歩たりとも譲《ゆず》る気はない。こういうのを、なんというのか。ええと」

背後のイシスに耳打ちされてから、ロゥラは快活につづけた。

「そう、『じょうほ』する気がない、ってことだ。両者、そのつもりで口を開きたまえ」

(なにを。小娘《こむすめ》は飴《あめ》でも舐《な》めていろ)

ブルートはかっとなりかけたがさすがに短気は避《さ》けた。代わって口を開いたのはミネルバ。

「ロゥラさま。お名前は存じておりましたが、こうしてお目にかかるのははじめてのこと。先代王の娘《むすめ》、ミネルバ・ディオン・ランドールであります」

「知っている」ロゥラは大儀《たいぎ》そうに顎《あご》を引いた。「さすがに双子《ふたご》だな、ラクロアにそっくりだ」

「さようでありますか」

ミネルバは静かな口調で、しかし確固たる意志をもって、現在のランドール代表として、ダスケス国と敵対するつもりはなく、むしろ率先《そっせん》して和平を結びたいという旨《むね》を口にした。「ならん！」とロゥラの小さな拳《こぶし》がテーブルを叩《たた》く。

「ダスケスの蛮人《ばんじん》がなにをしたか、王女も知っているだろう。ランドールの街に次々火を放ち、信者たちをことごとく槍《やり》の林に飾《かざ》り立《た》てた。神の依《よ》り代《しろ》――つまり、おまえの姉ラクロアが死

んだのも、こいつらが畏《おそ》れ多《おお》くも神のご意志に歯向かったからだぞ！」

「ですが」

「貴様《きさま》の事情だけではない。こ奴《やつ》らは聖地ディラ・ロゴスにも兵を進めてきおった。それだけで『ばんし』に値《あたい》する罪。さっさと王子を渡《わた》せ。ダスケスとの和平なんてもってのほかだ」

「もってのほか、だと」早くも我慢《がまん》の限界を超《こ》えて、ブルートが荒々《あらあら》しい声を放った。「黙《だま》って聞いていれば調子に乗りおって。貴様《きさま》にいったいなんの権限がある。おつきの坊主《ぼうず》どもに、政治もいくさもわからぬ輩《やから》は山に引《ひ》っ込《こ》んで祈《いの》りでも唱えていろと伝えろ！」

腰《こし》に剣《けん》があればいまにも抜《ぬ》きかねない勢いだったが、ロゥラはにっと笑い、

「はて、その、『山に引《ひ》っ込《こ》んで祈《いの》りを唱えていた』ところにわざわざ攻《せ》め込《こ》んできて、その挙げ句に『いくさもわからぬ坊主《ぼうず》』に敗れて、泣きながら山をくだったのは誰《だれ》だったかの」

という。「ぬっ」と唸《うな》ったブルートの顔色が赤く染まる。

「こ、こちらが態勢をととのえるために山を下ったのを、劇的勝利と勘《かん》ちがいしておるようだな。やはり坊主《ぼうず》には大局が見えておらぬわ。第一、おれの身柄《みがら》を受け取ってどうするつもりでいる？　人質《ひとじち》にでもしてダスケスから金をむしるか、それとも邪悪《じゃあく》な神の生贄《いけにえ》にでもするか。どちらにせよ、おまえらはダスケス一国と敵対することになるのだ。貴様《きさま》らていどの軍容では三日ももつまいぞ！」

「お待ちを、お二方」

相手を嘲弄《ちょうろう》するロゥラと、感情の激したブルートのあいだに立つ格好で、ミネルバは両手を広げた。

「ランドールの現状をお考えください。いまは諸国と融和《ゆうわ》し、国を立てなおすことが急務。ふたたびいくさとなれば、今度こそこの国は地上から消え去りましょう」

「国を立てなおす？」ロゥラが鼻で笑う。「そんな気の長いことをやっている場合か。現状を考えればこそ、なによりも素早《すばや》い――ええと、なんだ、そう、『じんそく』な行動が求められるのだ。わたしはここにもうひとつ要求する。バン＝シィは門を開いて、わが一派の勢力をそっくり受け入れよ。民《たみ》に命じて聖殿《せいでん》をつくりなおし、いまふたたび神をこの地に降ろすのだ」

そのひと言に、さしものミネルバも息を呑《の》んだ。席を蹴倒《けたお》してブルートが立ちあがった。

「本性《ほんしょう》をあらわしたな！　神を降ろすだと？　またも邪神《じゃしん》の名のもとに世界を制圧するつもりか。王女、これをいまのランドール王家は許すのか。まさしく王女のいわれたとおり、今度こそランドールは諸国に滅《ほろ》ぼされるぞ！」

「滅《ほろ》ぼされはしない。そうはさせないためにこそ、というより、今度こそ、この地上から馬鹿《ばか》げた争いやいさかいをなくすために神のお力を借りる必要があるのだ。ブルート王子よ、ダスケス相手には三日ももたぬといったか？　ミネルバ王女よ、諸国と融和《ゆうわ》するといったか？　そのどちらも、神のお力さえあれば一瞬《いっしゅん》にして可能だ！　ダスケスの軍勢などあっという間に『かいじん』と化し、それを見たほかの国々も、神の前にひれ伏《ふ》して、今度という今度こそ、地上に神の千年王国が築かれよう。それこそわが父ハーディンの夢見た理想郷である！」

ロゥラもまた席を立って、腰《こし》に手を当てて、さながら支配者のように叫《さけ》んだ。

ブルートは大口を開けたまま、ミネルバだけは腰《こし》をおろしたまま、しばらく声を出せなかった。

――ふたたび神を降ろす？　ミネルバは骨までも涼《すず》しくなった気がして、肩《かた》を震《ふる》わせた。

馬鹿《ばか》げている、と思う。とともに、なぜか失望に似た思いが胸中に広がった。

「……話にならん」鼻息を強く噴《ふ》いてブルートは腕《うで》を振《ふ》った。「第一、おまえのような子供では、それがディラ・ロゴスの総意かどうかもわからぬ。会談はまた日を改めてするとしよう。今度はコンラットをこの場につれてこい。そうすれば多少は聞く耳を持ってやろう」

「おまえはひょっとすると馬鹿《ばか》なのか。いや、馬鹿《ばか》なのだろうな。馬鹿《ばか》の国の王子さまだ。コンラット叔父上《おじうえ》がわたしを代表として認めている以上、わたしの言葉がディラ・ロゴスの意見でなくてなんなのだ」

「やかましい。子供の相手なんぞ、これ以上してやれるか」

ブルートは副官をともないつつ部屋の出入り口に向かった。

ただ短絡的《たんらく》に行動したのではない。いまのロゥラの意見をミネルバが許容するはずがない、という計算があった。であれば、バン＝シィがディラ・ロゴス勢を王都に受け入れるはずもないから、ここは時間稼《じかんかせ》ぎをしても平気だろう、と踏《ふ》んだのだ。

ただ、なぜかここでロゥラがほくそ笑《え》みながら、むしろ落ちついた様子でふたたび椅子《いす》に腰《こし》掛《か》けたのにブルートは気づかなかった。

扉《とびら》を開けながら「どけっ」と怒鳴《どな》った相手は、その外で護衛に当たっていた兵士たちだ。ダスケス兵、王女おつきの兵が面喰《めんくら》いながらも左右に割れたが、

「ブルート殿下《でんか》、どちらへ」

王子のいく手に立ちはだかったのが、例の、ディラ・ロゴス陣営《じんえい》の男二人。ほかの兵のように武装しておらず、ゆったりとした長衣《ながぎぬ》を着ているが、その中身がすかすかなのが見てわかるくらいに痩《や》せ細《ほそ》っている。

「会談はまだつづいておりましょう。どうぞお戻《もど》りあれ」

「うるさい。なにが会談だ。貴様《きさま》らはきちんと子守《こも》りをしておれ」

ブルートは歩調《ほちょう》をゆるめず、立ちはだかった男の肩《かた》を突《つ》き飛《と》ばそうとした。体重差を思えば相手は造作もなく吹《ふ》き飛《と》ぶはずだったが、肩《かた》に触《ふ》れる寸前、その手を掴《つか》まれた。ブルートの足が止まる。振《ふ》り払《はら》おうにもかなわない。ブルートとて、戦場では、剛剣《ごうけん》、剛槍《ごうそう》で鳴らした男だ。腕力《わんりょく》には自信がある。だというのに、どれほど力を込《こ》めようと、軽々と吹《ふ》き飛《と》んでしかるべき相手がびくともしないのだ。

（こ、こいつ。この細腕《ほそうで》でよくも……。い、いや、細腕《ほそうで》ではない。細腕《ほそうで》などではないぞ？）

ブルートの目がくわっと上下に見開かれた。枯《か》れ木《き》のようだったはずの手が、いつの間にや

ら見事な筋肉に覆《おお》われていたのだ。それも、見る見るうちに太く、大きくなっていく。ブルートは唖然《あぜん》となって男のほうを見やった。相変わらず頬《ほお》のこけた顔に、痩《や》せ細《ほそ》った体軀《たいく》。だというのに王子の手首を固定したその手だけが、異様なほど膨張《ぼうちょう》している。

「貴様《きさま》、殿下《でんか》から手を放せ！」

ダスケス兵が筋骨隆《きんこつりゅうりゅう》々とした腕《うで》を摑《つか》みあげた。この兵士もなかなかの力自慢《ちからじまん》だったが、それでも歯が立たない。

「放さぬというか、この――」

二人目の兵が腰《こし》の剣《けん》を抜《ぬ》いた。腕《うで》を根本から断《た》とうというのだ。と、ディラ・ロゴス側のもうひとりの男が無造作に歩み寄ると、長衣《ながぎぬ》の裾《すそ》から右脚《みぎあし》を高く放りあげた。立ったままよくもというほど高々とあがったその足首から先が、次の瞬間《しゅんかん》には、急角度と急降下の速度を得て、剣《けん》を振《ふ》りあげた男の側頭部に叩《たた》きおろされていた。

ブルートは骨の砕《くだ》ける嫌《いや》な音を間近に聞いた。

兜《かぶと》ごとあらぬ方向に首の曲がった兵が崩《くず》れ落《お》ちる。即死《そくし》はあきらかだ。

ブルートは戦慄《せんりつ》の眼差《まなざ》しを注いだ。血を滴《した》らせる蹴《け》り足がまだ宙に残っていたが、その脚《あし》もまた太く、たくましい。いいかえるなら、脚《あし》だけが。

「貴様《きさま》っ！」

「よくもっ、この邪教徒《じゃきょうと》めが」

仲間を殺されたダスケス兵の残り二人が、抜《ぬ》き身の刃《やいば》を手に躍《おど》りかかった。

宙に残っていた蹴《け》り足が左右に一往復した。それで事足りた。もう一段階太く、大きくなった脚《あし》が、剣《けん》の届く距離《きょり》に入られるより早く、兵二人の頭部を鎌《かま》で雑草を薙《な》ぐようなたやすさで胴体《どうたい》からもぎ取ったのだ。

兵三人ぶんの血を浴びたブルートは声も発せない。

腕《うで》の太いひとりは王子を連れたまま、強引《ごういん》に室内へ戻《もど》ろうとする。すると、事態を青白い顔で静観していたランドール側の兵が、

「王女、お逃《に》げください！」室内に向かって叫《さけ》んだ。「まともじゃない。われらが時を稼《かせ》ぎますゆえ、姫《ひめ》はお急ぎを――」

三人の兵が怒号《どごう》をあげながらいっせいに剣《けん》で打ちかかる。直後、彼《かれ》らはそれぞれの方向へと吹《ふ》き飛《と》んで、甲冑《かっちゅう》の破片《はへん》が、そしてこそぎ取られた血肉が、床《ゆか》や壁《かべ》にびしゃりと跳《は》ねた。

開かれた扉《とびら》の向こうからそれを目撃《もくげき》したターシャが悲鳴をあげた。

さすがにミネルバも異常を察して、顔色を青ざめさせつつ席を立つ。

男二人が王子を連れて室内に戻《もど》ってきた。二人は勝《か》ち誇《ほこ》るでもなく、無表情。イシスもまたこの場において、椅子《いす》に座《すわ》ったまま微笑《ほほえ》んでいるのはロゥラひとりきりだった。

「わが教会の誇《ほこ》る双蛇《そうじゃ》兵団の兵だぞ。二人ともミルド人の末裔《まつえい》で、彼《かれ》らが極秘《ごくひ》裏に伝える格闘《かくとう》術を心得ているのだ。王子、すでにおわかりかと思うが、これ以上余計な真似《まね》はしないほうが

身のためだぞ」

腕《うで》を固定されたままのブルートは口をぱくぱくと喘《あえ》がせたが、まともな声にはならない。ただひとり、ミネルバが、ロゥラをにらみつけた。気配で各人の位置を摑《つか》めるらしく、顔の向きはごく正確だった。

「……おびただしい血の臭《にお》いがする。兵たちを殺したというのですか、ロゥラ」

「おまえも余計なことをすると同じ運命を辿《たど》ることになる」

幼い少女が、血臭《しゅう》が風に漂《ただよ》ってくるなか、無邪気《むじゃき》な声で脅《おど》す。

「馬鹿《ばか》な」ミネルバは青ざめた唇《くちびる》を震《ふる》わせた。「ここで人死にを出してまで、いったい、なにをしようというのだ？」

「最初からいっている。こっちは長々と会話をする気もなければ、王子を渡《わた》せ、という要求を一歩たりとも『じょうほ』する気はない、ってな。そっちが応じないというのなら、無理矢理にでも応じさせるまでだ」

「なに？　だから、なにを――」

「おまえもものわかりの悪い王女だな。ダスケス王子の身柄《みがら》を使い、神にあだなそうとする愚《おろ》か者《もの》どもがどんな末路を辿《たど》るのか、皆《みな》にわかりやすい形で示してやるのだ」

「そのようなことをすれば、ダスケスといくさになる！」

悲鳴に近い声でミネルバは叫《さけ》んだが、ロゥラはいかにもうるさそうに頭を振《ふ》った。

「だから、馬鹿《ばか》だといってるんだ。その話はさっき済んだろう。さあ、もう時間をかけすぎたくらいだ。イシス、帰ろうか」

「は、お嬢《じょう》さま」

耳打ち以外ではこれまで声を発してこなかったイシスが頷《うなず》き、ロゥラの椅子《いす》を後ろに引いた。脚《あし》の太いほうの男が窓を開くと、風が吹《ふ》き込《こ》んできた。腕《うで》の太いほうがブルートの腕《うで》を摑《つか》んだまま窓際《まどぎわ》に寄る。ここから脱出《だっしゅつ》を図《はか》ろうというのか。と、

「お待ちなさい、ロゥラ」

ターシャが「姫《ひめ》っ」と腕《うで》を引くのを振《ふ》り払《はら》って、ミネルバは少女の前に立ちはだかった。

「なんだ？」ロゥラがうんざりした顔をする。「また同じことをいうのか？　眠《ねむ》くなる、あっちへいけ」

「なんといわれようと、見過ごすわけにはいきません。決して――、決して。ロゥラ、王家の人間として、先代王の娘《むすめ》として、あなたの振《ふ》る舞《ま》いを許すわけにはいきません」

ロゥラは一瞬《いっしゅん》きょとんとなり、それから肩《かた》を上下させながら笑った。

「許さない？　もうとっくに滅《ほろ》んだ王家が、わたしたちを許さないだと？　あははは、い、いまの冗談《じょうだん》は面白《おもしろ》かったぞ！」

「冗談《じょうだん》などではない。ミネルバ・ディオン・ランドールの名において命じます。いますぐ殿《でん》下《か》の手を放しなさい」

するとロゥラは笑いをやめて、むすっとした顔になった。

「せっかく面白《おもしろ》かったのに、しつこいと台無しだ。命じる？　いまの王家、いまのおまえにいったいなんの力があるっていうんだ。兵を呼ぶか？　三タルンくらいなら待ってやる。ただ、この城にいるていどの兵が集まってきても、死人が増えるだけだと思うがな」

ミネルバは下唇《したくちびる》を嚙《か》んだ。外にいた兵が一瞬《いっしゅん》にしてやられたのは事実のようだ。ここで何人か掻《か》き集めたとて、結果はロゥラのいうとおりにしかならないだろう。

王女の葛藤《かっとう》を読んでか、ロゥラはにたりとした。

「どうした、やらないのか？　ふふん、王家最後の生き残りといったって、ていよく担《かつ》ぎあげられて『お飾《かざ》り』になるのがせいぜいだ。おまえにはなんの力もない。〈神の楔《くさび》〉としても役立たずだったしな。双子《ふたご》のラクロアは命をも懸《か》けて神に尽《つ》くしたというのに、おまえは——」

最後までいいきれなかった。つかつかと過《あやま》たず近づいてきたミネルバに、頰《ほお》を思いきり引っぱたかれたのだ。パンッと乾《かわ》いた音がする。

「力などはない。いまのわたしにあるはずがない。が、子供を引っぱたく大人の手ならここにある！」

ミネルバは一喝《いっかつ》し、頰《ほお》を赤くしたロゥラはしばし呆然《ほうぜん》としていたものの、すぐに涙声《なみだごえ》で

「イシス！」と叫《さけ》んだ。

「はい、お嬢《じょう》さま」

という声はミネルバの背後で聞こえた。王女ははっとなる。目が見えないとはいえ、だからこそ他人の気配に敏感《びんかん》なはずのミネルバが、背中にまわり込《こ》まれていたのにまったく気づかなかった。抵抗《ていこう》する間もなく右腕《みぎうで》をひねりあげられる。

それほどの身体能力の持ち主であるなら、ミネルバが主人を引っぱたくのも楽に阻止《そし》できたろうと思えるのに、そうしなかったのは、イシスにもミネルバの行動が意外すぎたのか、あるいは別の思惑《おもわく》があったからなのか。

「姫《ひめ》、どうぞお静かに。一度はあなたをお守りしていた身。乱暴はしたくありません」

「イシス、おやめなさい。こんなことをして……」

ミネルバは必死で抗《あらが》おうとしたが、ますます腕《うで》をひねりあげられるのみ。

ロゥラは仕返しとばかりに、一発ミネルバの頬《ほお》に平手打ちを見舞《みま》ってから、

「そうだ、いっそこのまま王女も連れていくか」

息を荒《あら》らげながらいう。

「そこまではご命令に含《ふく》まれていません」

「よいのだ。このままさらって、王女はダスケス兵に殺されたという噂《うわさ》を流せば、怒《おこ》った民《たみ》がわれらのもとに団結してくれる」

今度こそミネルバは慄然《りつぜん》となった。

ディラ・ロゴス勢は本気でダスケスといくさを起こすつもりのようだ。イシスが「ご命令」

といったのはコンラットの、という意味か。ミネルバはコンラットとも面識がある。まさかあの男がそれほど狂乱《きょうらん》じみた計画を立てるとは——。

(なんてことだ。こんな、こんなことになるなんて。『期待はずれ』もいいところだ)

ミネルバは驚《おどろ》きと失望、そして悔《くや》しさと惨《みじ》めさに、涙《なみだ》を禁じ得なかった。閉じた瞼《まぶた》からはらはらと真珠《しんじゅ》色の粒《つぶ》がこぼれ落ちていく。

「ひ、姫《ひめ》っ。姫《ひめ》から手をお放しなさい——」

ターシャがそれこそ狂乱《きょうらん》の声をあげたが、イシスに片手で突《つ》き倒《たお》されたか、その気配は小さな悲鳴ごと床《ゆか》に崩《くず》れ落《お》ちた。「ターシャ!」とミネルバは声をあげながらも、

(この小娘《こむすめ》のいうとおりだ。わたしには実質的な力も、兵もない)

脳裏《のうり》を駆《か》け巡《めぐ》るのは、情けのない言葉ばかり。

(それでも、ランドール王家最後の人間として、身にそなわったなにがしかの力があると信じた。それで、ひとりでも多くの民《たみ》が救えるものだと。なのに——)

実質的な力の前に、そんなあるかなしかの力はぽっきりと折れて、いまはむしろその名を敵に利用されようとしている。民《たみ》を苦しめる計画の片棒を担《かつ》がされようとしている。

ミネルバは赤く腫《は》れた頬《ほお》に冷たい涙《なみだ》を伝わせながら、イシスに窓際《まどぎわ》まで移動させられた。

「ウー・フォン、王女を。わたしはお嬢《じょう》さまを連れて飛び降ります」

イシスがいい、姫《ひめ》の身柄《みがら》を、先ほど足技《あしわざ》で兵を斃《たお》した男に預けようとした。

と——、ウー・フォンと呼ばれた男がぴたりと足を止め、部屋の入り口を見やった。

頭を失った兵たちの死骸《しがい》が、血だまりに沈《しず》んでいる。

「どうしました、人が集まれば多少は厄介《やっかい》です。お早く——」

そうせっついたイシスもまた、ぴくりと眉《まゆ》を動かし、それから鼻を大きくひくつかせた。

血だまりに黒い影《かげ》がかかったと見えた瞬間《しゅんかん》、その影《かげ》は兵の死骸《しがい》を飛び越《と》《こ》えて室内に入っていた。

黒いつむじ風のように見えた。

「姫《ひめ》！」

風が声を発したとき、それは同時に人の四肢《しし》を備えた。

ランドール王女ミネルバに見えたはずはない。が、

（ああ）

ある直感を抱《いだ》いたとき、頰《ほお》を伝う涙《なみだ》にある種の熱が混じった。

あった。

ちっぽけで、なんの力も、兵もない王女ミネルバにも、あった。

ただひとりで、百の兵にも匹敵《ひってき》する力が。

それは、〈黒狼《こくろう》の騎士《きし》〉という名で呼ばれていた。

四章　女たちのいくさ

1

〈正面から〈黒狼《こくろう》の騎士《きし》〉として乗《の》り込《こ》んでは、ディラ・ロゴス勢に警戒《けいかい》されるだろうから、ちょっと無断でお邪魔《じゃま》させてもらおう〉

ギュネイとしては、そのくらいの気持ちだった。

姫《ひめ》には、カノンでの出来事やフォーゼの女王に書状を届けたことなどを伝えて、逆に姫《ひめ》からは、三者会談の日取りやら、ディラ・ロゴス勢に対してなにか定まった方針があるのかどうかを聞き出すつもりだった。というのにまさか、城に潜《もぐ》り込《こ》んだこの日が三者会談の当日であり、そして人死にが出ている事態に遭遇《そうぐう》しようとは。

ギュネイは廊下《ろうか》で首なしの死体を目撃《もくげき》するや否《いな》や、守衛兵に扮《ふん》していた鎧《よろい》を〈黒狼《こくろう》の騎士《きし》〉のものに変化させると、黒い風と化して駆《か》け出《だ》した。

室内では、ミネルバとブルートが羽交《はが》い絞《し》めにされていた。

それを目にした刹那《せつな》、ギュネイは、頭のてっぺんから噴《ふ》きあがるほどの昂《たかぶ》りを覚えた。

会談の席で、武力を行使してでも思いどおりにしようなどという暴挙は、まさしく〈竜《りゅう》戦士〉が戦っていたときの『敵』そのままの卑劣《ひれつ》さであり、それこそがギュネイが憎《にく》んだ『悪』そのものの姿でもあった。

（貴様《きさま》らはまだそんなことをして！）

いままでの曖昧模糊《あいまいもこ》とした感情とは大きく異なる、はっきりとした火のような怒《いか》り。

（邪神《じゃしん》の崇拝《すうはい》者どもめ、おれがいる限り、邪神《じゃしん》が世界に火を放つ日などはもう二度と訪《おとず》れないのだ。それをもう一度教えてやろうか！）

――そう思いざまに腰《こし》の剣《けん》に手をやったギュネイの行為《こうい》は、あるいはランドールを再訪してからはじめてといっていいほどに『六英雄《えいゆう》』としてまっとうなものといえたが、

「な、何者だ、貴様《きさま》！」

突然《とつぜん》あらわれた黒装束《くろしょうぞく》の騎士《きし》にロウラが驚《おどろ》きの声をあげると、そちらを見やったギュネイもまた、相手と同じかそれ以上に驚《おどろ》いてしまった。

（き、昨日のあの娘《こ》じゃないか）

さすがに見まちがえはしない。あの生意気そうな顔が、またギュネイをにらみつけている。

「お嬢《じょう》さま、お下がりを。こ奴《やつ》、噂《うわさ》の〈黒狼《こくろう》の騎士《きし》〉かと」

姫《ひめ》の手をねじあげている眼帯の女性――イシスがいう。

「だから、何者だ、そいつは？」

「お嬢《じょう》さまにも何度か騎士《きし》に関する噂《うわさ》を伝えたはずですが、ええい、お嬢《じょう》さまの記憶《きおく》力に期待したわたしが愚《おろ》か。覚えてないなら結構です」

「なんだその態度は」

「解《げ》せぬのは、こ奴《やつ》がいたはずのカノンには、すでにわが兵団のてだれを派遣《はけん》済みだということです。〈黒狼《こくろう》の騎士《きし》〉とやらが邪魔《じゃま》になるようなら討《う》て、との命を与《あた》えて。司祭さま方も同行させていたというのに、まさか斃《たお》されたとは考えにくい。よもやいきちがいに――」

「はっ」

　とこのとき、ロゥラ側からするともっとも意外な人間が鼻で笑った。イシスに腕《うで》を取られたままのミネルバだ。

「あれほどに目立つ男といきちがいになるようなことなどあろうか。事実を受け止めなさい。そのてだれとやらに勝利したからこそ、彼《かれ》はおまえたちの邪悪《じゃあく》な企《たくら》みに気づいて王城にまで駆《か》けつけてくれたのです。しかと見よ、ミネルバ・ディオン・ランドールの忠実なる剣《けん》を！　わたしの命令ひとつあれば、いくさばどころか、嵐《あらし》の海であれ冥界《めいかい》であれ、愛馬をひるまず進ませるその男、おお、高潔なる〈黒狼《こくろう》の騎士《きし》〉！　彼《かれ》がひとたび剣《けん》を握《にぎ》れば、何者も勝てはしない。そう、たとえ〈漆黒《しっこく》の冠《かんむり》〉コンラットといえども！」

（姫《ひめ》、あまり好きにいわんでください）

　ギュネイは先ほどのまっすぐとした怒《いか》りも忘れて、いまは情報を整理するのに手いっぱいだ。

まず、イシスが「お嬢《じょう》さま」と呼んだ例の少女。彼女《かのじょ》こそが、三者会談におけるディラ・ロゴス陣営《じんえい》の代表、ロゥラと見ていいだろう。

なんということか。ロゥラは、かのハーディン大司教の娘《むすめ》。つまり、ギュネイはロゥラにとって父の仇《かたき》なのだ。があん、と頭のなかで鐘《かね》が鳴りひびいた。まさかなにも知らずに出会った二人が敵であったとは、なんという悲劇的な運命。

（――って、いまさらか。ここにいる以上、おれはいつだって誰《だれ》かの仇《かたき》なんだから。ランドールにいるならそれくらいの覚悟《かくご》は常にしておくべきだ）

とりあえず、そういった感傷はもろもろ味わってきたし、こののちもそうだろうから、いまはよそにおくとして。

いくつかの言葉から推察するに、イシスはディドーと同じ双蛇《そうじゃ》兵団なのだろう。そしてギュネイをカノンで襲《おそ》ったのは、やはりコンラットの命令あってのもの、と考えられる。

〈黒狼《こくろう》の騎士《きし》〉はランドールに味方する存在として知られているはずなのに、（どうして）と思っていたのだが、眼前の事態が答えの一端《いったん》を示していた。現在のコンラットは、ランドール王家を軽視、もしくは敵視すらしているということだ。そして王家が敵であるからには、当然その王家に味方する〈黒狼《こくろう》の騎士《きし》〉も同様だということだろう。

ギュネイは考えをすばやくまとめてから、改めて腰《こし》の剣《けん》に手をかけた。

「どれほど強かろうが、ただひとりでなにができる」

ロウラがせせら笑うと、イシスも、

「それに関してはお嬢《じょう》さまに同意。ウー・フォン、ラー・フォン、仲間を殺した仇《かたき》です。始末なさい」

冷たくいった。すると、二人の男が「応」ともいわぬままギュネイに近づいてくる。腕《うで》を解放されたブルート王子がその場にへたり込《こ》んだが、見向きもしない。すぐに邪魔者《じゃまもの》を片づけられる自信があってのことだろう。いずれも痩身《そうしん》。ただし、一方は腕《うで》が、一方は脚《あし》が異様に太い。

ギュネイがそう見て取った瞬間《しゅんかん》、異変が起きた。

双方《そうほう》、「はあああ」と大きく息を吸いはじめるや、肉体が急激に膨《ふく》れあがったのだ。「ぷうっ」と強く息を吹き込《こ》まれた風船よろしく、手足も、胸も、肩《かた》も、恐《おそ》ろしいほどに筋肉を隆《りゅう》起《き》させていく。ギュネイがたたらを踏《ふ》んでいるあいだにも、二人は、痩《や》せ細《ほそ》った体格を一転させ、いくさばに数々立ってきた〈竜《りゅう》戦士〉ですら見たこともないほどの巨漢《きょかん》と化した。

まるで黒光りする縄《なわ》を巻いたような筋肉がうねったと見えるや、二人、ほぼ同時にギュネイに襲《おそ》いかかる。無手のままだ。

ひとりが大きく踏《ふ》み込《こ》んで拳《こぶし》による突《つ》きを放った。速い。ギュネイは側面に移動してかわしたが、

(なにっ)

身体がよろめいた。肉体の容積と、ひと突《つ》きの威力《いりょく》とが、嵐《あらし》に匹敵《ひってき》するほどの突風《とっぷう》をも巻き

起こしていたのだ。そしてその風に乗るように、突《つ》きを放った男の後方から、もうひとりが跳《と》び蹴《け》りを放ってきた。

体勢を乱したギュネイはこれをよけられない。とっさのところで、両腕《りょううで》を交差させて蹴《け》りを防いだ――が、それで終わりではない。ギュネイの身体が衝撃《しょうげき》を殺しきれずに後方へ吹《ふ》き飛《と》んだ。そして敵はまるでそれを見越《みこ》していたかのようにさらに跳躍《ちょうやく》、空中で追《お》い討《う》ちの蹴《け》りを二回、三回、と見舞《みま》った。

ギュネイの身体が部屋の壁《かべ》に激突《げきとつ》。ぶ厚いはずの壁《かべ》が、木材や石の破片《はへん》、そして大量の埃《ほこり》をまき散らしながら穴を空ける。

「見たか」ロゥラが叫《さけ》んだ。「なにが〈黒狼《こくろう》の騎士《きし》〉だ。誰《だれ》もあいつには勝てぬだと？　あまり思いあがったことをいうと恥《はじ》を掻《か》くぞ、王女！　神の加護を受けしわれらに、ただの人間が勝てるものか――」

が、このとき、蹴《け》りを放ったほうの男が着地するや、苦しげな唸《うな》りを発して屈《かが》み込《こ》んだ。

「兄者」

突《つ》きを見舞《みま》ったほうの巨漢《きょかん》が驚《おどろ》きの声をあげる。相棒の太い脚《あし》から血が滴《したた》っていたのだ。ギュネイは空中で追《お》い討《う》ちをかけてきたその脚《あし》を、後方に吹《ふ》き飛《と》ばされながらも剣《けん》で迎《むか》え撃《う》っていた。そう説明されて信じられる者が果たしてどれほどいるだろう。

当のギュネイは壁《かべ》穴から飛び出してきた。まさしく通り名どおりの、黒い狼《おおかみ》そのものといった俊敏《しゅんびん》さだ。

「こ奴《やつ》!」

『兄者』に斬《き》りかかるつもりだと気づいた弟のほうが、腰《こし》を低く落として、もう一度突《つ》きを放った。その踏《ふ》み込《こ》みの速度と、移動距離《きょり》の長さはまさしく人間離《にんげんばな》れしている。彼《かれ》ならば、射程ぎりぎりの位置から矢を放たれようと、一足飛びで射手の頭を吹き飛ばしているだろう。

ギュネイはしかし最初から『兄者』が目的ではなかった。弟がそうするだろうと予想していたからこそ、早い段階で床《ゆか》を蹴《け》りつけて、空中に身を躍《おど》らせていた。弟のほうの突《つ》きが眼下をよぎる。ふたたび巻き起こった突風《とっぷう》に乗ったギュネイは体勢を逆さまにしながら、空中で剣《けん》をひと振《ふ》り。

「ぐあっ」

首の後ろから鮮血《せんけつ》を散らしつつ、弟が前方によろめいた。

ともに傷ついた兄弟拳士《けんし》は、しかしすぐに着地したギュネイめがけて身構えなおした。

「こ、この鎧《よろい》武者」

「ラー、気をつけよ。遣《つか》い手《て》ぞ」

兄弟は厳しい顔に警戒《けいかい》の色を浮《う》かべていたが、ギュネイもまた、相手への驚《おどろ》きを禁じ得なかった。風をも巻き起こす突《つ》きや、両腕《りょううで》で受け止めた蹴《け》りの威力《いりょく》はともに凄《すさ》まじかった。ガイフレイムでなければ、おそらくあの一撃《いちげき》で腕《うで》が粉砕《ふんさい》されていたのではないか。

攻撃《こうげき》だけではない。ギュネイは弟のほうの後頭部を斬《き》りつけたはずだ。普通《ふつう》ならそこで終わっている。しかし、背中と首の筋肉が隆起《りゅうき》しすぎていたため、それが生身の壁《かべ》となって剣《けん》の狙《ねら》いを逸《そ》らしていたのだ。

（ランドールに、まだこんな奴《やつ》らがいたのか）

戦慄《せんりつ》を抱《いだ》く。戦慄《せんりつ》とは、すなわち恐怖《きょうふ》だ。いかに歴戦をくぐり抜《ぬ》けてきた戦士であれ、命《いのち》懸《が》けの戦いに際してこれを覚えぬときはない。勇者とは恐怖《きょうふ》を感じぬ者のことではなく、恐《きょう》怖《ふ》を飼い慣らす術を心得ている者のことだ。

いつもながら、ギュネイの決断と行動は素早《すばや》かった。

「王家に歯向かう者ども。兄弟の首を仲良く王女に差しあげよ」

鋭《するど》く言い放って、ふたたび兄弟のほうに向かう――と見せかけて、二人が応戦の構えを取った瞬間《しゅんかん》、左手に隠《かく》し持《も》っていた瓦礫《がれき》を投げつけた。『遣《つか》い手《て》』の技《わざ》ゆえに、ウーもラーも過剰《じょう》に警戒《けいかい》したか、ただの石くれにたたらを踏《ふ》んだその好機をギュネイは見逃《みのが》さなかった。兄弟の傍《かたわ》らを走《はし》り抜《ぬ》けるや、王女を拘束《こうそく》したままのイシスへと迫《せま》る。「なにっ」とイシスが声をあげたときには、その手を剣《けん》の柄《つか》で打っていた。黒いつむじ風は苦鳴をあげたイシスを置き去りに、王女を巻《ま》き込《こ》んでその場を跳《と》び離《はな》れた。ちなみに、兄弟拳士《けんし》がギュネイに手間取っているあいだに、ブルート王子もへっぴり腰《ごし》で室内から逃《に》げている。

「貴様《きさま》あっ」

出《だ》し抜《ぬ》かれたと気づいた拳士《けんし》たちが追撃《ついげき》に移ろうとしたとき、

「そこまでだ！」

手を押《お》さえたままのイシスが叫《さけ》んだ。

ギュネイからは見えなかったが、窓の下にも兵たちが集まってきている。イシスはすぐさまロゥラの身体《からだ》を抱《かか》えた。「わっ」と少女が声をあげる。

「な、なにをしている⁉　早くあいつを片づけろ。王女と王子を奪《うば》い返《かえ》し——」

「『早く』片づけられる相手ではない模様。まさかあれほどの敵がいたとは。これ以上予測不能の事態になると厄介《やっかい》なので、逃《に》げます」

こちらも決断が速い。ロゥラは癇癪《かんしゃく》を起こしかけた。

「わ、われわれが逃《に》げるだと⁉　そんなこと、ゆ、許さんぞ！」

「大丈夫《だいじょうぶ》、お叱《しか》りを受けるのはわたし。たとえ鞭打《むちう》たれるにしても。ですから、お嬢《じょう》さまのお尻《しり》はわたしが保証します」

「そういうことじゃないっ」

少女の抗議《こうぎ》も無視して、イシスはためらいもせずに窓から飛び降りていた。

「ラー、つづけっ」

二人の巨漢《きょかん》は未練を残しつつも、ギュネイが追《お》い討《う》ちをかけるべく踏《ふ》み込《こ》もうとすると、そのまま呆気《あっけ》なくイシスのあとにつづいた。ギュネイは急いで窓辺に寄って見おろした。巨漢《きょかん》は当然のこと、イシスもまた昨日見せたような跳躍力《ちょうやく》をもって、群がりかかる兵たちを置き去りにしてすでに城から遠ざかりつつある。

追うか、と思いもしたが、追ってどうするか、となるとギュネイひとりでは決断できないのが現在の彼《かれ》を取り巻く状況《じょうきょう》だ。ギュネイは苛立《いらだ》たしげに兜《かぶと》を手で叩《たた》いた。

「姫《ひめ》、ご無事で――」

気を取りなおして振《ふ》りかえったところに、「騎士《きし》さま！」と間近で声がした。窮地《きゅうち》を救われた姫《ひめ》を差し置いて、英雄《えいゆう》の胸に飛《と》び込《こ》んできたのは、涙《なみだ》と鼻水で顔中をぐしゃぐしゃにしたターシャだった。

「き、騎士《きし》さま、騎士《きし》どの、よくぞ、よ、よくぞ駆《か》けつけてくださいました――。このターシャ、必ずや、騎士《きし》どのが来てくださると、信じて、信じておりましたとも」

「あ、ああ、うむ、さようであるか」

「姫《ひめ》さま！」感情が不安定になっているのか、安心した途端《とたん》、ターシャは主人のほうを涙目《なみだめ》でにらみつけた。「だから、だから申しあげたではありませんか。お山に籠《こも》っている連中など、狂信者《きょうしんしゃ》でしかない、と！　あの連中、こともあろうに、姫《ひめ》を、な、亡《な》き者にしようと――」

「いいえ」

王女はスカートの裾《すそ》を払《はら》いながら、鼻と口を手で覆《おお》っていた。もうもうと舞《ま》いあがっている埃《ほこり》のせいか、それとも血の臭《にお》いを嫌《きら》ってのことか。

「彼《かれ》らがわたしを亡《な》き者にするつもりでいたなら、わたしはとうにここで屍《しかばね》を横たえています。なんといっていたか——、そう、わたしをさらい、わたしがダスケスに殺された風に見せかける？　そうすれば民《たみ》が自分たちのもとに集《つど》うはずだと、そのようなことをいっておりました」

相手の思惑《おもわく》はどうあれ、力ずくで拉致《らち》されかけたのはまちがいない。だというのに、平然としている風なミネルバの態度にギュネイは感嘆《かんたん》した。が、

「ターシャ、すぐに城の者を呼んでください。遅《おそ》いとは思うが、城と街、両方の門を閉ざさなくては。それと場所を移しましょう、騎士《きし》どの。お互《たが》い、早急《さっきゅう》に話しあわねばならぬことがあるようです」

そうもいうので、さすがにギュネイのほうが気を使《つか》った。

「し、しかし姫《ひめ》。あのようなことがあった直後です。少しお休みになられては」

「そのような暇《いとま》はない。もし騎士《きし》どののほうがお疲《つか》れだというなら、多少時間を開けてもよいが」

どこか白茶けたような顔で薄《うす》く笑いさえする。気を呑《の》まれたギュネイは「いえ」としか返せない。ミネルバはそれにも笑って、

「おかしなものだ。長らく国政をも取り仕切ってきた司教の一派がわたしをかどわかそうとした。それを救ったのは、いまだに名前も素性《すじょう》も知れぬ騎士《きし》であり、わたしはその騎士《きし》に、これからのことを相談しようとしている。ふむ、いまいっても詮方《せんかた》ないことでしたね。申しわけな

い。それと、わたしからも改めて礼をいいます、〈黒狼《こくろう》の騎士《きし》〉。よくぞランドール王家最後の人間を守ってくださいました」

冷静このうえない口調のようでありながら、なぜか感情の欠落したようなその声音《こわね》と笑顔《えがお》とに、ギュネイは、とある既視感《きしかん》を覚えていた。その正体について考えるより早く、

「あっ、騎士《きし》さま、剣《けん》が――」

ターシャが声をあげる。見ると、ギュネイの手にした剣《けん》の先端《せんたん》に亀裂《きれつ》が入っている。先ほど斬《き》りつけた肉体の壁《かべ》によるものだろう、と思うと、ギュネイはさすがにぞっとした。

2

コンラットは、扉越《とびらご》しに報告を受けた。

「わかった。新たな任を伝える。文《ふみ》を書き終えるまでさがっておれ」

イシスからの使者は怒髪天《どはつてん》を衝《つ》くほどの怒《いか》りを向けられるのを覚悟《かくご》していたが、かつて〈漆黒《しっこく》の冠《かんむり》〉として恐《おそ》れられた男にして、大司教ハーディンの弟の返事はごく簡素なものだった。

ディラ・ロゴス山の頂上にある、古い聖堂。傍《かたわ》らには簡素なつくりの屋敷《やしき》があり、コンラットはその一室に籠《こも》っている。ディラ・ロゴスに来て以来ずっとだ。一歩も外を出歩くことはなく、また、限られた者以外は室内に通さない。ゆえに、ある種の噂《うわさ》がディラ・ロゴスには絶え

なかった。

「わたしは、お山へ来られたときの司教さまを、この目で見ている」若い僧《そう》が震《ふる》え声でその噂《うわさ》を流していた。「複数の手に担《かつ》がれたコンラットさまは、右腕《みぎうで》はおろか、両脚《りょうあし》をも失っておられ、すでに虫の息であられたのだ。あれでは、三日ともたずに神の御《み》もとへ旅立たれても不思議ではなかったはずだ。われらの前にお姿をまったくお見せになられないのも、あるいは司教さまはすでにお亡《な》くなりになられており、われらの士気が落ちるのを危惧《きぐ》された上層部の方々がひた隠《かく》しにされておられるのではないか——」

大戦末期のこと。

英雄《えいゆう》物語などで広く世間に知られているとおり、コンラットは、国ざかいに大きな砦《とりで》を構えて、諸王国連合軍を迎《むか》え撃《う》った。手をひらめかせるごとに神の眷属《けんぞく》を召喚《しょうかん》できるというその力は絶大で、なおかつコンラットに従う兵たちは、

「戦場で前のめりに死んだ兵士はみな神の御《み》もとへ招かれて、そして神がラクロアさまのお身体を借りて降臨なされた際に、新たな命を得てこの世に舞《ま》い戻《もど》ることができる」

という、大司教ハーディンでさえ口にしたことのない、不可思議かつ狂気《きょうき》的な信仰《しんこう》を胸に抱《いだ》いており、

「敵兵をひとり道づれにするごとに、天へのきざはしが一段ずつ宙にかかるともいう。さあ、殺せ。そして、死ね」

「殺せ、そして、死ね」

不気味な合言葉を唱えつつ、この世での死をまったく恐《おそ》れずに戦った。

狂気的《きょうき》な士気を維持《いじ》する兵卒と、この世ならぬ魔獣《まじゅう》の群れ。数が多くとも実質は寄せ集めに近い連合軍は、史上もっとも不気味な軍勢との戦いに腰《こし》が引けてしまい、砦《とりで》を攻《せ》めあぐねた。

「さすがは大司教の弟どの、十数万もの軍を釘《くぎ》づけになさった」

ランドールの将兵、僧侶《そうりょ》たちは喝采《かっさい》をあげた。ここで時を稼《かせ》ぎさえすれば、ほどなくして神が王都に降り立つ。神の放つ光を受けた烏合《うごう》の衆は塵芥《ちりあくた》のごとく吹《ふ》き飛《と》ぶか、兜《かぶと》の向きをきっちり揃《そろ》えてひざまずくことだろう——とランドール中の人間がそう思った。

その希望をもろくも崩《くず》し去ったのは、のちの世にいう六英雄《えいゆう》だった。

諸王国連合軍が、一見、益もなさそうな前進後退を繰《く》りかえしてランドール兵の目をひきつけている隙《すき》に、アレフ、ギュネイ、エリシス、ジューザ、ケイオロスは、裏切り者アー・シェの誘導《ゆうどう》に従って砦《とりで》に侵入《しんにゅう》、砦《とりで》にしつらえられた礼拝堂で祈《いの》りを唱えていたコンラットに挑《いど》みかかった。

その戦いたるや、神話上の神と悪魔《あくま》の戦争に匹敵《ひってき》するほどに凄《すさ》まじいものだったという。

数多くの眷属《けんぞく》を呼び寄せることのできるコンラットも、結局は神ならぬ人の身、連日、夜を徹《てつ》しての祈《いの》りがつづいていたために体力の消耗《しょうもう》いちじるしく、最後には六人の悪鬼《あっき》に敗れた。

〈運命の勇士〉アレフの剣《けん》で右腕《みぎうで》を斬《き》り飛ばされたエピソードは特に有名だ。

陥落《かんらく》した砦《とりで》を背に、諸王国軍はいよいよランドール領内へ烈火《れっか》のごとき進軍を開始する――というのが大体の英雄《えいゆう》物語で語られている顚末《てんまつ》であり、コンラットはその後の物語にはまったく登場しない。そのため、大司教の弟はこの砦《とりで》と運命をともにしたと誤解する者が多いのだが、実際は、かろうじて砦《とりで》から落ちのびていた。

「まだだ。まだ――」全身に手傷を負いながらも、コンラットの目は活《い》き活《い》きと輝《かがや》いてた。「兄上のもとへ急ぐのだ。神が地上へ降り立たれる日は近い。それまでの時間を稼《かせ》ぎさえすればいいのだ。いざとなれば、わたしが最後の盾《たて》となる」

だが、運が尽《つ》き果《は》てたというのは、こういうことなのだろう、闇《やみ》にまぎれてバン＝シィを目指していた一団は、王都まであと一歩というところで敵の哨戒《しょうかい》隊に発見された。しかもそれがアルギアの戦士団からなる部隊だったのだ。

いまは地図にその名を残さぬ王国アルギア。この国が滅《ほろ》んだ要因をつくったのは、誰《だれ》あろう、コンラットだ。彼《かれ》は、まったく別の素《す》性《じょう》をよそおってアルギアの王宮に接近すると、純粋《じゅんすい》な信仰《しんこう》が途《と》絶《だ》えて久しいこの国において、『宮廷魔《きゅうていま》術《じゅつ》師』という、よそのどの国にもない役職と、王からのまたとない信頼《しんらい》を得たのだが、時機が来るとその信頼《しんらい》をあっさり裏切って、アルギアを内部から崩壊《ほうかい》せしめたのだ。

「おれは、神というものを信じたこともなければ、祈《いの》ったこともない」

アルギア戦士団のリーダー、〈七つの牙《きば》〉のアケロンは、かがり火の中央で大笑した。

「だが、いまは信じられる思いがする。コンラット、貴様《きさま》をこの手で討《う》てる好機を授《さず》けてくださった偉大《いだい》なる力の存在を。貴様《きさま》の手で魔獣《まじゅう》の餌《えさ》へと捧《ささ》げられた第二王女はおれの婚約者《こんやく》だった。〈漆黒《しっこく》の冠《かんむり》〉よ、楽には死なさぬぞ！」

コンラットにとって、あとの日々は生きながらにして地獄《じごく》に堕《お》ちたようなものだった。逃《に》げられないようにと両脚《りょうあし》を断《た》ち切《き》られ、全身に鞭《むち》と焼きごての当たらない箇所《かしょ》はないというほどに痛めつけられた。表向きはバン＝シィにおける軍容を聞き出すためだとしていたが、拷問《ごうもん》のほとんどの時間に立ちあったアケロンの目的が別のところにあったのはあきらかだ。

が、半月後、攻勢《こうせい》に転じようとするランドール軍の決死の働きによって、アケロン率いるアルギア最後の戦士団は壊滅《かいめつ》。コンラットの身柄《みがら》は救出された――。

そして現在。すでに亡《な》き者になっているのでは、との噂《うわさ》が敵味方かかわらず、まことしやかに囁《ささや》かれていたが、しかし、このとおりにコンラットは生きている。

イシスの使者からの報告を受けて数タルン後、コンラットは狭《せま》い部屋の窓際《まどぎわ》へと移動した。両脚《りょうあし》もなく、杖《つえ》もなく、もちろん介護《かいご》する者もないのにどうやって移動しているのか、余人にはおそらく想像もつかない。

その晩は月が出ていた。射《さ》し込《こ》む青白い光に濡《ぬ》らされたコンラットの顔は、かつてギュネイが「恐《おそ》ろしい」と評したとおりの容貌《ようぼう》をしている。ただしいまはそのとき以上だろう。剃《そ》りあがった頭部も、鼻も唇《くちびる》も、ことごとく傷跡《きずあと》に埋《う》めつくされている。

「黒狼《こくろう》王は、神によって月から遣《つか》わされた使者であるという」

誰《だれ》に語るともなく、コンラットはひとりつぶやいた。

「あるとき、太陽が『自分は神よりも強い』と増長して、その証《あかし》に、地上の民《たみ》をひとり残らず焼きつくそうとした。川が干《ひ》あがり、作物は干《ひ》からびて、人々も陽炎《かげろう》立ちのぼる地表に屍《しかばね》を横たえていく。それを嘆《なげ》いた神は月から黒狼《こくろう》王をお遣《つか》わしになられて、太陽の炎《ほのお》を喰《く》らわせた。神と地上に無償《むしょう》の愛を注ぐ黒狼《こくろう》王の姿は、兄を陰《かげ》から支えるべきわたしにふさわしい」

コンラットはそう思って、自らの聖堂や、司教服、あるいは配下についた兵たちの武具に黒《こく》狼《ろう》のレリーフを使ったり刻印を施《ほどこ》したりしてきた。

「コンラット、そなたほどの力があれば、その黒狼《こくろう》王をも地上に招き寄せられるのではないか」

あるとき――ランドール兵たちが諸国を馳駆《ちく》し、無知で愚《おろ》かな人民を改宗させていたさなか――兄ハーディンがおおらかに笑った。対するコンラットは渋面《じゅうめん》になった。

「大司教の身でありながら、またも愚弟《ぐてい》と益もない議論をしようというのですか」

「おまえとの神学的な議論は心楽しいものだよ。益もないということはない」

「楽しい、ねえ。この前は議論が白熱するあまりに、あなたはぶどう酒の瓶《びん》を床《ゆか》に叩《たた》きつけなさったはずだが」

「そしておまえはわたしに帽子《ぼうし》を投げた。あははは、あれほど熱くなったのは子供のとき以来だったな」

「お笑いなさるか。あとで片づける者の身にもなっていただきたい」

兄と直接の面識があるなしにかかわらず、大勢の人間にとっては信じかねることかもしれないが、弟から見た兄を的確にいいあらわすなら、それは『無邪気《むじゃき》』のひと言に尽《つ》きた。

「さて、話は黒狼王《こくろうおう》だ。どうだ、試《ため》してはみないか。ランドールに伝わる神話でもっとも有名な神の使《つか》いを、おまえがこの地上に招き入れることができたならば、それは神の世の再来を約束するまたとない場面となる。黒狼王《こくろうおう》を目の当たりにすれば、わが国の民《たみ》は無論のこと、真実の神をいまだ認めようとしない諸国の王とて、まことの信仰《しんこう》に目覚めるのではないか」

「前にも申しあげたとおり。わたしは、神話がすべて事実に基《もと》づいたものであったとは考えていません。わたしどもが召喚《しょうかん》している眷属《けんぞく》の方々も、神話や聖典で語られる天使、神使のたぐいではない、とも考えています。あれは、神の世に無数存在する形なき魂《たましい》を、われわれが地上への門を開くことによって解き放ったものであり、そのお姿も、地上にあらわれる際に召《しょう》喚主《かん》が思い描いた想念《イメージ》が投影《とうえい》されているに過ぎない。六つ脚《あし》の神馬《しんめ》も、翼《つばさ》ある要塞《ようさい》も、黒い息を吐《は》く天使も、徳なき者を喰《く》らう暴竜《ぼうりゅう》も、すべて、信仰《しんこう》によって培《つちか》われた僧《そう》たちの想念《イメージ》によって受肉したもの――である、とわたしは考えております」

それで話を終える気であったが、兄は、目を閉じて「ふむふむ」といっている。先を促《うなが》しているのだ。祝日の正餐《せいさん》のときだから、それなりの料理が食卓《しょくたく》には並んでいる。これを消費しつくすまでの退屈《たいくつ》しのぎのつもりだろう。コンラットはため息をついた。

「ですから、神話上に語られる黒狼王《こくろう》も実在はしません。この世に招き入れようとしても無駄《むだ》なこと。少なくともわたし自身がそう信じておりますれば、実現は不可能かと」

「いや、無駄《むだ》にはならんさ」

ハーディンはなんのつもりか、皿に乗っていた菓子細工《かし》を取り寄せると、それをじかに手で弄《いじ》くりはじめた。「大司教」とコンラットがたしなめたが、

「まあ待て。ほらできた」

もともと建物の形に似せてあったそれを、ハーディンはかろうじて人の形だと判別できるものに変えていた。べとべとになった手をハンカチで拭《ぬぐ》いつつ、

「要は、こういうことだろう。神の領域を漂《ただよ》う神聖なる魂《たましい》を、想念《イメージ》とやらを器《うつわ》にすることでこの世に受肉させる。その器《うつわ》の形は、いいかえるならば自由自在。そうだな？」

「ただ想念《イメージ》と申しあげても、確固たる『形』が念頭になければできないことです。大勢の僧《そう》たちが神話上の生き物を具現化させているのも、彼《かれ》らが信仰《しんこう》によってそれらの実在を強く信じればこそ。まったくの自由自在というわけには——」

「そう、大勢の僧《そう》たちは、神話上の概念《がいねん》に囚われすぎている。だが、おまえはそうではない、という。そのおまえだからこそできるのではないか？　実在するとか、しないとかはかかわりない。おまえが黒狼王《こくろう》にふさわしい器《うつわ》を心のなかに練りあげることさえできるなら、必ずや黒《こく》狼《ろう》王はこの地上に降り立つ、そうではないか？」

「……ふむ」

コンラットは思案顔になった。が、すぐに呆《あき》れ顔になったのは、兄が手で弄《いじ》ったばかりの菓《か》子《し》を口に運んだからだ。

「無論、黒狼王《こくろう》というからには、太陽を喰《く》らうほど、とはいわんまでも、普《ふ》通《つう》の大きさでは駄《だ》目《め》だ。強くなくてはならんのは無論のこと。偉《えら》そうにも見えなくてはいけない」

「注文の多いことですな」

「ともかく、やってみせてくれ、コンラット。わたしがラクロア姫《ひめ》を依《よ》り代《しろ》に神のご降臨を成就《じょうじゅ》させるその日まで、信仰《しんこう》の拠《よ》りどころとなる存在が欲《ほ》しいのだ」

コンラットはこのとき、やってみせましょう、とはいわなかった。昔から安請《やすう》けあいは嫌《きら》いだった。が、兄が満足した風に食卓《しょくたく》を立ったのは、やはり弟の性格を知《し》り抜《ぬ》いていたからだろう。

実際、コンラットはその日から、黒狼王《こくろう》が地上に降り立つにふさわしい図を練りはじめた。しかし彼自身《かれじしん》が兄にいったとおりだ。思《おも》い浮《う》かべるだけではいけない。砂の器《うつわ》に水を満たそうとて、器《うつわ》が崩《くず》れ去《さ》るのみ。あらゆる角度、あらゆる面において、針の穴ていどの隙《すき》もつくってはならない。それは、数多くの眷属《けんぞく》を召喚《しょうかん》して意のままに従えることのできるコンラットにして、困難で、難解で、実現できるかどうかもわからぬ事業でありながら、同時に、久しぶりに、わくわくするような、それこそ子供時代に戻《もど》ったような遊びの延長でもあった。

——が、それも長くはつづかなかった。ランドールが領土を拡大するにつれて、本来の仕事が忙《いそが》しくなった。自分がもう五人ほどいれば、と思うほどだったが、これもほどなくして、忙《いそが》しさの質が変わった。六英雄《えいゆう》の台頭によって、拡張したばかりの領土は奪《うば》いとられ、あまつさえ、以前の国境線さえも侵《おか》されるようになったのだ。

六英雄《えいゆう》がまだその名で呼ばれていなかったころより、〈不死将軍〉ゼオの報告などによってその存在を危険視していたコンラットは、彼《かれ》らがいま以上の脅威《きょうい》にならぬうちに取り除くべく、双蛇《そうじゃ》兵団を設立した。が、各地の戦線が激化すると、思うような人材、また、予算も得られなくなって、結局は戦争中にこの部隊を投入することはできなかった。

結果、兄も、神の依《よ》り代《しろ》も討《う》たれて、コンラット自身も先ほど述べたような辛酸《しんさん》を舐《な》めた。

大戦後、ディラ・ロゴスに籠《こも》ったコンラットは、兄の娘《むすめ》ロゥラを旗頭《はたがしら》として、僧《そう》たちを呼び集めることに成功した。双蛇《そうじゃ》兵団を改めて設立しなおしたコンラットは、まず手はじめに、六英雄《えいゆう》たちのもとへ彼《かれ》らを派遣《はけん》することを決めた。暗殺の任を与《あた》えたのだ。

(国家の復興も、神を新たに降臨させる計画も、奴《やつ》らを排除《はいじょ》せぬことには進められない)

その当時、ディラ・ロゴスはフォーゼ軍の包囲を受けていた。こちらの意図に気づかれぬよう、敵をあえて深く陣地《じんち》に引《ひ》き込《こ》んだうえで、兵にまぎれさせながら精鋭《せいえい》たちを外へと解き放った。計画の初動こそ上手《うま》くいったが、

(いま思えば、わたしもいささか焦《あせ》りすぎていた。兄を子供のようだなどと笑えんな)

いまだ六英雄《えいゆう》の誰《だれ》それを討《う》ち取《と》った、という報告はない。志半ばにて散ったのだろうか。

「しかし終わりではない。神の御《み》もとへ旅立った多くの命のためにも、これで終わりにするわけにはいかぬ」

コンラット司教は目を閉じた。

束《つか》の間《ま》月光をも遮《さえぎ》って訪《おとず》れた闇《やみ》に、無数の幻影《げんえい》が浮《う》かんでは消えた。ランドールの敵対国が魔《ま》獣《じゅう》などと呼びならわす、この世ならぬ生き物、神の眷属《けんぞく》、幻獣《げんじゅう》たち。

（より強い力を）

（六英雄《えいゆう》の剣《けん》も槍《やり》も通じず、彼《かれ》らの魔術《まじゅつ》ごとき、鼻息ひとつで吹《ふ》き飛《と》ばすほどの）

すなわちこの世の定義に当てはまらぬ、この世の現象と無関係でいられるほどの存在。

そうした強い存在を呼び出すには、彼《かれ》が神の国と考えている別次元においても、相当に深い階層を探《さぐ》らねばならない。すなわち、現世から距離《きより》があるということだ。そんな深い階層に『手』を伸《の》ばすということは、術者もまた、現世から置き去りにされる危険性を孕《はら》んでいた。

コンラットはふたたび目を開いて、青白い光を浴びながらひとりごちた。

「いまさら、どうなろうとも構わん。この身が滅《ほろ》ぼうと、この魂《たましい》が永遠に救われることのない煉獄《れんごく》にうっかり迷《まよ》い込《こ》む羽目になろうとも。神の奇跡《きせき》がこの地上に舞《ま》い降《お》りるその瞬間《しゅんかん》のためであるなら、このコンラット、何度でも死んでみせよう」

今宵《こよい》、月を見あげているのは無論コンラットばかりではない。

テラスに出ていたロゥラは、月に向かって十字の印を切っていた。

すると、壁《かべ》に小石がぶつかったような音がしたので、そちらを見やると、なにやら黒っぽい影《かげ》が蠢《うごめ》いている。獣《けもの》のようだ。壁《かべ》に次々足をつきながら接近してくる。

気づいたときにはもう、テラスに一頭の狼《おおかみ》が降り立っていた。頭部の高さはロゥラの胸にも達している。毛並みは灰色。ロゥラを見つめる金色の瞳《ひとみ》が月光を薄《うす》く反射していた。ただし左目だけ。右目は傷跡《きずあと》で白く塞《ふさ》がっている。ロゥラは息を呑《の》んで立ちすくむ——かと思いきや、

「無礼者。こんなところから入ってくる奴《やつ》があるか」

まったく恐《おそ》れた様子もなく、むしろきつい口調で叱《しか》りつけた。命知らずもいいところだが、次の瞬間《しゅんかん》、狼《おおかみ》の姿が人間のものへと変化。上体をゆったりと起こしながら、ロゥラをやはり金色の瞳《ひとみ》で見つめているのはイシスだった。灰色の長衣《ながぎぬ》を着て、傷跡《きずあと》で塞《ふさ》がったほうの目には眼帯をしている。ロゥラはそれをしげしげと眺《なが》めて、

「前も聞いたかもしれないが、おまえ、狼《おおかみ》でいるときは、その服や眼帯はどうしているのだ?」

「前にも話しましたが、記憶《きおく》力が欠落されているお嬢《じょう》さまのためにいま一度申しあげましょう。服も眼帯も、わたしの体毛が擬態《ぎたい》しているものです。擬態《ぎたい》、わかりませんか、わからないでしょう、要は、毛を変化させて、それっぽく見せているだけ。つまりいまのわたしは丸裸《まるはだか》と同じことです。お嬢《じょう》さまの趣味《しゅみ》でおかしなエプロンをつけさせられていますが、人間の服をこの上

から着ると、人狼族《じんろう》は暑くて仕方ないのですよ」

「いちいちひと言多い奴《やつ》だな。それより、どうしてこんなところから入ってきた」

「お嬢《じょう》さまがテラスから身を乗り出しておいでてしたので、まさか今度はここから脱出《だっしゅつ》を図《はか》る気か、とお止めに参った次第《しだい》」

「今日はよい。第一、脱出《だっしゅつ》しても、ここにはなにもないではないか」

ロゥラは鼻息混じりにいった。

ここは、バン＝シィに通じる街道沿《かいどう》いにある宿場街だ。以前の大戦時には戦場となっており、ほとんどの建物は打ち壊《う》《こわ》されたか、焼《や》け焦《こ》げている。当然人が住んでいるはずもない。街の隅《すみ》にあった宿がかろうじて残されていたので、現在、ディラ・ロゴス山を下った者たちのうち、ロゥラをはじめとした代表格の人物が部屋をわけて使っている。

「そういうおまえは、夜のお散歩か？」

「まさか。お山に報告にいき、そしてコンラットさまからの書状を預かってきたのです」

「なんだと、嘘《うそ》をつけ。まだあれから三日だぞ。速すぎるだろう！」

「お嬢《じょう》さまには、頭ごなしに否定する前に、まずご自分の頭で考えるということを習慣づけていただきたいものです。まあ、今回は答えを教えてさしあげます。お山とのあいだに、わが人狼《じん》《ろう》族の者たちが等間隔《とうかんかく》で待機しているのですよ。双方《そうほう》からなにか連絡《れんらく》ごとがあれば、彼《かれ》らの手を伝って、すばやく情報のやり取りをすることが可能なのです。われらは馬より速く、また、知恵《ちえ》があるぶん、ただの狼《おおかみ》よりも持久力に優《すぐ》れています。なにより、襲《おそ》われる心配がない。敵が監視網《かんしもう》を広げていたとて、『あの狼《おおかみ》、怪《あや》しいぞ。密書を持っているのではあるまいか』なんて勘《かん》ぐる者はいませんからね。敵を迂回《うかい》する必要もないので、より速く移動できるのです」

「おお、それで、叔父上《おじうえ》はなんと仰《おお》せであったのだ？　わ、わたしを怒《おこ》ってはいなかったか？」

途端《とたん》にロゥラは心配顔になった。

「さて、わたしも書状の中身は見ておりません。すぐに司祭さまたちにお届けしたので。ただ、司祭さまたちが急いで引きはらう動きを見せていない以上、『すぐ引きかえしてこい、馬鹿《ばか》者』という内容の書状でないことは確かなようです」

「そうか」ロゥラはテラスの壊《こわ》れかけた手すりに軽く蹴《け》りをくれてやりながら、肩《かた》を落とした。「叔父上《おじうえ》はお優《やさ》しい方だからな。父上がわたしをお叱《しか》りになったときも、『よいではないですか、大司教』といつもなだめてくれた。遠くに出かけていたときは、必ずお土産《みやげ》を持ってきてくださった」

コンラットにも家族はある。が、司祭に叙階《じょかい》された時点で、そうした俗世《ぞくせい》とのつながりをなるべく断《た》つようにしていた節があった。生涯《しょうがい》のいっさいを信仰《しんこう》に捧《ささ》げると決めたのだろう。が、そんな彼《かれ》も、姪《めい》っ子が可愛《かわい》くて仕方なかったと見える。

「だからわたしを怒《おこ》りはしない。だが、心のなかではさぞがっかりなさっておられるだろうな。くそっ、これも、あの〈黒狼《こくろう》の騎士《きし》〉とやらのせいだ。おまえがわたしを連れて逃《に》げさえしなければ、『ミスラ』でぎったんぎったんにしてやったものを！」

「それはまた次の機会に取っておいてくださいませ。わたしの苦労が増えるので」

「なにかいったか？　ああ、それにしても腹が立つ。おまえも〈黒狼《こくろう》の騎士《きし》〉もそうだが、あのミネルバという姫《ひめ》もだ！　王家の人間でありながらこちらに協力しようともしないのはどうしてだ？　ランドール王家の人間であるなら、神へのご奉仕《ほうし》の気持ちを忘れてはならないはずだ。当然、われわれが要求したことは、すべて受け入れるべきじゃないか」

「人は神の定めのままに命を得ながら、この無情なる地上において一日を経るごとに、少しずつ神の手を放していってしまう、と、いつかハーディンさまが仰《おお》せでありました。神の『愛』とは、ただ、人にぬくもりを与《あた》えるものだとは限らないのだからなおさらだ、とも」

「わからないな。神さまがこの世に降り立てば、皆《みな》が幸せになれるというのに、どうしてそれを拒《こば》む理由があるんだ？」

「さて。国ごとに、そして人それぞれに、見える神さまがちがうのでしょう。『愛』もまた。そう、たとえば、わたしに関してもそうです」

「イシスが？」

「わたしのような人狼族《じんろう》は、ほかの国においては『浄化《じょうか》』すべき対象なのですよ。簡単にいえば、いまのように狼《おおかみ》から人間の姿になるところを他人に見られれば、よその国では『悪魔《あくま》の使《つか》い』とみなされて火あぶりにされても不思議ではありません。それが彼《かれ》らの信奉《しんぽう》する神の

『愛』なのです」

「なんだと！」

「実際、わたしの一族の大半は、住処《すみか》を奪《うば》われ、集落を滅《ほろ》ぼされている。親も友人も大勢亡《な》くしました。ぼろぼろになって流れ着いたこの先で――このランドールにおいてはじめて、わたしの存在もまた、神に愛されし人間として受け入れられたのです。ウーやラーのようなミルド人の末裔《まつえい》に関しても似たようなもの……って、お嬢《じょう》さま、泣いておられますか？」

「お、おまえ、だって、そんなのを知ったのは、はじめてだ……」

「おやまあ、お優《やさ》しいことです」

イシスはロゥラの頰《ほお》にハンカチをあてがおうとしたが、ロゥラはハンカチだけを奪《うば》い取《と》って、そっぽを向いた。

ロゥラもまた、父ハーディンをはじめとする大勢の知りあいを亡《な》くしている。

「まったく……まったく……どいつもこいつも、おかしいんだ。イシス、わたしは絶対に神の『よりしろ』となるぞ。もともと、本当なら、わたしがやるはずだったんだ。ラクロアになんか最初から無理だったんだ。わたしが今度こそ神さまをこの世に招いて、おまえも、おまえの家族も、火あぶりになんか絶対させない世のなかにしてやるからな！」

「期待していますとも」

イシスはかすかに微笑《ほほえ》んだが、背中を向けたロゥラがハンカチで鼻をかむ音を耳にすると、

「それは、返さなくて結構ですからね」

といった。

3

ロゥラ一派が、会談の席でブルートやミネルバを拉致《らち》しようとした――という事実は、ミネルバの一存で伏《ふ》せることにした。もともとの会談すら非公式のものだ。

しかし、死者が複数出たこの一件を隠《かく》しとおすのは困難であるのに加えて、何者かが率先《そっせん》して噂《うわさ》を流したらしく、ミネルバの意志とは裏腹に、都市部はたちまち大騒《おおさわ》ぎになった。

「ディラ・ロゴスの狂信《きょうしん》者どもめ。王女をかどわかそうなんてふざけてやがる。今度一歩でもバン＝シィに足を踏《ふ》み入《い》れたなら許しちゃおかない」

と腕《うで》まくりする者もあるその隣《となり》では、

「いや、会談の席を利用して、王女さまやロゥラさまに剣《けん》を向けたのはダスケスという話だぞ」

と説く者もある。噂《うわさ》は虚実《きょじつ》混在していて、混乱が増す一方だった。

素顔《すがお》をさらして街中を歩くギュネイは、数々の噂《うわさ》や、住民同士の喧々囂々《けんけんごうごう》とした言い争いを耳にしながら、ますます厄介《やっかい》なことになった、との実感を深めている。

これまで見聞きしてきたとおり、ランドール国内には、ハーディンが浸透《しんとう》させた教義なしで

は生きていけない者たちがいるのも事実ではあるが、

（そのハーディンの教えを継《つ》ぐロゥラ派は危険この上ない。王家に従わず、ダスケスにいくさをしかけるのもためらわない過激なやり方は、ランドールを窮地《きゅうち》に追いやるだけだ）

おかげで、ギュネイはまたもケイオロスたちと合流するのを先送りにしている。いまの、明日にも争いが起こったとて不思議ではないバン＝シィをとても放置してはいられないからだ。

王家、ディラ・ロゴス、ダスケスといった勢力が混沌《こんとん》としているいまのランドール中枢《ちゅうすう》において、ギュネイの立場にもっとも近いのは、いうまでもなく王女ミネルバだろう。

……あの城内での争いの直後、ギュネイと王女は場所を移して、二人きりで話した。

会談の席でロゥラが発言した内容を教えられて、ギュネイは絶句しかかった。

（ブルートを連れさらって処刑《しょけい》する？　ふたたび神を降ろす？　それで、ダスケス軍を殲滅《せんめつ》しよう、ってことか？）

あきれた。とともに、会談の席をひと目見たあの刹那《せつな》、ギュネイのなかで燃えあがった怒《いか》りの念がふたたびぐつぐつと煮《に》えたぎりはじめた。

神を降ろして理想の世界を築きあげる――。かつてのランドールもそんなお題目を唱えながら、ギュネイの友人を魔術《まじゅつ》の生贄《いけにえ》にしようとし、知りあいを大勢、燃えさかる火に投じていったのだ。

ギュネイはさすがに王女の手前、荒々《あらあら》しい感情は自制した。

「ハーディン大司教はとうになく、魔力《まりょく》の宿った僧《そう》も大半が討《う》ち取《と》られて、おまけに依り代《よしろ》もないはずなのに、奴《やつ》らに神が降ろせるとは思えない。どこまで本気なのでしょう」

「わかりません。ただ、あのロゥラという娘《むすめ》は、これはコンラットの意志でもあるという風にいっておりました」

（あの男が）

ギュネイは考えた。数タック。ひとまずの結論を出すだけなら時間はそれで足りた。

「普通《ふつう》に考えれば、あの女の子はただのお飾《かざ》り。実質的指揮権はコンラットにある」

「……でしょう。あの娘《むすめ》は、わたしをも『お飾《かざ》り』だといっておりましたけど。他人のことはよく見えても、自分のことは案外わからぬものです」

「ならば、コンラットを討《う》てば、とりあえずのいざこざは終わります」

「騎士《きし》どの」

さすがにミネルバが驚《おどろ》きの声を出す。目の前にいる存在が何者であるかはいまだわからねど、その本質——剣《けん》をもって邪魔《じゃま》者の命を断《た》つことに、いっさいのためらいがない——に改めて気づいた、というような顔をしながらも、

「討《う》てますか」

と聞く。こちらの『本質』も尋常《じんじょう》ではない。

「実際にできるかどうかはわかりません。ただし、そのための準備を進めておいて損はないは

ず」

「討《う》って、終わりましょうか」

「コンラットがいなくなれば、もうランドール僧《そう》に名だたる者はおりません。いくら大司教の娘《むすめ》を旗頭《はたがしら》にしたところで、それを支える実力者がいないのでは、早晩、組織は崩《くず》れ去《さ》りましょう。しかし信者はまだ民衆のあいだにも大勢いる。コンラット討伐《とうばつ》を姫《ひめ》がやった、となれば、のちに禍根《かこん》を残します。ですから、姫《ひめ》は、わたしがコンラットを闇討《やみう》ちにしたあとで、『あの〈黒狼《こくろう》の騎士《きし》〉などは六英雄《えいゆう》の何者かが化けた姿であるにちがいない』とでもいえばよい――」

「騎士《きし》どの、騎士《きし》どの」ミネルバは手を左右に振《ふ》った。「いささか急《せ》いておられる」

「でしょうか」

ギュネイは六英雄《えいゆう》のなかでも一番槍《いちばんやり》をつとめてきた戦士だ。戦いの過程でどのような葛藤《かっとう》や疑問が生じようとも、陣営《じんえい》を勝利させるための結論だけならば早々と導くことができる。それが他人には時々残酷《ざんこく》だったり冷淡《れいたん》だったりする風にも見えるらしい、とギュネイは考えていたが、

「時折思うことがある。あなたは、まるでこの世にいない人間のようだと」

姫《ひめ》のそのひと言に、ギュネイは兜《かぶと》の奥《おく》の目をみはった。

「戦いは日常の延長のよう。自身が動く以上は、勝利か、少なくともそれに近い結末は得られるものだと信じきっておられる。そして命を懸《か》ける見かえりをなにひとつ求めない。金銀財宝

に関心はなく、男なら当然あるべき功名心も見受けられない。それどころか、このランドールで得た名声をいっさいかなぐり捨てて、汚名《おめい》を着てさえ構わない、とまでいう。では、あなたはなんのために戦う？　なんのために生きる？」

（なんのために？）

いま改まって突《つ》きつけられた題目に、ギュネイは一瞬《いっしゅん》言葉に詰《つ》まり、それからわざとらしく失笑《しっしょう》を洩《も》らした。

「な、なにをおっしゃるかと思えば。わたしとて、姫《ひめ》から客分としての金は得ております。それに、戦いが日常のようだとは考えたこともなければ、わたしが戦えば勝利はまちがいなし、と信じたこともありません。無礼ながら、姫《ひめ》は、戦地と、そこに赴《おもむ》く兵たちの心をおわかりになられていない。わたしが『この世にいない』とおっしゃるならば、それはおそらくわれらが生きてきた——この目で見てきた、この足で歩いてきた世界が、あまりに異なるからでありましょう」

「ふん」ミネルバは軽く息をつきながら頷《うなず》いた。「わたしがわかっていない。確かにそうでしょう。馬鹿《ばか》なことを申しました、お忘れください」

「……いえ」

「話を戻《もど》しましょう。コンラットを闇討《やみう》ちにするかどうかはともかく、いまのところ、王家はディラ・ロゴスとの関係を悪化させたくはない」

力ずくで自分を拉致《らち》しようとした相手との関係を『悪化させたくはない』と言い切れるのも、ある意味で肝《きも》が据《す》わっている。

「あなたがいったように、国内にはいまだ大勢の信者がいる。彼《かれ》らとてランドールの民《たみ》。敵対したくはない、と同時に、敵にまわすほどの余力がない、というのも本音。が、味方に引《ひ》き込《こ》むには危険すぎる。これは、先ほどわたし自らが体感したとおりです。現在のコンラットは王家に仕える気はなく、ただその名を利用することだけを考えているようですから。さりとて、放置しておくのも、これまた危険。バン＝シィから追いやったとて、よそでまたなにをしでかすやらわかったものではない」

「情報を集めましょう」

ギュネイはいった。前回の旅のとき、行動の指針に迷いが生じたとき、ケイオロスがよくそういって、使い魔《ま》やリーリンを各地に放っていた。正直、あの当時のギュネイはその時間がもどかしかったのだが、事前に得られた情報ひとつで命を救われた、ということをたびたび経験するうちに、そうした行為《こうい》の大切さも痛感するようになった。

「そのうえで、コンラットを討《う》つ方策も検討します」

「わかった。わたしにできることは？」

「ディラ・ロゴスは手段を選ばぬ輩《やから》のようです。またなにか仕掛《しか》けてこないとも限らない。警備を厳重にし、なるべくお部屋から出られぬよう」

「そうか」

ミネルバは顔を伏《ふ》せた。

「また、窮屈《きゅうくつ》でご退屈《たいくつ》なことになりましょうが」

「構わぬ。慣れています」

王女はいいながら、ギュネイが席を立つ段になると、

「情報は確かに必要です」ひとり言のようにつけくわえた。「わたしたちは、自分の目で見て、自分の足で歩いてきた世界をこそ磐石《ばんじゃく》だと信じている。人は、あまりに『わからない』存在を前にすると、磐石《ばんじゃく》であったはずの世界が揺《ゆ》らぐのを感じ、不安におののくもの。その不安は、畏怖《いふ》にも憎悪《ぞうお》にも、どちらにもたやすく転ぶでしょう」

王女のそんな声を背にしながら、ギュネイは、

「われらはしょせんかりそめの客。死してはじめて、ふるさとの平穏《へいおん》を知らん」

ケイオロスが、そんな古びた詩を好んで口ずさんでいたのをにわかに思い出した。人の生のはかなさを歌ったものだろうが、「かりそめの客」という言葉が、いまのギュネイには重い。

ギュネイはランドール人ではない。王家に忠誠を捧《ささ》げてもおらず、目をひん剝《む》くほどの金を得ているわけでもない。他者から見て、命をも懸《か》けているその理由や、戦いのさなかにあって心の拠《よ》りどころがどこにあるかがわからない、というのは、確かに不気味にも見えるのだろう。

（なんのために？）

王女の問いかけを繰《く》りかえし脳内で反響《はんきょう》させながら、ギュネイは騒《さわ》がしくなりはじめた王城をあとにして、跳《は》ね橋《ばし》近くの木立を背にしたジルやリーリンと合流した。

城の近くで門番と押《お》し問答《もんどう》していた彼《かれ》らは、城内でなにか騒《さわ》ぎが起こったのも察知していたらしい。ちなみに視線を上へと転じると、木の枝葉に隠《かく》れたつもりでいるらしいディドーも発見できた。

ギュネイはあえてディドーにも聞こえるように、城内での出来事を簡単に説明した。

リーリンは率直《そっちょく》に驚《おどろ》き、ジルは不快そうな表情を浮《う》かべた。

「やはり邪神《じゃしん》の崇拝《すうはい》者など、生かしておいてもためにならんのではないですかな。彼《かれ》らの悪行こそがランドールの民《たみ》を苦しめる最大の要因でしょう」

憎悪《ぞうお》交じりではあるが、一応は、「邪神《じゃしん》の崇拝《すうはい》者」と「ランドールの民《たみ》」をわけて考えるようにはなっているらしい。

ひとまず、ギュネイは二人を宿に帰した。その数タルン後、

「まことか」

ギュネイの背後に音もなく降り立ったのはディドーだ。

「嘘《うそ》はいわない」ギュネイは先端《せんたん》が砕《くだ》けた剣《けん》を見せた。「きみの味方にやられた。ウーとかラーとかいってたかな、相当に強い。あれを刺客《しかく》に差し向けられていたと思ったら、ぞっとするよ」

「わたしだから大丈夫《だいじょうぶ》だった、というつもりか」ディドーは怒《いか》りに眉《まゆ》を吊《つ》りあげかけたが、

すぐにその眉《まゆ》をひそめて、「しかし……馬鹿《ばか》な、信じられない。王家の方を連れ去ろうとするなどと。父上が、まさか」

（この娘《むすめ》も、あれこれと、ややこしい立場だな）

自分とも、そしてジルとも似ている、と思う。なにかひとつ強力に信じるものがありながら、それゆえに迷うこともまた多い。

「神をこの地にふたたびお招きする――、ロゥラさまもそうおっしゃったのだな？　そ、そうだ、それさえかなえば、確かにすべてが解決する。ダスケスだろうとフォーゼだろうと、六英雄《ゆう》だろうと問題ない。そもそも神の前に万民《ばんみん》が平等であるという世界が実現すれば、王家とて形を失うではないか。だから、あえて父上は心を鬼《おに》にされて……」

なんとか自分を納得《なっとく》させる言葉を見つけようとするディドーへ、

「きみは、それが正しいと思うのか」ギュネイは問いかけた。「きみだっておれといっしょに見てきたはずだ。ランドールの現状を。大勢の人たちが苦しみに喘《あえ》いでいるさまを。このうえ、なお戦災が招かれればどうなるか」

「い、一瞬《いっしゅん》のことだ。何度もいった、神さえ降りられれば……」

「それができなかったのが先のランドールだよ。それを、なぜいまになってできると言い切れるんだ？」

「それをさせなかった張本人がなにをいうか！　おまえがふたたび邪魔《じゃま》をするというなら、わたしが、ここでおまえを討《う》つまでだ」

「おれひとりを討《う》てば神が地上に降りられる？　いい加減にしてくれ」

ギュネイは声を大きくした。

「ただの繰《く》りかえしだ。いいや、前よりもっと悪い。エレィノアも、ダスケスも、フォーゼも、今度こそこの国を根こそぎ――、住民ごと焼きつくすだろう。土地や財産を奪《うば》う大義名分を得たから、だけじゃない。彼《かれ》らは、ランドールが怖《こわ》いんだ。自分たちの崇《あが》める神とはちがう神が、魔術《まじゅつ》が、魔獣《まじゅう》が、〈赤目〉が恐《おそ》ろしいんだ。おれだってそうだった。いまだってそうなんだよ。また、黒い魔獣《まじゅう》が、〈赤目〉が、ザッハにあらわれたらと思うと、怖《こわ》くて仕方がない。そうした恐怖《きょうふ》から逃《のが》れるためにも、兵たちは思いつく以上の残虐《ざんぎゃく》さでランドールを荒《あ》らしまわるぞ。さあ、神はいつあらわれて、この愚《おろ》かな敵を討《う》ってくれる？　いつ民《たみ》を助けてくれる？　国土が半分以上焼かれてからか？　何千、何万もの民が火あぶりにされてから？　彼《かれ》らは神の理想郷がため、喜んで犠牲《ぎせい》になるっていうのか？　生き残るのはいったい……」

「やめろっ」

ディドーの声を受けてギュネイは黙《だま》った。

暗殺の任を帯びた女性――まだ少女の面影《おもかげ》を顔に残した――は、声の鋭《するど》さとは裏腹に、深くうなだれていた。

「お、おまえに、お父上のお考えなどわからない。そうさ、おまえなどにわかるはずがない……双蛇《そうじゃ》兵団の一員であるわたしにだって、わ、わからないのに」

「だから、わからないのが恐《おそ》ろしい、という話だよ。お父さんがまちがっているとはいわない、ただ、娘《むすめ》のきみさえわからないというなら、一度話しあってみるのもいいんじゃないか。本当にこのままでいいのかどうか」

「……前にもいったが、わたしと父上は親子であって、そうではない。あくまでわたしはコンラット司教に仕える配下のひとりでしかないのだ。おまけに」ディドーは、自嘲《じちょう》気味の笑いを浮《う》かべた。「その司教におおせつかった大事な任務に失敗している。そう、おまえの暗殺だよ。父上が、いまのわたしなどに会ってくださるとは思えない」

「つまり、おれの首を土産《みやげ》にすれば会ってくれる、ってこと？」

「な、なに？」

ディドーが目をぱちくりさせた。目に溜《た》まっていた涙《なみだ》がひと筋こぼれ落ちる。

「さすがに首はあげられないけど……、そう、〈邪竜《じゃりゅう》〉を生きながらにして捕《つか》まえた、ということにして、縄《なわ》で縛《しば》ったおれを連れてディラ・ロゴスへいったらどうだろう。敵を生け捕《い》《ど》りにするなんて、ただ殺すよりもずっと困難な任務だ。コンラットは喜んでくれるんじゃないか」

ディドーは呆気《あっけ》に取《と》られたままギュネイを眺《なが》めていた。その目が、ほんの一タードほど前の王女ミネルバのものに似ている。

「確かに、そうすれば……父上は、わたしを褒《ほ》めてくださるだろう……」

「うん、『よくやった、ディドー』と頭を撫《な》でてくれるコンラットの姿が目に浮《う》かぶようじゃないか」

「あ、あの父上がか？　馬鹿《ばか》な、そ、そんな、普通《ふつう》の父娘《おやこ》のようなことなど、わたしは別に望んでは……」

「いい子だ、ディドー、なでなで、とてもいい子だ、ディドー、なでなで」

「あ、いや、悪くない……」

頭を撫《な》でられる光景を想像したらしい、ディドーが恍惚《こうこつ》となった。

「きみの好きな食べものはある？　お父上が用意してくださるかもしれない」

「そうだな、冬の祝日に食べるフルーメンティーが好きだった……その日は、父上もわたしたちのところに帰ってきてくださって……蜂蜜《はちみつ》、砂糖の甘《あま》さが口に広がって……」

「親子でいっしょに食べようじゃないか、ディドー。そこでなら、きっとコンラットもきみの言葉に耳を傾《かたむ》けてくれるよ」

「そうだ……もともと、とても、お優《やさ》しい方だから……わたしたちや、伯父上《おじうえ》のことを、自分のことより深く案じておられた……い、いや、待て！」夢から覚めたみたいにディドーはぱっとギュネイから距離《きより》を置いて、弓を手にした。「あ、危《あや》うく騙《だま》されるところだった。おまえのことだ、わたしに父上のところへ連れていかせて、そこで父上を討《う》つつもりだろう！」

（本当に必要なら、そうしたいところだけど）

ギュネイはさすがにそこまではいわない。が、コンラットの真意を知りたい、というのは本音だ。敵として対峙《たいじ》した経験から、あの男が決して考えなしの狂信者《きょうしん》というわけではない、ということはわかる。その男が、なぜこうも無謀《むぼう》で、それこそ「気の急《せ》いたような」計画を頭に描《えが》いているのか。

「と、とにかく。わたしは父上を信じるまでだ。わたしはおまえを見張る任務をつづける。わたしの矢が常におまえを狙《ねら》っていることだけは忘れるな！」

ディドーの姿が掻《か》き消《き》えた。

それから数日。

（情報を集める）

とはいったが、いまのギュネイにできることは、バン＝シィ内で住民にまぎれ込《こ》んで話を聞くくらいがせいぜいだ。リーリンやジルにも当たらせているが、先ほど述べたように、都市内部でもディラ・ロゴス勢への反応が割れている、くらいのことしかわからない。

（いっそ、〈黒狼《こくろう》の騎士《きし》〉としてコンラットの前に膝《ひざ》をついてみるか）

そんなことも考えた。

「噂《うわさ》で知られているとおり、わたしはランドールのために剣《けん》を捧《ささ》げた騎士《きし》である。わたしにも神のために剣《けん》を振《ふ》るう許可を与《あた》えていただきたい」

そういって、あえてコンラットの配下についてみるのはどうだろうか。欲《ほ》しい情報も得やすかろう。いやしかし、コンラットはこちらの素性《すじょう》を怪《あや》しんでいる。それゆえ命も狙《ねら》われた。ミネルバ王女のときのように「素性《すじょう》は詮索《せんさく》しないから存分に働いてほしい」とはなるまい。相対すれば、必ず正体を探《さぐ》られる。

（ええい——、相変わらず）

慣れない戦いだ。『敵』が定まらねば、彼《かれ》のような、剣《けん》や槍《やり》を振《ふ》るうことのみに特化した戦士は動きようがない。

そして、ギュネイが懊悩《おうのう》としているあいだに、さらに事態はややこしいものとなった。

4

ダスケスの軍勢が南方から攻《せ》めあがってきた。

その数、三千とも五千ともいう。

ランドール南方《なんぽう》の村々に分宿しつつ北上中。指揮官はゴードン。ダスケス第一王子、ということは、ブルートの兄に当たる男だ。

「いまだ邪神《じゃしん》を崇拝《すうはい》するコンラットが、ダスケスの駐屯《ちゅうとん》軍に牙《きば》を剥《む》いた。弟を援助《えんじょ》してこれを討伐《とうばつ》する」

という名目らしいが、この知らせをバン＝シィで聞いた当のブルートは腰《こし》を抜《ぬ》かさんばかり

に驚《おどろ》いた。王女からの使いが敵を見るような眼差《まなざ》しをしているのに気づいて、

「馬鹿《ばか》な、おれは兄に助けなど求めてはおらんぞ」

口から唾《つば》を飛ばしながら弁明した。実際、彼《かれ》は城内でロウラ一派に拉致《らち》されかかった件も、

「このことは本国に伝えぬほうがいい」と判断して情報を遮断《しゃだん》させていたくらいだ。

おそらく、兄は兄でランドールへの野心を捨てきれておらず、バン＝シィ内に間者を数人使わしていたのだろう。王都でまことしやかに囁《ささや》かれはじめた会談での件を、「好機」と見て、大急ぎで陣《じん》をまとめたにちがいない。駐留《ちゅうりゅう》軍の大将に選ばれた弟に先んじて、この機に王都を制圧する気ではないのか。

「コンラットの次は兄か。どいつもこいつも、おれの足を引っぱりたがることだ！」

ゴードン王子の軍はこれを阻《はば》むものもないままに、王都へ着実に歩みを進めている。このままでは、いくさは避《さ》けられない。どちらが勝つにしても、ブルートの野心にとってよい結果になるとは思えず、仕方なく兄の軍勢へ使者を放つことにした。

「都で囁《ささや》かれているのはただの流言飛語。このとおり、わたしはぴんぴんしている。ここで狂信者《きょうしん》どもの挑発《ちょうはつ》に乗っていくさなどになれば、ランドール内で確立しつつあったわが立場も失われる。即刻《そっこく》軍勢を引いていただきたい」

そんな内容の書状を持たせたが、ゴードン側からの返事はなく、また使者も帰ってこない。

「聞く耳持たずということか。ええい、ならば、おれが直接兄に話をつけてこよう。姫《ひめ》は、ふ

たたび会談の席を設けるなりして、コンラット側の動きを抑《おさ》えておいてほしい」

ミネルバ王女の部屋で——なし崩《くず》し的に、彼女《かのじょ》の住居は離宮《りきゅう》から城内へと移されていた——そう鼻息を荒《あら》くしたブルートだったが、

「おやめになったほうがよい」

「なにっ？」

ブルートがにらみつけた先では、〈黒狼《こくろう》の騎士《きし》〉が黒光りする腕《うで》を組んでいる。

「バン＝シィにて会談の一件をいいふらしている連中が何者かというと、おそらくディラ・ロゴスの一派でしょう。彼《かれ》らはいかなる理由があってか、なんとしてでも他国を挑発《ちょうはつ》し、これを招いて一戦交える決意のよう。ということは、ブルート王子が放った使者が帰ってこないのも、ゴードン王子に捕《と》らえられたのではなく、道中で双蛇《そうじゃ》兵団に殺された可能性が高い。ブルート殿下《でんか》が自ら赴《おもむ》かれたところで、同じ結末になるのは目に見えております。彼《かれ》らはむしろ嬉々《きき》として殿下《でんか》に襲《おそ》いかかることでしょう。殿下《でんか》の首が陣営《じんえい》に届けば、ゴードン王子はまさしくバン＝シィに火を放つ大義を得るゆえ、望んだいくさができるというもの」

ブルートは青ざめた。自分の首に触《ふ》れながら、

「おれの首だと。ふ、ふん、結構なことだ。このブルート、なにを恐《おそ》れるものか。おい、〈黒《こく》狼《ろう》の騎士《きし》〉とやら、次期ダスケス王を護衛する誉《ほま》れを与《あた》えてやろう。おまえは会談のときも見事に戦ったな。おまえがいれば、そうむざむざと——」

「わたしは王女を護衛する立場であるゆえ、簡単には動けませぬ。また、野外にて、何人いるかもわからぬ魔術師《まじゅつ》にいっせいに襲《おそ》われたのでは、わたしとて自分の身を守るのに手いっぱいになる」

ダスケス王子は自分の意見を引《ひ》っ込《こ》めざるを得なかった。王子が退席したのち、ギュネイもこれにつづこうとしたが、

「お待ちを」

王女に呼び止められた。

ミネルバが手を叩《たた》くと、ターシャが紫色《むらさきいろ》の布に包まれたものを抱《かか》えてやってきた。ギュネイはそれが自分に差し出されたので驚《おどろ》いた。

「昨日、レトナークから届けられました」

王女が説明する。レトナークは王都近辺にある集落で、以前、ギュネイがブルートから出された金と人員を利用して治安維持《いじ》に当たっていた場所のひとつでもある。

「あの街には大きな修道院があったのですが、大戦時に焼《や》き払《はら》われています。今回、多少治安が落ちついたので、改めてその焼《や》け跡《あと》を調査したところ、地下に部屋が残っており、そこが王家の宝蔵室になっていたとのこと。これはそのなかで眠《ねむ》っていた、王家に伝わる宝剣《ほうけん》シィ・ク・ハートです。鋼《はがね》を断っても刃《は》こぼれひとつしないというほどのものです。きっとあなたの役に立ちましょう」

ギュネイは甲冑《かっちゅう》ごと小さく身震《みぶる》いした。王女は、彼《かれ》の剣《けん》が砕《くだ》かれたのを覚えていたのだ。

「そ、そのようなものを、一介《いっかい》の素浪人《すろうにん》がいただくわけには……」

「どのような名剣《めいけん》であっても、女の腰《こし》にあったのでは輝《かがや》きも鈍《にぶ》ろうというもの。よい剣であるからこそ、もっとも強き者の腰《こし》に託《たく》すのは当然のことです。ただ、本来は王家の人間が兵士を率いる際に用いるものです。必ずお返しください」

「わ、わかりました」

ギュネイは、城にあてがわれた部屋にこれを持ち帰って、光《ひか》り輝《かがや》く刀身をリーリンに自慢《じまん》した。

「見てよ、凄《すご》いだろ。アレフが持っていた〈神剣《しんけん》〉ラァンにも引けを取らない輝《かがや》きだろ」

「ええ、ええ。そうですね。凄《すご》いですね。かっこいいですね。ぴかぴかですね。売ったらさぞよい値《ね》がつくことでしょうね。で、いつザッハにお帰りになられるのです？」

「そう焦《あせ》ることもない。せっかく宝剣《ほうけん》を預かったんだ。いまのうちにできることは全部しておかないと。今度あの筋肉兄弟に襲《おそ》われても、これなら引けを取らないぞ」

剣《けん》やガイフレイムとは縁《えん》のない生活を送りたい、とザッハでこぼしていたギュネイではあったものの、戦士として身に染《し》みついたものも確かにある。名剣《めいけん》を手にできてあきらかに浮《う》かれている様子の彼《かれ》に、

「ギュネイさま、ひとつ申しあげておきます」

リーリンが指を一本立てていった。

「な、なんだよ。改まって」

「昔ケイオロスさまにいわれたことがあるんです。おまえは乱破としては役に立つが、餌《え》づけされやすいのが玉に瑕《きず》だと。犬の状態で餌《えさ》をもらうと、すぐに相手を『いい人』だと思《おも》い込《こ》んで、しまいには『ご主人』と慕《した》ってしまう、って」

「それで？」

「それでしまいです」

ギュネイは「ふうん」と頷《うなず》きかけて、それから自分が大事そうに抱《かか》えている宝剣《ほうけん》に視線を落として、さすがに機嫌《きげん》を悪くした。

剣《けん》を鞘《さや》に戻《もど》したあと、

（ミネルバ王女、ますます表情が誰《だれ》かさんに似てきた）

うっすら微笑《ほほえ》んでいた王女の顔を思い出して、ギュネイは首を傾《かし》げた。

ダスケス軍が土ぼこりを巻きあげながら王都に迫《せま》っている。

この一報も、バン＝シィをおおいに騒《さわ》がせたが、さらにこの時点で、ロゥラ一派の僧《そう》たちがどうやって兵士の目をかいくぐってか、城下にておおっぴらに姿をあらわすようになった。

「過日、謎《なぞ》の武装集団に扮《ふん》して王都を立てつづけに襲《おそ》っていたのもダスケスだ！」

「ブルートは街を守る振《ふ》りをしながら、財産や女を奪《うば》いつつ、離宮《りきゅう》に軟禁《なんきん》した王女を脅《おど》しつけて、ランドール王の地位をも狙《ねら》っていたのだ」

彼《かれ》らは声も高らかに暴露《ばくろ》しつつ、「会談での件も奴《やつ》らに非がある」と加える。

「われらの聖地に踏《ふ》み入《い》ったはいいが、惨《みじ》めにも敗北を喫《きっ》した彼《かれ》らは、これを挽回《ばんかい》すべく、『会談』だと偽《いつわ》ってわれらをバン＝シィに誘《さそ》い出《だ》して、闇討《やみう》ちをかけようとしたのだ」

「だが安心いたせ、善良なる信者諸君。ハーディン大司教の忘れ形見であられるロゥラさまには、生まれながらにして神のご加護がある。ダスケスの穢《けが》れた剣《けん》など、聖女ロゥラさまには傷ひとつつけられはしなかった！」

事実と虚偽《きょぎ》を巧《たく》みに織り交ぜながら、僧《そう》たちは人心の誘導《ゆうどう》を図《はか》った。

「そのダスケスが本性《ほんしょう》を剝《む》き出《だ》しにして、王都にまで迫《せま》りつつあるのは知ってのとおり」

「相手が十万、百万もの軍勢であろうと、ロゥラさま率いる神軍はびくともせぬ。必ずやバン＝シィを守《まも》り抜《ぬ》いてみせよう！」

「その運命的な勝利を、ただ傍観《ぼうかん》するだけに飽《あ》き足《た》らぬ者は、われらがもとに集《つど》うがいい」

「神の陣営《じんえい》の末席にあって戦う者は、皆《みな》、天国への道が約束されよう。神を、王家を、家族を、隣人《りんじん》を守るための聖なる戦いである。集《つど》え、立て、ランドールの聖戦士たちよ！」

平時ならばこれを冷ややかに見た者が大多数だったろうが、いかんせんダスケスの軍勢が迫《せま》っているという緊急時《きんきゅうじ》。

ミネルバの生存が確認《かくにん》されたとはいえ、ただそれだけの王家に軍勢を押《お》しとどめる力はなく、また他陣営《じんえい》からの援助《えんじょ》も望めない。一方のディラ・ロゴス側は、もちろん大司教ハーディンの死は痛手となっていたが、それ以降も、御山にて、フォーゼやダスケスの軍勢を追《お》い払《はら》ったという実績がある。これが民衆に希望を抱《いだ》かせた。目に見える脅威《きょうい》が間近にあるなか、人はやはり目に見える『力』に自然と寄《よ》り添《そ》うものだ。

若者たちが多数名乗りをあげてディラ・ロゴスの陣営《じんえい》に集ったのも、ごく自然ななりゆきといえた。以前ならば、僧《そう》たちが都市内に入ったと知れば、王城の兵が出てきて、これを追《お》い払《はら》っていたのだが、いまは民衆の一部が盾《たて》となった。

「なにもしてくれない奴《やつ》らは城に引《ひ》っ込《こ》んでいろっ」

「どうせ、城の兵たちはいざとなったらお姫《ひめ》さまだけを守るんだろう。おれたちは自分の身を守るために戦わなきゃいけないんだ。放っておいてくれ！」

ディラ・ロゴス陣営《じんえい》はあらかじめ、民《たみ》のなかから熱心な信者を選んで、ほかの人々を煽《あお》る役目を与《あた》えていたのだろう、火をつけられた勢いでロウラ一派を支持する人々が増えていった。

……だけならばまだしも、騒《さわ》ぎはこれだけに留まらなかった。

以前よりは数を減らしたとはいえ、いまだバン＝シィ内には、ダスケスの兵たちが駐留《ちゆうりゆう》している。大きな屋敷《やしき》や宿などが強引《ごういん》に接収されて、彼《かれ》らの宿泊所《しゆくはく》となっていたのだが、そういった場所が住民に襲《おそ》われるという事件が続出した。

民《たみ》にしてみれば、ブルートであろうとゴードンであろうと、同じダスケス陣営《じんえい》だ。

「ダスケス人は出ていけ！」

「もうおまえらの好きにさせるものか」

松明《たいまつ》を手にした若者たちは声を揃《そろ》えて、ダスケス兵を追いやりにかかった。兵は反撃《はんげき》しようにも、ブルートからは民《たみ》を傷つけてよいとの許可はもはや出ておらず、またロゥラ派についた若者たちにはそれぞれ鎧兜《よろいかぶと》と武器が与《あた》えられている。ダスケス兵たちは営所の数々から、巣穴をつつかれたアリよろしく這《は》い出《で》なければならなかった。

いよいよ王都さえもがきな臭《くさ》くなりはじめたその時点で、ギュネイは決意を固めた。

せっかく王女から貰《もら》い受《う》けた宝剣《ほうけん》も、そしてさらに〈竜《りゅう》戦士〉の象徴《しょうちょう》たる腕輪《うでわ》をも外したギュネイを見て、

「……なにをやらかすおつもりです？」

部屋の掃除《そうじ》をしていたリーリンが嫌《いや》な予感に駆《か》られて声をかけると、その予感どおりの答えが返ってきた。

「ちょっと、ディラ・ロゴスの陣営《じんえい》にいってくる」

「はあ」

ぼんやりと頷《うなず》きながらも、リーリンの手からは箒《ほうき》が落ちている。

「奴《やつ》らはひとりでも多くの兵を募《つの》っているから、〈黒狼《こくろう》の騎士《きし》〉としてじゃなく、一民間人と

していけば、素性《すじよう》をうるさく詮索《せんさく》されることはない、はず」

「はず、ですね。剣《けん》はともかく、どうしてガイフレイムまで置いていくんですか？」

「魔術《まじゆつ》に慣れていると、その……なんというのか、発動する前から気配を感じることがあるんだよ。おれだってそうなんだ、ディラ・ロゴスの僧《そう》たちにかかれば、この腕輪《うでわ》を怪《あや》しまれる可能性だって低くはない。なにせあそこは魔術《まじゆつ》師の巣窟《そうくつ》だろうから」

リーリンは天を仰《あお》いで、それ以上の言葉をすべて呑《の》み込《こ》んだ。ギュネイが決断した時点でなにをいっても無駄《むだ》だとは、とうに理解している。

そこへ、日課である祈《いの》りを終えたジルが近づいてきた。

「その巣窟《そうくつ》とやらに単身赴《おもむ》かれるというのですか？　失礼ながらひとつお尋《たず》ねしてよろしいか。あなたが稀代《きたい》の戦士であることは認めるものの、なぜランドール一国を守るためにそこまで危険な橋を渡《わた》ろうとするのです？」

「なぜそうしちゃいけない理由がある。ことはもうランドール一国だけの問題じゃない。ディラ・ロゴスの一派を放置していたのでは、前と同じことになる恐《おそ》れだってある。おれは、もうあんな大いくさを経験するのは二度とごめんだよ。それと」

「それと？」

「おれ自身、この目でじかに見てみたいと思ったんだ。以前、仲間たちと、多くの犠牲《ぎせい》を払《はら》いながら戦ってきた『敵』の現状を――、可能なら、コンラットその人を」ギュネイは落ちついた態度でつづけた。「会見でのやり口やら、いまのランドールを無謀《むぼう》ないくさに巻《ま》き込《こ》もうとしていることやら、どうもあのコンラットが指揮を執《と》っているとは信じがたい面もある。ひょっとしたら彼《かれ》はすでに亡《な》くなっていて、別人がロゥラの裏で糸を引いているのかもしれない。そうなると、こちらが取るべき手段も変わってくるだろう。だから」

「あの、というほど、彼《かれ》の人となりをご存じなのですか？　無論、あなた方六英雄《えいゆう》がコンラットと直接戦ったことは知っていますが、しかしじかに顔をあわせたのはその一度だけでしょう」

「六英雄《えいゆう》かどうかはともかく、おれが常に最前線にいたのは確かで、だから敵の捕虜《ほりょ》と話す機会も多かった。コンラットは大勢の将兵や民《たみ》に慕《した》われていた。信頼《しんらい》もされていたよ。ハーディンが当時のランドール人にとってはもう神に等しいほどに敬われていたのと比較《ひかく》すると、より人間としての親しみを感じるのはコンラットのほうだったんだろう。宗教国家となりつつあったランドールでは、神の『教え』を必ずや徹底《てってい》せねばならない、と感ずる、いわば原理主義者たちも横行した。そのためならば人の命を奪《うば》ってよいとすら考える連中もいたけれど、コンラットは彼《かれ》らを上手に抑《おさ》える役回りだったらしい。時には、目的を急ごうと焦《あせ》る兄をなだめる役でもあった。簡単にいうが、絶対的権限を持った人物に諫言《かんげん》できる存在は貴重だ。コンラットの存在が欠けていれば、ランドールは、ハーディンが実権を握《にぎ》ったその半年後には自壊《じかい》していた、という説を唱える識者もいた」

ケイオロスのことだ。

ほう、と唸《うな》ったジルに先を促《うなが》されて、コンラットのことを話すうちに、ギュネイの脳裏《のうり》を過去の映像がよぎった。――アレフに腕《うで》を斬《き》り飛ばされて、胸にも重傷を負ったコンラットが、床《ゆか》に膝《ひざ》をついた場面だ。

真夜中。砦《とりで》の礼拝堂内部。窓から射《さ》し込《こ》む月光から外れた位置で、コンラットはどす黒い血を滴《したた》らせながら、彼《かれ》の命を救うべく駆《か》け込《こ》んでこようとする兵たちを押《お》しとどめて、「逃《に》げよ！」と怒《ど》鳴《な》った。「ここはもう落ちる。おまえたちは、ひとりでも多くバン＝シィへ逃《に》げるのだ。ひとりでも多く、兄の助けとなれ。ひとりでも多く、神の盾《たて》となれ。ここでの死は許さん。ここで無駄《むだ》死《じ》にすることこそ、神への冒瀆《ぼうとく》である！」

あのときコンラットが浮《う》かべた、恐《おそ》ろしいまでにあかるい笑顔《えがお》を、ギュネイはよく覚えている。そこには盲目的《もうもくてき》な狂信者《きょうしんしゃ》といった印象は不思議となかった。むしろ、ギュネイが直接剣《けん》を交えた〈不死将軍〉ゼオによく似た、理性と、諦観《ていかん》と、わずかばかりの希望に生命のいく道をゆだねようとする潔《いさぎよ》さ――ギュネイが憧《あこが》れるほどの、男らしいさっぱりとした気持ちが見《み》え隠《かく》れしていた。

「だから、確かめてみたい。この目で。じかに」

ギュネイが、ディドーに「おれの首を土産《みやげ》に持っていったらどうか」といったのもあながち冗談《じょうだん》ではなかった。彼《かれ》の率直《そっちょく》な思いだ。これまでのように『仕方ない』と自分にさえ言い訳して動くのではなく、ギュネイ自身に、『いまの連中を見てみたい』という強い欲求がある。

ジルは軽く嘆息《たんそく》して、神の印を切った。

「あなたの近くにいると、めまぐるしい思いがして大変ですよ。わたしになにかできることは？」

「自分で決めてくれ。もともと、おれの命令に従うつもりで来たわけじゃないんだろう？」

「それはそうですが」

もしもバン＝シィにダスケス軍が攻《せ》めてくるようなことが本当にあったとして、ジルはどうするだろう――想像を巡《めぐ》らしたギュネイだったが、カノンのときのように哄笑《こうしょう》しながら住民を焼きつくす彼《かれ》の姿は思いつかなかった。


通りに出たギュネイの姿を、ディドーは高い位置から見おろしていた。

城の前に大きな宿があり、宿泊客《しゅくはく》が手つづきをするまでのあいだ、馬をつないでおくための太い木があるのだが、ディドーはそのてっぺん近く、普通《ふつう》なら大人が足をかけただけで折れそうな枝々に、あたかも高価なソファにそうするようにゆったり腰《こし》掛けている。

よく高いところに出没《しゅつぼつ》することからわかるとおり、彼女《かのじょ》の身のこなしは常人離《ばな》れしていた。昔から、木登りや、高くて細い足場を渡《わた》っていく危険な遊びにおいては、近所のどんな悪ガキにも負けなかった。

その一方で、ディドーは、父や伯父《おじ》のハーディンと比較《ひかく》するまでもなく、奇跡《きせき》の力を発現する才は認められなかった。どれほど神さまに熱心にお祈《いの》りしても、父のように神の眷属《けんぞく》に声を届けることはできず、風や炎《ほのお》を呼び寄せることもできない。

「まだおまえは幼い」父コンラットは癇癪《かんしゃく》を起こしそうなディドーの頭に手をやりながら笑った「焦《あせ》ることもないし、そもそも、無理をして、奇跡《きせき》を身につけようなどと思うこともない。神さまに愛を注ぐということと、奇跡《きせき》を扱《あつか》えるというのは、また別のことなのだ」

が、ディドーは、幼いながらも、父や伯父《おじ》が『戦っている』ことを知っていた。敵は、教会の旧勢力であったり、王家の権限を過剰《かじょう》に守ろうとする連中だったりと様々だったが、やがてはランドールを取り巻く国すべてとなった。

「なんとしても父さまのお役に立ちたい」

小さいころからそういって、ディドーは自分なりの、兵となるための訓練に励《はげ》んだ。父は、兄ハーディンの補佐役《ほさやく》として重役に就《つ》いたころから、家族のもとに帰ってくるのは年に一、二度くらいのものだった。そのたびに成長した娘《むすめ》の姿に目を細める一方で、

「またお転婆《てんば》ぶりが増したな」

苦笑いとも、叱《しか》るとも取れない顔でそういうのが常だった。ディドーが十五になったころ、

「いくさは、もうじきなくなる。地上からそうした争いのすべてが消えるのだ。剣《けん》や弓の訓練など役に立たなくなるということだよ。兵士になるなどと考えず、もう少しちがう幸せを求めてはどうだ。なにか好きなことはないか、絵を描《か》くのでも歌を歌うのでも――、そうだ、今度

ウォルテアで聖堂の設計をするのは、まだ三十にもならない女性だぞ。ランドールでは、生まれや、性別の垣根《かきね》を越《こ》えての雇用《こよう》がはじまっている。いずれ世界中でそうなるだろう。どんな仕事だって、おまえが望めばやれるんだ。だから……」

「女でも、馬を駆《か》って、弓を射《い》て、敵兵を斃《たお》すことができる、そうですね」

ディドーは胸を張った。顎《あご》を落とした父に詰《つ》め寄《よ》り、

「女といえば、今度、新たに設立される部隊の指揮官は、ミルド人の女性というではありませんか」

「正しくは、ミルドの血を引くマーゴス人だ——えい、どこでそんな情報を仕入れてくるのだ」

「いくさはもうじきなくなる、とおっしゃいますが、その『もうじき』を一日でも早めるためにわたしは戦います。それがわたしの好きなことなのです、お父さま」

「誰《だれ》に似たのだろう、おまえは」コンラットはついに匙《さじ》を投げた。「わたしとも母さんともちがう。強《し》いていうなら兄さん——大司教さまの血だな。あの方も、あれで頑固《がんこ》なのだ。他人にあれこれいわれると余計に、自分の意見を通したくなるところもそっくりだ」

ディドーに相変わらず奇跡《きせき》を発現する力はなかったが、持ち前の運動神経のおかげで、実際に兵士としての訓練をはじめても男たちにそうそう引けは取らなかった。

特に、弓の腕《うで》は抜《ぬ》きん出《で》ていた。その力を認められて、父との話題にも出たマーゴス人の女性が指揮をする部隊に加えられた。腕前《うでまえ》に自信を深めていたディドーだったが、その当の女性

指揮官アー・シェに出会った途端《とたん》に鼻っ柱をぽきりと折られた。

それほどに、アー・シェの弓は凄《すさ》まじかった。放たれた矢が縦横無尽《じゅうおうむじん》に空を駆《か》ける。聞くまでもなく、これも奇跡《きせき》の力だった。自分にはない力に、嫉妬《しっと》と羨望《せんぼう》の念を抱《いだ》いたが、

「おまえの生まれついての才も、いままで磨《みが》きぬいてきた腕《うで》も、神がお与《あた》えくださったものに変わりはない」

アー・シェにそういわれてはっとなった。口数の多いほうではないアー・シェだったが、それればかりは熱を込《こ》めていった。

「誰《だれ》もがそうなのだ。わたしがマーゴス人として生まれついたのも、おまえが司教さまの娘《むすめ》として生を受けたのも、ともに生《い》き抜《ぬ》くため、理想をかなえるために弓を取ったのも。他人の持ち物を羨《うらや》む前に、自分に与《あた》えられたものへの感謝と、それの研鑽《けんさん》を怠《おこた》らぬことだ」

ディドーはそんな指揮官に感銘《かんめい》を受けた。アー・シェの手ほどきを受けて、弓に励《はげ》む毎日が充実《じゅうじつ》していた。十七になってからは実戦も経験した。手柄《てがら》も立てたが、その約一年後に、ディドーは父から招聘《しょうへい》された。新たに実戦部隊を設立する旨《むね》を告げられ、その一員となるようにいわれたのだ。

自分がついに父に認められた気がして嬉《うれ》しかった。とはいっても、急遽《きゅうきょ》、部隊を新設するのは戦況《せんきょう》が芳《かんば》しくないことのあらわれでもある。

（ならば、わたしの弓で戦況《せんきょう》を打破してやる）

ディドーはますます修練に励《はげ》んだ――。

が、結局、父が新設した双蛇《そうじゃ》兵団は初陣《ういじん》の機会さえ認められないまま、大戦そのものが終結した。憧《あこが》れと羨望《せんぼう》の対象だったアー・シェは敵側に寝返《ねがえ》り、彼女《かのじょ》もその名を連ねた『六英雄《えいゆう》』などという輩《やから》に、伯父《おじ》ハーディンも討《う》たれた。

ランドールの現状は、もはやここで繰《く》りかえすまでもない。ディドーも、多くの同胞《どうほう》や知りあいを失った。父コンラットも同様だろう。

父はしかし、決してあきらめはしなかった。双蛇《そうじゃ》兵団を再編し、神をふたたびこの地に降臨させるための準備をととのえている。ディドーにもそのための大事な役割を与《あた》えられた。

ディドーの眼差《まなざ》しはいま、遠ざかっていくギュネイの背中に当てられている。右手には弓を持っていた。一本の矢を取り出してつがえようとしたが、すぐにあきらめた。

（わたしでは、あの男は討《う》てない）

どれほど虚勢《きょせい》を張ったところで、ディドーにも実力の差は痛いほどにわかっている。そればかりではない。あの男とじかに会って話すと、どうにもペースが乱れていけない。信仰《しんこう》心や、愛国心、復讐《ふくしゅう》の想《おも》いや、理想、これまでの思念――十八年以上の人生で培《つちか》われてきた、自分にとって大事ななにかが形を失い、ひとつずつ掌《てのひら》からこぼれ落ちていくような気がする。

（きっと、あいつもまちがってはいないんだろう）

率直《そっちょく》に、そう思えるときさえある。

(あいつはあいつの、理想や、想いがある。それはわかった。ただ邪悪《じゃあく》で、愚《おろ》かで、だから地上から消し去らねばならぬ相手なのだ、というわけではない。だけど……だけどギュネイ、それでも、わたしや、わたしの父がまちがっているとも、やはり思えないんだ)

ギュネイの歩いていく方向からして、彼《かれ》は、おそらく傭兵《ようへい》としてディラ・ロゴス陣営《じんえい》に加わるつもりだろう。以前までのディドーならば、

「おのれ、情報を集めるためだとかいって、父を暗殺するつもりではあるまいな」

とばかり、監視《かんし》のためにあとをついていくか、その場で決闘《けっとう》を挑《いど》んだかもしれない。が、ディドーは踏《ふ》みとどまった。まず、ギュネイには勝てない、という事実を呑《の》んだうえで、

(あいつは、暗殺などしない。いまのところは。きっと——いや、必ず)

それがわかるくらいにはギュネイという男を理解してきた。

だから追わない。かといって、ギュネイに味方する気でいるわけでもない。

(わたしまでも、父を裏切るわけにはいかない。アー・シェのようには、ならない。決して。だから……)

ディドーはいつしか、感覚がなくなるほど強く弓を握《にぎ》りしめている自分に気づいた。

五章　神と地上の、ほんの狭間にて

1

バン＝シィで集められた傭兵《ようへい》志願の男たちは、いったん郊外《こうがい》へと移動させられ、そこで簡単な面接じみたことをやらされた。縦に長い行列がいくつかできて、先頭のひとりずつが、ディラ・ロゴスの僧《そう》とひと言二言の会話をする。

その列のなかにギュネイの姿もあった。あとひとりで彼《かれ》の番だ。前にいた男が、

「以前、家族がダスケス人にさらわれた。その復讐《ふくしゅう》だ」

と涙《なみだ》ながらに語っていた。志願理由を問われたのだろう。面接官役の僧《そう》が同情するように頷《うなず》いている。ギュネイは、自分もなにか理由を取《と》り繕《つくろ》わねば、と頭を悩《なや》ませていたが、

「あなたのそのおつらい気持ちを、ぜひわたしにもわけていただきたい」

僧《そう》が手を差しのべたので、前の男は言われるがままに手を取った。数タック。僧《そう》が微笑《ほほえ》んだ。

「ほほう、そういうあなたこそ、ダスケス人でいらっしゃる」

「な、なんだと」

「わたしの『掌《たなごころ》の目』をごまかせはしない。あなたの脳裏《のうり》に浮《う》かぶ事柄《ことがら》がことごとく流《なが》れ込《こ》んでくるのだ。ほう、ブルートではなく、ゴードン王子のほうの間者か」

男が無理矢理に手をほどこうとした。が、そのときには左右の行列が乱れて、傭兵《ようへい》志願の者たちが男を取り囲もうとしていた。

「ダスケス人だと？」

「なら、ここでやっちまえ。いくさの前の景気づけだ」

ギュネイが驚《おどろ》いている間にも、間者が袋叩《ふくろだた》きの目に遭《あ》おうとしたとき、「お待ちなさい」間者の素性《すじょう》をあきらかにした当の僧侶《そうりよ》が、彼《かれ》らを制した。「ここでひとり殺したとて、大局に差はない。ただ、神への信仰《しんこう》心なき者をわが陣営《じんえい》に加えることはできません。どうぞお引きとりください」

間者の男は表情を険しくさせ、周囲から罵声《ばせい》を浴びながらその場を駆《か》け去っていった。

「さあ、次の方」

まだ場が騒然《そうぜん》となるなか、ギュネイは僧《そう》に招かれた。さすがにギュネイの心臓が高鳴った。

「お名前と出身は」

「ジャ、ジャックといいます。出身は、レトナーク」

最近訪《おとず》れた場所を口にする。ぼ、ろ、が出にくいだろうと思ってのことだ。

「志願した理由は」

「カノンで大工仕事をしていましたが、仕事も減ってきたので、今度はこちらへ出稼《でかせ》ぎに」

「武器を扱《あつか》ったことは」

「剣《けん》と槍《やり》を少々。じ、自己流ですが」

「構いません。あちらの天幕で武具を配っておりますので好きなものをお取りください。では、次の方」

「は？」

「ですからあなたはもう結構ですよ。次の方」

てっきり手を触《ふ》れられるものかと思っていたが、ギュネイの面接はそれで終わった。どうやらすべての人間に『掌《たなごころ》の目』とやらを行使するには、体力的、時間的な問題があるのだろう。つまりギュネイは、ぱっと見で無害な人間と判断されたわけだ。

（腕輪《うでわ》を外してきてよかった）

手を触《ふ》れただけで相手の心を読む者があるくらいだ。いにしえの、神竜《しんりゅう》の鱗《うろこ》を用いた甲冑《かっちゅう》の気配――というのか、魔力《まりょく》というのか――を感じる者とてあるだろう。

その『無害な』ギュネイの、傭兵《ようへい》働きがはじまった。

といっても、敵が突然《とつぜん》やってくるはずもなく、仕事はカノンでやっていたようなことと変わりない。要は土木作業だ。街道《かいどう》から東に逸《そ》れた、川岸にある丘《おか》の上を陣地《じんち》に定めたディラ・ロゴス軍は、傭兵《ようへい》たちに命じて、本陣《ほんじん》周囲に堀《ほり》を掘《ほ》らせ、土塁《どるい》を築かせて、また隅々《すみずみ》に櫓《やぐら》を組ませた。ギュネイは運《はこ》び込《こ》まれた木々で柵《さく》をこしらえる作業に従事した。

土まみれ汗《あせ》まみれになって働いていると、数日はあっという間に過ぎた。

無論、その間にも可能な限り情報は集めている。

ディラ・ロゴスの山から下ってきた勢力は、現在、歩兵が五百、騎馬《きば》兵が二百。半分は僧兵《そうへい》だが、残り半分は、ランドール武人の生き残りたちだ。一般《いっぱん》兵もいれば、軍団長の補佐官《ほさかん》をやっていたという者もいる。いずれも、故国の敗戦という事実を受け止めきれず、ディラ・ロゴス頂上から飛ばされたコンラットの檄《げき》に応じて、捲土重来《けんどちょうらい》とばかりに馳《は》せ参《さん》じた連中だ。士気は高いが、バン＝シィで募《つの》った傭兵《ようへい》をこれとあわせても、総数は一千に届かない。ゴードン王子率いるダスケス軍は三千以上と目されている。まともにぶつかっても勝ち目はない。

となると、鍵《かぎ》を握《にぎ》るのはやはり〈赤目〉――ランドールでは黒騎士《きし》と呼ばれる甲冑《かっちゅう》武者であり、魔獣《まじゅう》を呼び寄せられる司祭たちだ。〈赤目〉の数はギュネイが確認《かくにん》できただけで二十。彼《かれ》らは石材や土木の運搬《うんぱん》にも大いに役立っている。そして魔術《まじゅつ》の心得がありそうな僧《そう》たちは三十名前後といったところか。

魔獣《まじゅう》にも種類があるが、ザッハの安酒場で見かけたような空飛ぶもの、そしてカノンで戦った『インダルフの飼い犬』のような俊敏《しゅんびん》性に優《すぐ》れた獣《けもの》など、いずれも厄介《やっかい》なものばかり。人《じん》智《ち》を越《こ》えたその存在は、ただその場にいるだけでも士気を左右しかねないほどのものだ。

「司祭さまたちの力添《ちからぞ》えがあれば、ダスケスなど恐《おそ》れるに足りない」

作業の休憩《きゅうけい》時間や、陽が沈《しず》んで横になっているときなど、兵士や、バン＝シィで雇《やと》われた者たちが明るく声を交《か》わしあうのを、ギュネイはやや離《はな》れた場所でぼんやり耳にしていた。

「教会から、神のために奉仕《ほうし》する皆《みな》さんへ」

という名目で、少量のぶどう酒を振《ふ》る舞《ま》われることもあり、そんな夜は大いに盛りあがった。いくさを前に昂《たかぶ》った心や、緊張《きんちょう》で硬《かた》くなった身体が、ほんの少しの酒で柔《やわ》らかにほぐれて、人々は故郷の歌を歌ったり、敵の手で殺された家族や友を思い出して泣いたり、かつての大戦で自分が立てた手柄《てがら》などを大げさに吹聴《ふいちょう》したりする。

それこそ、ギュネイが前大戦時に経験したいくつもの夜と変わらない。ただ、周囲で笑い、歌い、げっぷをし、泣きわめく連中の生まれ故郷がそのときとは多少異なるというだけだ。

「なあ、おい、おまえはさっきからひと口もしゃべらないし、飲んでもいないな。よう、なにかいえってんだ。おまえはどうしてここへ来た？」

ギュネイに絡《から》んでこようとする大男などは、ザッハで仕事を教えてくれた樵《きこり》のロブに似ている。「やめとけ」とやんわりそれを押《お》しとどめる古強者《ふるつわもの》の顔はジューザにそっくりだった。

「皆《みな》、いろいろな事情があるのさ。すべて教えあわなきゃいけないこともない。ここにいる全員が故郷のために命を捨てる覚悟《かくご》でいる。それさえわかってりゃいいじゃないか」

「おうさ、おれはやるぞ。ダスケスには、たんまりと恨《うら》みがあるんだ。なあ、おい――」

作業があるていど進んだ十日目の夕暮れ、全身泥《どろ》まみれのギュネイは丘《おか》の頂上に立って、陣《じん》地《ち》の様子を上から眺《なが》めてみた。

堀《ほり》や土塁《どるい》の長さ、櫓《やぐら》の位置を確認《かくにん》しながら、頭のなかで兵を配置してみる。ギュネイに指揮官の経験はないが、大軍を配した陣地《じんち》、陣形《じんけい》ならば、何度も見たことがあった。

〈おれなら、〈赤目〉は中央に十を、左翼右翼《さよくうよく》にそれぞれ五名を配する。魔獣《まじゅう》を操《あやつ》る司祭はそれぞれ中隊ていどの兵に守らせているはずだ。〈鎖《くさり》〉の届く距離《きょり》や、兵の詰《つ》められる空間を考えると、司祭たちの位置は、あそこと、あそこと、あそこと……〉

などと、あれこれ考えていると、

「ほう、形になってきたな。もう明日にでも戦えるのではないか？」

甲高《かんだか》い声が背後から聞こえてきて、ギュネイはぎょっとなった。

ロゥラだ。傍《かたわ》らに、武官役の僧《そう》が二名。後ろからは、イシスと呼ばれていた眼帯の女性がしずしずとついてきている。

血の気が引いた。

ギュネイは咄嗟《とっさ》に、近くの兵がそうしたように、その場にさっと膝《ひざ》をついてこうべを垂れた。

「ええ」僧《そう》のひとりが応じた。「ダスケスの不信心者どもは、ディラ・ロゴスにつづいてこの地においても、神の力を痛いほど思い知ることになるでしょう」

「さすれば、バン＝シィの民《たみ》は心を、バン＝シィの街は門を、それぞれわれらに開いてくれるというわけだな」

「さすがはロゥラさま、いい得て妙《みょう》でございます」

「これは手記にしたためましょう。後世に残すべき名言でございますれば」

僧《そう》二人が手放しでロゥラを誉《ほ》めそやすなか、

「そうでございましょうかね」

イシスがあきれたようにつぶやいている。ロゥラには聞こえなかったか、あるいは聞こえない振《ふ》りをしたか、一歩一歩土を踏《ふ》みしめながら歩いて、ギュネイの近くまで来た。

冷たい風に銀色の髪《かみ》をなびかせつつ、眼下の光景に手を這《は》わせるような仕草をしながら、

「神を降ろすには、民《たみ》の協力が不可欠だ。いかにわたしや叔父上《おじうえ》の力があろうとも、立派な聖堂と、大勢の純粋《じゅんすい》な信仰心《しんこう》がなければかなわない。だからバン＝シィの民《たみ》にはいま一度、神のご加護を信じてもらわねばならんのだ——」

重々しい口調でそういったが、

「一字一句、まちがえずよくコンラットさまのお言葉を暗記なさいました」

イシスのその指摘《してき》に「うるさい！」と癇癪《かんしゃく》を起こしかけた。

ギュネイは気が気でなかったが、ひとまずは関心を引かずに済んでいる。ロゥラが踵《きびす》を返《かえ》した。遠ざかる足音を耳にして、ほっとひと息つこうとしたとき、

「おや、この匂《にお》いは」

イシスが鼻をうごめかした。とともに、まっすぐギュネイのもとに歩いてくる。ギュネイの

心臓が跳《は》ねあがった。匂《にお》いとはなんだ？　王女ミネルバのときもそうだったが、まさか自分は他人とはちがう匂《にお》いを発しているのだろうか？　イシスはギュネイの近くに屈《かが》み込《こ》んで汗《あせ》だくの顔を覗《のぞ》き込《こ》んで、

「まあ」といった。「やはり、街で会った方ではないですか」

「い、いえ、わ、わたしは」

顔を逸《そ》らしつつ、なにか言い訳をして関心を遠ざけたかったギュネイだが、「街で会った」というイシスのひと言に少なからず引っかかりを覚えた。イシスのいう『匂《にお》い』というのは、どうやら、ロゥラといっしょにいるところに出くわしたときのもので、〈黒狼《こくろう》の騎士《きし》〉として相対したときのものではないらしい。

（そうか、おれと、ガイフレイムを着ているおれとじゃ、別の匂《にお》いがするんだな。ってことは敵だとは思われていないんだ。よかった）

よくはない。

このやり取りにロゥラも気づいて、おまけにイシスから逸《そ》らそうとした顔を正面から見られる羽目になった。少女は「あっ」とひと声あげて、

「き、貴様《きさま》、こんなところでなにをしている！」

大股《おおまた》で戻《もど》ってきた。ギュネイは進退窮《きわ》まって動けない。

「決まっているではないですか」なぜかイシスが答えていうには、「ひと目見たわたしのこと

を忘れられず、こうして追いかけてきたのです。なんと可愛《かわい》い方」

「おまえは黙《だま》ってろ。おい貴様《きさま》、わたしをハーディン大司教の娘《むすめ》ロゥラと知ったうえで追ってきたのか⁉」

「お、追ってきたなどとは、とんでもない。わたしなどには知りようもないことです」ギュネイは平伏《へいふく》せんばかりに顔をさげて、「た、ただ、わたしも、ランドールの民《たみ》として、ダスケスの狼藉《ろうぜき》を許してはおけず、こうして兵に志願した次第《しだい》。まさか、あのとき出会ったあなたが、大司教さまのご息女であったなどとはつゆ知らず。ご無礼を働きました」

「ほほう？　あのときは、わたしを引っぱたく大人はいないのか、などと勇ましいことをいっていたな。いまやってみせろ」

「そ、それは」

「意地の悪い子供じみたことをいうものではないですよ。ねえ、可愛《かわい》いお方」

「黙《だま》っていろといった！　わたしの力が神のものではないとまでいっていたな？　わたしが大司教の娘《むすめ》と知ったうえでなら、どうだ？　あれはやはり神の力だった。そうだろう？」

　ギュネイはこれ以上もなくかしこまりながら、ロゥラの背後にいた老僧《ろうそう》二人が顔を見あわせるのを見逃《みのが》さなかった。怪《あや》しい奴《やつ》、と近くの兵を呼ばれでもしたら、ますます厄介《やっかい》だ。

　これ以上目立たぬためにも、いまはロゥラに一も二もなく従うべきだろう。そうわかっているのに、

「……それは、わたしには、やはりわからぬことです」

気づけば、思惑《おもわく》とは別のことを口走っている。

「なにっ」

「わたしでは、神のご意志ははかれません。なにもかも、世に起こったあらゆる出来事が神の思《おぼ》し召《め》しというなら、ランドールは決して敗北などしなかった。ハーディンさまもお亡《な》くなりになることはなかった」

「ば、馬鹿《ばか》め。だからそれは……」

「さだめを受け入れるということと、事象すべての原因を神に押《お》しつけるということは異なります。われわれは、神の前では謙虚《けんきょ》であるべきなのです。自分の都合で神を解釈《かいしゃく》してはならない。神を言い訳にしてはならない。おのれの意志でなしたことはおのれの責務として生きていかねば、神はいつかわれらを見放してしまわれるでしょう」

先ほど、ロゥラの言葉はコンラットの受け売りだとイシスがからかっていたが、いまのギュネイの言葉もまた、〈純潔の聖女〉エリシスの受け売りだ。しょせんは借り物に過ぎない。しかし、なぜかこのときギュネイは、このエリシスの言葉を、自分づてにロゥラに聞かせたい、とそう思ったのだった。

「こ、こいつ」

ロゥラが顔を赤くして、頬《ほお》を膨《ふく》らませたそのすぐ後ろで、小首を傾《かし》げたイシスが重要な打ち明け話をするみたいに囁《ささや》いた。

「あの、可愛《かわい》い方？　そんな難しいことをいってもお嬢《じょう》さまはおわかりになりませんよ？」

「わかる！」ロゥラはいったん怒《いか》りの矛先《ほこさき》をイシスに向けたあと、「……要は、あれだろう、父上が昔おっしゃっていた、神の前では空白であれという……そう、あれだ。ふん、そんなことは貴様《きさま》にいわれずともわかっている。わたしを誰《だれ》だと思っているんだ。ハーディン大司教の娘《むすめ》に神を説こうとは大それた奴《やつ》。が、わたしの心はヴェーロンの大海のようにどこまでも広い。そんなあけすけな奴《やつ》も嫌《きら》いではないぞ」

「嘘《うそ》おっしゃい。口答えする侍従《じじゅう》は大嫌《だいきら》いでしょう。何人がミスラに虐《いじ》められて逃《に》げ出《だ》したものやら」

「おまえは『黙《だま》れ』という言葉の意味をいつになったら理解するのだ、イシス。ともかく貴《き》様《さま》！　わが神のために槍《やり》を取ろうとしてここへ来たのは確かなのだな」

「は、ははっ」

「ふん、その心意気は認めてやる。あとは、実際のいくさとなったとき、逃《に》げ出《だ》さなかったら褒《ほ》めてやろうぞ。おい、立て」

「はっ？」

「陣《じん》を案内しろ。敵はどこから来る？　どうやって迎《むか》え撃《う》つ？」

「ロゥラさま、そ奴《やつ》は一介《いっかい》の雇《やと》われ兵です。ご説明でしたら、われわれが……」

老僧《ろうそう》二人が止めるのも聞かず、ロゥラはギュネイの手を摑《つか》んで引きあげにかかっていた。ギュネイは従う以外にない。

「そ、そうですね。敵は、まずは川向こうに布陣《ふじん》するものと思われます」

「ふむふむ」

ロゥラが丘《おか》を下りはじめたので、ギュネイもついていく以外にない。老僧《ろうそう》たちのほうはイシスが押《お》しとどめると、彼女自身《かのじょじしん》は二人からやや距離《きょり》を置いてついてきた。

ギュネイは、できたばかりの堀《ほり》や、土塁《どるい》、馬防柵《さく》などをロゥラに見せてまわる。

「敵が突出《とっしゅつ》してきたら、櫓《やぐら》や土塁《どるい》の上下から矢を射《う》て、勢《せ》いを削《そ》ぐ。こちらの堀《ほり》が一段と深くなっているのは兵士を伏《ふ》せておくためです。低い位置から攻めあがってくる以外にない敵からは決して見えない。これで敵の前進を阻《はば》んでいるあいだに、魔獣《まじゅう》――い、いや、司祭の方々が呼び出される神の眷属《けんぞく》のお力によって、敵軍勢を包囲し、追い落としにかかる。騎馬《きば》隊はおそらく川を迂回《うかい》して、敵の後方を衝《つ》く考えでしょう……」

ロゥラが「ほう」といいながら足を止めた。夕刻の光が少女の姿を赤く燃やし、くっきりと黒い影《かげ》を地面に落としている。

「それで、勝てるのか」

「ああ――いえ、その」

「おまえに案内を頼《たの》んだのは、おまえが、おべっかや都合のいい嘘《うそ》をいわないだろう、と思ったからだ。正直にいえ、勝てるのか」

　ロゥラが案外大人びたことをいうので、ギュネイは多少ためらいつつも、

「……ダスケスの第一陣《じん》は、退けられましょう。ただし、物量で……つまりは、その後も大勢で、ひっきりなしにかかられては、このていどの陣《じん》では持ちこたえるのは難しいかと」

「そうか。『らっかん』はしてられない、ということだな」ロゥラは偉《えら》そうに手を腰《こし》にあてがいながら頷《うなず》き、それから、にっと笑った。「が、安心しろ。ここは決して落ちない。なにしろ、明日には叔父上《おじうえ》――コンラット司教がここへ来る」

　ギュネイが息を呑《の》めば、後ろでイシスが「お嬢《じょう》さま」とたしなめるような声を出す。ロゥラはイシスを鼻で笑い、

「勝利するのは難しい、と一兵士にさえ思われているようでは士気にかかわる。叔父上《おじうえ》の力は凄《すさ》まじいぞ。正直、この陣《じん》さえ必要ないのではないかというほどだ」

　知っている。おそらくどのランドール人よりも、ギュネイのほうがコンラットの強さを肌身《はだみ》で感じていよう。たったひとりで、訓練された大軍勢にも匹敵《ひってき》する力の持ち主だ。〈竜《りゅう》戦士〉とて思い出しただけで冷《ひ》や汗《あせ》を禁じ得ないほどだったが、

「し、しかし、噂《うわさ》によれば、司教さまは深手を負われているそうですが」

　ここで仕入れた情報のひとつに、大戦後のコンラットがどのような運命を辿《たど》ったか、という噂《うわさ》すら耳にしたものもあった。すでに亡《な》くなったのではないか、という

「ふふん」ロゥラは得意げに笑った。「叔父上《おじうえ》がディラ・ロゴスに来られたとき、医師どもは確かに青ざめていた。『あのご様子ではひと月ともちますまい』などといってな。しかしあれから三か月にはなるか。叔父上《おじうえ》はいまだご壮健《そうけん》だ。ああ、いまここでゴチャゴチャいっていても仕方ない。どうせすべては叔父上《おじうえ》が来られてからあきらかになる。われわれの勝利がまちがいないということも含《ふく》めてな！」

少女は目をきらきらと輝《かがや》かせていた。

2

ここで一度、ギュネイはロゥラ派の陣営《じんえい》から離《はな》れることにした。もちろん、

「少々のお暇《いとま》をいただきますれば、さすれば」

と律儀《りちぎ》に挨拶《あいさつ》したところで、無事に離《はな》れられるわけがない。あらかじめ陣《じん》の周囲に伏《ふ》せさせていたリーリンを口笛で呼ぶと、深夜、犬に変身した彼女《かのじょ》に周囲の匂《にお》いを嗅《か》いでもらいつつ、見張りのいないルートを選んで、逃《に》げるように這《は》い出《で》てきた。

バン＝シィの宿に到着《とうちゃく》すると、

「おお、お戻《もど》りになりましたか」ジル・オ・ルーンが出迎《でむか》えた。「立場があれこれとめまぐるしいあなたのことだ、すっかりコンラット一派に懐柔《かいじゅう》されて、次は邪教徒《じゃきょうと》軍の一将軍になっ

ているのではないか、と思っていましたが」

「笑えないな」

「人を笑わせた経験があまりないもので。どうぞお座《すわ》りを。いまお茶を淹《い》れましょう」

ジルは司祭時代から茶が好きらしく、その知識と技術に関してはリーリンよりも上だ。仕事をひとつ取られた、と感じているらしいリーリンは、帰りつくや否《いな》や、離《はな》れたところで横になっている。

「さて、ここを発《た》つ際、あなたはじかに『敵』を見てみたい、とおっしゃっていましたが、どうですか。なにかおわかりになりましたか」

「さあ」

「命《いのち》懸《が》けで敵地に侵入《しんにゅう》して『さあ』とは。それもなかなかにして笑えない冗談《じょうだん》でありますな」

「笑わせるつもりはないんだよ。じかに見て、ますますわからなくなった、というのが本音だ。コンラットとは直接会えなかったし、また彼《かれ》以外に、ロゥラの後《うし》ろ盾《だて》となって一派を操《あやつ》っている者の存在もなさそうだった」

ギュネイ自身がそう認めるように、この十日足らずの潜入捜査《せんにゅうそうさ》で得たものなど、

「コンラットは焦《あせ》っているのだろう」

という凡庸《ぼんよう》な推測でしかない。

コンラットは前大戦にて、敬愛する兄や、理想郷を実現するべき神の依《よ》り代《しろ》、そして血道を

あげて兄とともにつくりあげていた宗教体系と国家を失った。さらに、深手をも負っている。ロゥラは「叔父上《おじうえ》はいまだご壮健《そうけん》」と口にしていたが、そのロゥラにしても、このごろは叔父《おじ》の姿を見ていないらしい。人前に姿を見せないのにはそれなりの理由があるはずで、コンラットは残り少ない自分の命にも焦《あせ》っているのではないか、とギュネイは考えた。だから、

「一日でも、一ターンでも早く、兄と夢見た理想郷を実現せねばならない。この命が尽《つ》きるまでのあいだに、少なくとも道筋だけはロゥラに用意せねばならない」

と、拙速《せっそく》なまでに行動を速めているのではないか。

ダスケスと一戦交えようとしているのがそうだ。

国が戦災の危機に見舞《みま》われれば、民《たみ》は、具体的な『力』を欲《ほっ》する。いかに思慕《しぼ》や敬愛の対象である王家とて、『力』がないのでは自分たちを守ってくれない。バン＝シィの若者たちが少なからずディラ・ロゴス勢に馳《は》せ参《さん》じたのはそういった気持ちのあらわれだ。

ダスケスの第一陣《じん》を追《お》い払《はら》ったのち、

「今後は国を守るべくわれわれが軍の指揮権を掌握《しょうあく》する」

と宣言する彼《かれ》らを、いったい誰《だれ》が止められるだろう。

堂々とバン＝シィ入りした彼《かれ》らは、民《たみ》に命じて、ふたたび聖殿《せいでん》をつくらせ《せ》、神を降ろすための準備に入る。ダスケスをはじめとした諸国が攻めあがってきて、バン＝シィを燃やしつくすまでのあいだに果たしてその目的が遂行《すいこう》できるかどうか――、コンラットにとっては最後の

『賭《か》け』のつもりなのではないか。強い執念《しゅうねん》を抱《いだ》いた男の、最後の晴れ舞台《ぶたい》としては悪くないかもしれないが、巻《ま》き添《ぞ》えを喰《く》う者たちはたまったものではない。

「あの男が、いくら絶望や怒《いか》りに駆《か》られて、なおかつ残り少ない命に焦《あせ》っているにしても、こんな、破滅《はめつ》的な計画を急ぐほどに急変するだろうか。これじゃまるで、彼《かれ》が諌《いさ》めていたはずの兄になり代わったみたいじゃないか」

「人は変わりますよ。きっと、あなたが思っている以上にたやすくね」

ジルはカップを三つテーブルに並べた。食器も彼《かれ》がバン＝シィで買い求めたものらしい。それぞれまったく別の品だが、組みあわせにセンスがある。

「リーリンさん、お茶が入りましたよ」

「疲《つか》れてるんで、あとで」

リーリンは横になったまま背中で返事をした。

「リーリン、無作法だぞ」

「誰《だれ》かさんにこき使われているんです。やっと帰ってきたところなので、少しはゆっくりさせてください」

ギュネイは嘆息《たんそく》して、それからしばし無言で茶を啜《すす》った。ちなみに、以前ミネルバに朝食の席に誘《さそ》われたときの反省で、兜《かぶと》の口にあたる部分を『消せる』ようにしておいた。ジルは女性っぽい眉《まゆ》をひそめて、

「お茶を楽しむのに兜《かぶと》など邪魔《じゃま》でしょう。それこそ無作法ですよ、〈黒狼《こくろう》の騎士《きし》〉」

「すまないが、常在戦場の心意気だと思ってほしい」

その言い訳に、ジルはあきれた様子だった。が、

「コンラットというその男。伝聞だけですが、まるで、わたし自身を見るようですね」

数タック後、話を唐突《とうとつ》に戻《もど》してそういった。「ん？」とギュネイが目を細めると、カップから立ちのぼる湯気越《ご》しにジルはうっすらと笑っていた。

「彼《かれ》は、多くのものを失った。失いすぎた。その絶望や悲しみを、自分ひとりでは受け止めきれずにいるのではないですか。後悔《こうかい》ばかりは引きも切らず。あのときこうすればよかったのではないか、こうやっていれば未然に防げたのではないかと、失う以前の自分を、いまの自分が責めたてる。結果、人はもっと大きなほかのなにかに心身を委ねようとする」

「神」

ふと、ギュネイは、ロゥラとのやり取りを思い出した。

「ええ」とジルは小さく頷《うなず》く。「結局、すべては神の思《おぼ》し召《め》しのままだったのだ、と信じることで、心身の負担を和《やわ》らげようとする。これそのものは、決して不徳と責められるものではありません。むしろ家族や隣人《りんじん》を失った人々が、悲しみや悔恨《かいこん》のみに自分を埋没《まいぼつ》させることなく、明日に向きあう心を取《と》り戻《もど》すための一歩として、必要なことです。ですが、時に、人は信仰《しんこう》を逃《に》げ道《みち》にしてしまう」

このときジルの脳裏《のうり》に去来していたのは、まちがいなく以前のジル・オ・ルーンその人の姿なのだろう。

「負の感情をも許容してもらうべく、信仰《しんこう》の形を知らず知らずのうちにねじ曲げていっている。そして破滅《はめつ》的な感情の赴《おもむ》くままに行動しようとしている自分にも気づかない」

「もしそういった人が目の前にいるとして、そのことに気づいてもらうにはどうしたらいいだろう？」

「そうですね」

ジルは二口ほど茶を飲み、じっくり味わってから、

「罪と愛は相反するものではなく、同列に存在するもの。そして、同じく、神への愛と、身近な人への愛もまた対極にあるものではない。それを思い出しさえすれば、あるいは」

「難しいな」

「ええ。でも、ある意味ではとても単純極《きわ》まりない。要は、罪の重荷に耐《た》えかねて、自分の見たい神だけを見ているような人間には、『目を覚ませ、愚《おろ》か者《もの》』と頰《ほお》を引っぱたいてくれる人が必要だということです。ただし、そういった人間は、盲目的《もうもくてき》で、誰《だれ》の言葉にも耳を貸そうとはしないでしょうから、逆効果になる恐《おそ》れだってあるでしょうがね」

茶を飲み終えたあと、「少し街の様子を見てきます」といって席を立ったジルに代わって、リーリンがのっそり起きあがってきて茶を飲んだ。

「ああ、ちくしょう、美味《うま》いなあ」

「意地を張らずにいっしょに飲めばいいのに。もう冷えてるだろ？」

「意地なんて張ってません。ちょっと疲《つか》れていただけです」

自分のカップを空にしたあと、ギュネイも席を立った。

「ギュネイさまもお出かけですか？」

「ああ、城にいって、王女に報告してくる。それと、近いうちにまたロゥラたちのところに戻《もど》るから、リーリンも支度《したく》しといて」

「……また？」

空のカップを片づけようとしていたリーリンが、ぴたりと動きを止めた。

「……あと、今日のうちに、カノンとの連絡《れんらく》兵のところにひとっ走りいってくれるかな。クルス・アインをここへ呼んできてほしいんだ。頼《たの》んだよ」

なにかいわれる前にと、ギュネイは大急ぎで宿を飛び出さねばならなかった。


すぐ王女に会えるものかと思っていたが、ターシャが駆《か》けてきていうには、

「立《た》て込《こ》んでおります。騎士《きし》どのには、しばしお待ちいただきたい、とのことです」

仕方なく、ギュネイは以前城にあてがわれていた部屋で時を待つことにした。

城を訪ねたのは夕刻前だったが、徐々《じょじょ》に射《さ》し込《こ》む陽光が赤らんできたので、狭《せま》い露台《ろだい》へ出て

みると、雲を低くはべらせた空と、バン＝シィの城下とが燃え立っている。

胸騒《むなさわ》ぎを覚えたギュネイは反射的に、両の掌《てのひら》を開いた形で交差させた。ザッハ国における神の印だ。ザッハにおいて、こうした赤々とした夕陽《ゆうひ》は凶兆《きょうちょう》であるとされる。神が人間を憐《あわ》れんで空に血を滴《したた》らせている、と考えられているからだ。が、

（ザッハでは凶兆《きょうちょう》だけれど、ランドールではどうなんだろう）

そう思って、印を途中《とちゅう》でやめてしまった。

同じ『神』を崇《あが》めていながら、国ごとに信仰《しんこう》の詳細《しょうさい》は異なる。神の像も、印の形も、戒律《かいりつ》も。そうした教えのちがいから、民《たみ》の習慣にもまた細かな差異がある。たとえば夜や闇《やみ》といった要素は、他国では、神の手が届かぬ領域とされているが、ランドールにおいては聖なるものとされている。これはなにもハーディン大司教が邪神《じゃしん》カダッシュの力を借りるようになってからそう定めたのではなく、それ以前――つまりは、他国と同じ『神』を信仰《しんこう》していたとき――からのことらしい。

同じ『神』のもとにありつつも、吉兆《きっちょう》、凶兆《きょうちょう》も異なるそれぞれの国。いずれかが正しく、いずれかがまちがっているのか。いずれにも正解はないのか、あるいはいずれとも正解なのか。

益体もないことを考えているうちに、赤々とした陽も黒い輪郭《りんかく》を帯びはじめたので、ギュネイは室内に戻《もど》った。

ほどなくして陽が沈《しず》み、さらに二、三タードが経過した。

今日はもう去ったほうがいいか、と思った矢先に、ターシャが迎《むか》えに来た。

三階の執務室《しつむ》で王女ミネルバは待っていた。シャンデリアに蠟燭《ろうそく》が何本か立てられていて、貴金属に反射する灯《あか》りで室内はそれなりに明るい。が、

「お待たせしました、騎士《きし》どの。その後の首尾《しゅび》はいかがですか？」

ギュネイがあらわれるなり、席から立ってそう聞いてきたミネルバの影《かげ》が揺《ゆ》らめくのを見たとき、ギュネイはなんとはなしに夕陽《ゆうひ》を見たとき以上の胸騒《むなさわ》ぎを覚えた。

ギュネイが口を開こうとするより早く、

「ターシャ、しばし人払《はら》いを」

王女が命じた。侍女《じじょ》はやや驚《おどろ》いた様子だったが、すぐに「はっ」と従順に頷《うなず》き、部屋側の扉《とびら》を守っていた兵士二人とともに退室した。

王女と対面する位置でテーブルにつくと、あらかじめターシャが用意してくれていたらしいお茶が振《ふ》る舞《ま》われた。ひと口飲んで、

（ああ、リーリンが嫉妬《しっと》するわけだな）

と納得《なっとく》した。城で振《ふ》る舞《ま》われるものよりも、数タード前、ジルが淹《い》れたお茶のほうが美味《うま》い。

その後、ギュネイは敵陣営《てきじんえい》で得た情報、そして自分が導いた推論を説明した。

「なるほど」目を閉じたままのミネルバがカップを持ちあげながらいう。「焦《あせ》りか。コンラットも、人の子だったというわけですね。三年前、わたしが最初に神の依《よ》り代《しろ》として選ばれたと

きに出会ったハーディン大司教もコンラットも、幼きわたしには、神にいっさいを捧《ささ》げて人間らしさを失った、それこそ神の御使《みつか》いを具現化した姿のように見えました」

「執念《しゅうねん》、妄執《もうしゅう》、あるいは復讐《ふくしゅう》――、むしろ、数多くの、人間らしいしがらみに憑《つ》かれているのがいまのコンラットかと」

「討《う》つか」

端的《たんてき》に王女は尋《たず》ねた。「いえ」とギュネイは首を左右に振《ふ》る。

「いまのコンラットは信頼《しんらい》する配下の前にもなかなか姿を見せぬと聞きます。人知れず近づくのは難しいでしょう」

ガイフレイムを装着したならなおのことだ。魔力《まりょく》の気配をぷんぷんと漂《ただよ》わせていたのでは、コンラットのもとにはおろか、あの陣営《じんえい》には一タルンとていられまい。かといって、いかに重傷の身であろうとも、〈漆黒《しっこく》の冠《かんむり》〉を魔法《まほう》の鎧《よろい》なくして討《う》ち取《と》れるとは思わない。

「闇討《やみう》ちはさすがの騎士《きし》どのとて不可能か。ふむ」

「王女、その間、こちらで変わったことは」

「またも、兵が殺されました」

「えっ？」

思わずギュネイが『素』の声を出してしまうと、王女はゆっくりとカップを置いた。

「あなたが不在のあいだ、わたしにもできることはないかと考えて、ゴードン王子に使者を遣《つか》わしたのです。わたしの名を出して、侵攻《しんこう》を思いとどまってくださるよう。見立てが甘《あま》かった。ランドール王家の旗を立てていれば、司教一派とて手出しは難しいのでは……そう考えていたのですが、使者は、道半ばにて殺された模様。おそらく、例の双蛇《そうじゃ》兵団に」

「それは」

「使者に選んだ兵には、申しわけないことをした。まだ若く、ターシャが都市部との連絡《れんらく》役を担《にな》っていたころから、わたしにいち早く忠義を捧《ささ》げてくれた兵でした。使者の役を任ずると、誇《ほこ》らしさにぱっと顔を輝《かがや》かせていたのを覚えています」

取っ手に触《ふ》れたままの指が、カップごと震《ふる》えているのにギュネイは気づいた。

「コンラットを笑えない。わたしとて『焦《あせ》って』いたのです。ダスケス軍が迫《せま》るなか、人々の心が王家から離《はな》れていくのがわかった。いまのままのわたしでは民《たみ》を守れないのだと思うと、居ても立ってもいられなかった。怖《こわ》かった、といってよいかもしれない。これでは、コンラットばかりか、ロウラも笑えない。わたしはあの娘《むすめ》のいうように、『お飾《かざ》り』で『力』なき者。怖《こわ》いというなら、それを認めることこそ、わたしはもっとも怖《こわ》かったのではないか――」

「王女は、これまでおひとりで民《たみ》をお守りしてきました。だからそのように考えずとも」

「ええ、そう、そうです。わたしは、民《たみ》を守ってきた。あのブルートとの結婚《けっこん》とて一度は覚悟《かくご》した。父王が愛された民《たみ》のため、わたしは持てるすべてを捧《ささ》げよう。そう思っていた」

王女は急に笑《え》みを浮《う》かべた。唇《くちびる》の両端《りょうたん》が吊《つ》りあがる。すると、頭上からの照明によってか、ミネルバの頬《ほお》に色濃《いろこ》いくぼみがつくられた。

「ともに――ふふ、面白《おもしろ》い矛盾《むじゅん》だと笑っていただいて構いませんよ？　わたしはね、〈黒狼《こくろう》の騎士《きし》〉どの。ディラ・ロゴスから方々が下りてきて、ブルート王子を追ってこのバン＝シィに迫《せま》ったあのとき――、わたしは、嬉《うれ》しかったのかもしれません」

「嬉《うれ》しかった？」

ギュネイは思わずおうむ返しにした。かつて国を牛耳《ぎゅうじ》っていた大司教一派の生き残りが接近してきて、王家の人間として『嬉《うれ》しい』ということがあろうか。いまのような混沌《こんとん》とした状《じょう》況《きょう》はその時点から容易に想像がつくことだ。

そんなギュネイの驚《おどろ》きを面白《おもしろ》がるように、ミネルバはくっくっと笑って、

「ええ、ええ。嬉《うれ》しかった。先ほどいったように、わたしはたったひとりの王族として、あらゆるものを一身に背負っているつもりでいた。国の未来、わたしの両親をはじめとした英霊《えいれい》の方々の期待、そしてランドールの民《たみ》すべてを、わたしがたったひとりで。そこへコンラットの一派が接近してきた。いうまでもなく、コンラットは国を動かしていた重鎮《じゅうちん》のひとりです。わたしが気負っていたこと、背負おうとしていたことを、すべてやりこなしてきた人物であり、ハーディン大司教よりはものわかりのよい男だという印象もあった。だから、警戒《けいかい》するより早く、ほっとしてしまった自分がいた。ああ、もうひとりではないのだ、と。わたしひとりで背負ってきたものを、コンラットにいくらか肩代《かたが》わりしてもらえるのではないだろうか、と」

ミネルバは「あははっ」と甲高《かんだか》く笑った。

「本当、お笑いぐさ。わたしが、なにを背負ってきました？　わたしが自分を犠牲《ぎせい》にしてまで、いったいなにをしましたか？　幽閉《ゆうへい》された小娘《こむすめ》が、あほの王子さまと、うだうだと陰謀《いんぼう》めいた駆《か》け引《ひ》きごっこをしていただけ。だというのに、ちっぽけな小娘《こむすめ》はもう疲《つか》れ果《は》ててしまってい た。ああ、ランドール最後の誇《ほこ》り高《たか》き王女ミネルバよ。そなたは麗《うるわ》しくも愚《おろ》かしい。わたしの首など新しい国のためならいつでも捧《ささ》げてやる、とのたまいながら、その実、大きすぎる責任と義務から一日も早く逃《に》げ出《だ》そうとしているではないか！」

大きく手を振《ふ》りたくって芝居《しばい》めいた態度を取るかと思えば、

「わたしは、あの男の出方次第《しだい》では、国のいっさいを任せても構わない、とすら思った」耳を澄《す》まさねば聞き取れないほどの声で囁《ささや》きもする。「そのほうが民《たみ》のためになるなら、と。だからわたしはコンラットを警戒《けいかい》する振《ふ》りをしながらも、その実、コンラットと敵対したくなかった。彼《かれ》らが軍勢を率いてやってきたとき、わたしは王女として檄《げき》を発し、民《たみ》から兵を募《つの》ってこれに応対する構えを見せつけることもできたのに、そうはしなかった。弱腰《よわごし》の姿勢に終始してしまい――、結果、どうですか。会談の席で兵を殺され、使者を殺されて。あまつさえ、コンラットはダスケスといくさを起こそうとしている。バン＝シィの民《たみ》も力なき王家に愛想《あいそ》をつかそうとしている。憐《あわ》れなものです。ランドール王女の肩書《かたが》きにはなんの意味も力もない。といっても、本人がその肩書《かたが》きをいとわしく思っているのではどうしようもないのですがね！」

ミネルバは席を勢いよく立とうとしたのだが、スカートの裾《すそ》が椅子《いす》に引っかかって、前へ転んでしまった。テーブルで激しく鼻を打ったらしく、顔を押《お》さえてうずくまる。

「だ、大事ありませんか、姫《ひめ》」

ギュネイが立ちあがって近くと、一滴《てき》鼻血を垂らしたミネルバは赤面し、それからギュネイのほうを見て「あはは」ともう一度笑おうとして、かと思うと眉《まゆ》をあげてにらみつけるような表情になって——、最終的に、左右揃《そろ》えた掌《てのひら》に「わっ」と顔を伏《ふ》せて泣きはじめた。

「ひ、姫《ひめ》」

「お父さま、お母さま、ごめんなさい、ごめんなさい、弱いミネルバでごめんなさい」

一部露《あら》わになった肩《かた》がおびただしく上下するのを見ながら、ギュネイは、どうすることもできずにいる。

激しい自己嫌悪《けんお》と、そこに混じった自己憐憫《れんびん》。そして大きな重責と、おのれの無力さに打ちひしがれて泣きじゃくる少女相手に、いったいどのような言葉をかけてあげればいいのだろう。神の問題と同じで、それこそ『正解』があるかどうかもわからない。

ギュネイにももちろん『正解』はわからなかったが——、ただ、彼《かれ》には、これとひどく似た場面を、過去に一度だけ経験していた。

3

二年近く前になるだろうか。

アレフ、ジューザと離《はな》れて、エリシスと二人旅になったとき、立ち寄った村から五色の霊薬《れいやく》を貰《もら》い受《う》けた直後、

「この村から出ましょう」

とエリシスに訴《うった》えられた。「敵が来るから」だという。そしてその敵の狙《ねら》いも霊薬《れいやく》なのだという。

欲《ほ》しいものがすでにないと知った敵は、この村を——ギュネイたちを歓待《かんたい》して、エリシスを『聖女』と讃《たた》えた人々のいるこの村を——どうするだろう。答えはわかりきっている。そんな場面を旅の途中《とちゅう》でいくつも見てきたのだ。炎上《えんじょう》する建物、矢と槍《やり》で、野のけもののごとく追い立てられていく人々。エリシスが口にした「村を出よう」という言葉は、「村を見捨てて逃《に》げましょう」というのに等しい。

「そんな」ギュネイは呻《うめ》いた。「世界を邪神《じゃしん》から救うための旅だといったじゃないか。それなのに、邪神《じゃしん》の軍に襲《おそ》われるとわかっている村を見捨てるのか。必要なものだけ貰《もら》ったら、あとのことは知らない、好きに死ねばいい、って？　おれたちは、おれは、なんのために……」

「子供じみたことをいうものではありません、ギュネイ」

エリシスは、いつも『神の導き』を口にする際の、無機質な顔になってそういった。

「一日も早くランドールの野望を阻止《そし》して、邪神《じゃしん》の企《たくら》みから世界を救うためにこそ、わたしたちにためらっていられる時間はないのです。わたしたちの運命が潰《つい》えれば、世界そのものの未来さえ失われてしまう。急ぐのです、ギュネイ。ここで口論をしている時間も……」

「ああ、そうだ、そんな時間も惜《お》しいね！」

エリシスを真実『聖女』だと認めかかっていたときだからこそ、ギュネイの反発も大きかった。彼《かれ》は手にしていた霊薬《れいやく》をエリシスに押《お》しつけると、いまあとにしたばかりの修道院のほうに向かって歩きはじめた。

「あ、お、お待ちなさい、ギュネイ。どこへいくのです、なにをするつもりですか！」

「決まってる。神父に、敵の襲来《しゅうらい》があることを教えにいく。男たちを集めて、武器を手に取らせる。せめて女性や子供たちが避難《ひなん》する時間を稼《かせ》がなきゃ。おれも戦うぞ。あんたは大事な『それ』を持って、とっとと運命の旅とやらに戻《もど》ればいい！」

「お待ちなさい。ギュネイ、何度いったらわかってもらえるのですか。あなたとて神に選ばれたひとりなのです。あなたがいなければ、この旅の目的をかなえることはできません」

「へええ。おかしなもんだな、エリシス王女、エリシス聖女」

「な、なにがです」

「神に選ばれたおれが、神のお導きのままに邪神《じゃしん》復活を阻止《そし》する。それが、王女が聞いたっていう『神のお告げ』だろ？　つまりは絶対的な定め、運命。なのに、おれはいま、その運命とやらを無視して、王女と離《はな》れ離《ばな》れになろうとしている。つまり、王女のいう『子供っぽい』考えひとつで、神の定めも、運命も、台無しになっちゃうわけだ。そんなものになんの意味がある？　いいよ、おれはいち抜《ぬ》けた。あとはあんたと、アレフたちで好きにやってくれ」

「ギュネイ、聞きなさい、聞いてください、ギュネイ……」

「なにが神のお告げの聖女だ。神さまの指令があったらなんでも受け入れるのか。たとえば神さまが『聖女よ、ギュネイをいますぐ殺せ。それが世界のために必要なのだ。さあ、さっさとなさい』なんて命じたなら、あなたはためらわずおれの首を絞《し》めるんだろうな。きっとなにも感じず、なにも考えず、ただいわれるがままに……」

「いい加減にして！」

〈聖女〉エリシスの怒号《どごう》に、ギュネイは仰天《ぎょうてん》するあまりに口を閉ざしてしまった。見ると、エリシスの顔は夜目にもそうとわかるくらい真っ赤に染まっている。いつもは、気弱とさえいっていい性格の彼女《かのじょ》だ。それほどまでに感情を昂《たかぶ》らせる姿ははじめて見た。

手にしていた霊薬《れいやく》の包みを投げ捨てて、ギュネイのもとに歩み寄ってくる。

「あ、お、おい、それ、大事なものなんじゃ――」

「この……この、わからず屋で、どうしようもなく子供で、不信心の、愚《おろ》か者《もの》！　なにも感じないですって、なにも感じないわけがないでしょう！」

それこそ首を絞《し》めてきかねない勢いに、ギュネイは情けなくもおよび腰《ごし》になった。

「お父さまも、教会の人たちも、誰《だれ》も、なにも、わたしのことなんてわかろうともしないで！　わたしだって神さまのお声を聞きたくて聞いたんじゃない。聞こえてしまったなら、わたしがしなければならないじゃない！　大勢の人たちを恐《おそ》ろしい地獄《じごく》の苦痛から守るためだなんていわれたら……神さまだって、卑怯《ひきょう》だよ。わたしが、そういわれて、なにもしないなんてこと、できるはずがないのだもの……」

ギュネイを貫《つらぬ》かんばかりだった勢いはしかしすぐに削《そ》ぎ落ちた。一転して弱々しくなった声が、ギュネイとの空隙《くうげき》を流れていく。

「教会は、神の声を聞いたというわたしを異端《いたん》視した。お父さまは教会との仲を修復しようとしているときだったから、こんなわたしを邪魔《じゃま》者扱《あつか》いした。周りに誰《だれ》も味方はいなかった。知っている人たちも、仲のよかった人たちも、わたしを知らんぷりするようになった。わたしは恐《おそ》ろしくて仕方なかった。ひとりきりで取り残された気分になった。そして、わたしだけが世界を破滅《はめつ》から救えるというのに、こんな、ただひとりのわたしになにができるんだろう、って不安に押《お》しつぶされそうだった。でもそんなとき、新しい『お告げ』があった」

エリシスは「ふふっ」と笑った。見るのも気の毒になるくらい、下手くそな笑い方だった。

「次々と、見たこともない人たちの姿が、霧《きり》に映し出された幻影《げんえい》みたいに流れては消えていった。わたしには、わかったわ……。彼《かれ》らが、わたしの仲間なんだって。わたしはこの人たちと旅をして、大いなる目的をかなえるための冒険《ぼうけん》をするんだって。わたしは嬉《うれ》しかった。わたしはひとりじゃない。国を飛び出して、アレフと最初に会ったとき、その確信は深まった。あなたと会ったとき、胸が痛いくらいに高鳴った。ジューザに酒臭《さけくさ》い息を吹《ふ》きかけられたときだって、そうよ。ああ、この人たちだ！　この頼《たの》もしい仲間たちとともに、わたしはこの国を、人々を、世界を邪神《じゃしん》の手から救うんだ！」

口だけで笑いながら、それから、エリシスは、きっとギュネイをにらみつけて、

「……それなのに。仲間のひとりが、こんなわからず屋の子供だったなんて。ああ、そうね、神さまだって時にはまちがいをされるのかもしれないわ。いえ、まちがったのはわたしのほうかしら。見誤ってしまったんだわ。あなたじゃなかった。わたしが信託《しんたく》を受けた勇士のひとりは、あなたみたいな子供じゃなくって、もっと立派で、もっと大人で、もっと強くて、もっとうっとりするほどにかっこいい戦士にちがいないわ。これから本当の勇士を探すことにするから、どうぞここでお別れするとしましょう、ギュネイ。雄々《おお》しく戦って、立派に死んでちょうだい。さようなら！」

踵《きびす》を返《かえ》すと、エリシスはそのまま修道院とは反対側に向かって歩きはじめた。その足取りは大きく、また荒々《あらあら》しい。ついには投げ捨てた霊薬《れいやく》の包みさえ素通《すどお》りしたので、ギュネイはあわててこれを拾い、〈聖女〉を追いかけた。

「おい、待て。待てって」

「なによ、この、無礼者の大馬鹿者《ばか》。村に残って戦うんでしょ。どうぞご勝手に……きゃあっ」

追ってくるギュネイから逃《に》げようとするあまりに、エリシスは前のめりに転んでしまった。白い法衣《ほうえ》が泥《どろ》まみれになる。ギュネイは助け起こそうと手を差しのべたが、エリシスはそっぽを向いた。急に肩《かた》を震《ふる》わせて、

「……なにも感じないわけがない」先ほどの言葉をもう一度口にした。「わたしだって、なにも感じないはずがないじゃないの。だからって、どうすればいいの。ここに残って村を守ろうにも、わたしたちだけで軍勢に勝てるはずがない。あの人たちに、なるべく犠牲《ぎせい》が出ないよう、祈《いの》るぐらいしか……わたしには、もう、祈《いの》るぐらいしか」

声も震《ふる》えがちになって、しまいには、エリシスは自分の立てた膝《ひざ》に顔を突《つ》っ伏《ぶ》して、わんわんと泣きはじめた。

ギュネイはむなしく手を差しのべたまま、そんな彼女《かのじょ》の姿を見おろしていた。

こうして泣きじゃくる姿は、王女でも〈聖女〉でもない。はっきりと年齢《ねんれい》を聞いたことはなかったが、当時十七歳《さい》のギュネイより二つも三つも上ということはないだろう。きっと同じか、下手をすれば歳下《としした》だ。

小さな肩《かた》が震《ふる》えている。彼女《かのじょ》がいったとおりなら、その肩《かた》に、国や、教会や、世界を丸ごと背負う覚悟《かくご》で——真実はどうあれ、彼女自身《かのじょじしん》は確かにそれほどの覚悟《かくご》を抱《いだ》いて——国を捨てて

旅立った。

ギュネイはひとつ息を吸って、吐《は》いた。背を屈《かが》めてエリシスの肩《かた》に手を置く。ぴくりともう一度震《ふる》えたが、エリシスは涙《なみだ》をあふれさせた目をあげてギュネイを見つめた。

「敵は来る。それは確かなんだな」

「ええ……確かよ。信じてもらわなくてもいいけれど」

「それで、神さまはおれたちに『逃《に》げろ』とおっしゃったのか？」

「神さまのお声というのは、そんな具体的な指令などではないわ。あなたにいってもわからないでしょう、だから」

「『逃《に》げろ』とはいっていないんだな？」

ギュネイの手に力がこもった。エリシスは痛そうに顔をしかめたが、手を振《ふ》り払《はら》いはしない。

「ええ、確かに。でも、敵は数百規模で押《お》し寄《よ》せてくる。戦って勝てるはず……」

「『戦う』ともいわないよ。来てくれ、エリシス」

「え、な、なにを……あっ」

ギュネイはエリシスの肩《かた》から腕《うで》に手を移すと、そのまま強引《ごういん》に引っぱりあげた。修道院のほうに歩いていく。ギュネイはまだ礼拝堂のほうにいた神父を大声で呼んだ。

「ま、待ちなさい。わたし、こんな格好で……」

この期におよんで泥《どろ》まみれの衣服を気にするエリシスがおかしくて、ギュネイは思わず笑い出しそうになった。

その後。

一タードほどしてから、三百ていどの騎馬《きば》が蹄《ひづめ》の音を鳴らしながら村にやってきた。武装したランドール兵だ。彼《かれ》らは皆殺《みなごろ》しも辞さない覚悟《かくご》だったろうが、村に入るなり、深夜にもかかわらず大歓迎《かんげい》を受けたのでおおいに面食らった。松明《たいまつ》を手にした村人らは、「聖なる神の軍勢」だと兵たちを讃《たた》えた。そこへ神父が進み出てきて、

「ランドールの方々ですな。わたしは夢のお告げをもって、あらかじめあなた方の来訪を知らされておりました。さあ、なかへ。あなた方が欲《ほっ》しているものもわかっております。ただちに差しあげましょう。神の威光《いこう》で地上を余すところなく照らしあげんがため」

エリシスが来たときとそっくり同じ言葉で兵たちを出迎《でむか》えた。最初は戸惑《とまど》ったランドール兵たちも、すぐに相好を崩《くず》して、

「さすがはわが国の神。もはや戦わずして、勝利を得られるのだ」

出された酒を遠慮《えんりょ》なく飲んで、兵たちは気分よく酔《よ》った。隊長が神父に呼ばれて、

「こちらからは聖域となります。ぜひ、運命と神に選ばれたあなたがおひとりで」

と礼拝堂に招かれた。持ちあげられた隊長は供もつれず、いわれるがままひとりで赴《おもむ》き、そこで包みに入った霊薬《れいやく》を手にした。

「手に入れよ、とおれが命じられていたものがあらかじめわかるのか。神のお告げもあながち

まちがいではないようだ。よし、おまえたちはよい選択《せんたく》をしたな。兵たちには物資や食糧《しょくりょう》の接収を禁じてやろう——」

そのとき、頭上から大きな笑い声が響《ひび》いたので隊長は驚《おどろ》いた。

「馬鹿《ばか》め！」と三階ていどの高さに位置する回廊《かいろう》から、灯《あか》りを手にしながら身を乗り出したのはギュネイだ。「おめでたい神父に、愚《おろ》かなランドール兵め。手にしたものをよく見てみろ。それが真実、聖人トリトォンの聖遺物だと思ってか」

「な、なんだと」

隊長が大急ぎで包みを開けると、そこには空の酒瓶《びん》が数本あるきり。神父が「あっ」と指差した先で、ギュネイが同じ大きさの包みを掲《かか》げた。

「すでに霊薬《れいやく》はいただいた。おまえらがやってきたおかげで、村の監視《かんし》がゆるんだ隙《すき》に取《と》り替《か》えていたのだ。ははは、無駄足《むだあし》を踏《ふ》んだな、ランドール人。さらばだ。神父、これはおれが高い値で異国の商人に売りつけてやるから安心しろ！」

いうなり、灯《あか》りを消して姿をくらませた。

神父は隊長の肩《かた》を揺《ゆ》さぶって、

「なんということだ。聖なる薬が盗人《ぬすっと》の手に落ちるとは。早く、早く彼《かれ》らを追って取りかえすのだ。さもなくば神の裁きがあなた方の頭上に落ちることになるぞ！」

いいがかりもいいところなのだが、なにしろ目の前で薬が奪《うば》われたのだから隊長も追う以外にない。すでに酔《よ》っぱらった兵たちを無理矢理従えつつ、あわてて馬上に身を投げた。

一方、あらかじめ裏庭につないでいた馬に大急ぎで飛び乗ったギュネイと、これを待っていたエリシスは、すでに村から何クルーも離《はな》れている。

二人は馬首を並べて石くれだらけの道を走っていきながら、

「村の人たちは薬をくれようとしたのに、自分たちの不手際《ふてぎわ》で盗《ぬす》まれてしまった。……連中、そう思ったろうから、全員でこっちを追ってくるよ。多分、村に害がおよぶことはない」

「ギュネイ。あなたという人は」

「見なおしてくれた？」

「あなたは、見た目以上に悪党だったのね！」

エリシスが叫《さけ》ぶようにいったので、ギュネイは笑った。釣《つ》られてか、エリシスもつつましく微笑《ほほえ》んだが、そのうちにギュネイと声を揃《そろ》えて大きく笑いはじめた——。

泣《な》き伏《ふ》せた少女が、過去と現在、虚像《きょぞう》と実像、それぞれの姿をもってギュネイの眼前を交互《こうご》にちらついた。

震《ふる》えた肩《かた》に負おうとしているものの重さはどちらが上なのか。

（変わりゃしない）

ギュネイは思った。現在のミネルバは、二年前のエリシスと同じ年頃《としごろ》だろう。国王の娘《むすめ》として生まれついた立場こそ同じであるものの、その後の人生には大きなちがいがある。それは正義の神と邪神《じゃしん》、勝者と敗者といった単純な図式では決してないものの、しかし二人の王女が背負おうとしたものは、実のところ本質的には同じもののように思えてならない。

気がつけばギュネイはミネルバの真ん前に立っていた。ひとつ息を吸って、吐《は》く。ギュネイは背を屈《かが》めて、震《ふる》える王女の肩《かた》に触《ふ》れた。

瞬間《しゅんかん》——、

はっとしたようにミネルバは肩《かた》を引いて、ギュネイの手を振《ふ》り払《はら》った。

双方《そうほう》、

（あ）

というような視線を結んだ。

「い、いえ、その」王女は涙《なみだ》に濡《ぬ》れた目をさまよわせた。「騎士《きし》どのの手が、冷たくて」

ギュネイは黒光りする自分の手を見つめた。

シャンデリアの光を浴びるその手には、ギュネイとはちがう顔が映っている。

（かりそめの客）

何度目かにその言葉を脳裏《のうり》によぎらせつつ、

「ミネルバ王女。悔《く》いるのはまだ早い」

つとめて不自然にならないよう、王女とゆっくり距離《きょり》を取りながらギュネイはいった。

「ええ、わかっています」

「泣くのもいい。だが、責任を負った者はそのうえで『次』を見据《みす》えねばならない。あなたに、ご自分をかわいそうがる時間などそう多くは許されまい」

「辛辣《しんらつ》ですね」

ミネルバはハンカチで鼻を押さえながら、苦笑いめいたものを浮《う》かべた。

ギュネイはさらに厳しい言葉を連ねた。

「忘れてはならない。ハーディン大司教は国内での評価が割れているが、それは王族も同じだ。王族こそを希望とする者もある一方で、王族など大司教に国を乗っ取られた愚《おろ》か者《もの》だ、という声とてある」

「な、なんという？」

「おれをにらみつけても仕方がない」古豪《こごう》めいた芝居《しばい》を取《と》り戻《もど》してギュネイは肩《かた》をすくめる。

「民衆は、苦難にあるときに指針を求める。自分や家族を守ってくれる『力』を欲《ほっ》する。いまバン＝シィでロウラ一派のほうに人々の気持ちが傾《かたむ》きかけているのはそういうことだ。――では、あなたは？　いまの王族に『力』はない、とあなたはいった。なにを馬鹿《ばか》な。あなたという存在を守るためなら命をなげうつ覚悟《かくご》のある者など、このバン＝シィだけで千も二千もいよう。彼《かれ》らを軽《かろ》んじてはならない。あなたが使者を任じた兵とて、喜んで命を懸《か》けたのだ。あたら命を失ったことを悔《く》いてもいいが、決して彼《かれ》らの気持ちを置き去りにしてはならない」

「………」

「そして」とギュネイは王女から預かった剣《けん》を半ばほど抜《ぬ》いてから、叩《たた》きつけるように鞘《さや》に戻《もど》した。「ここにもひとり、ランドールの健《すこ》やかな未来のために命を惜《お》しまぬ兵がいる。その力もまた、軽《かろ》んじられるものではないはずだ」

「そ、それは、あなたの力です。わたしなどではない――」

「王女自身がかつていわれたとおり。おれは名も顔も明かせぬ、素性《すじょう》の知れぬ者。そんな男を、あなたは受け入れて、ご自分の目的のために使おうとなされた。いったいほかの誰《だれ》にそのようなことができるだろう。あなたがその決断をされたからこそ、バン＝シィは無法者の襲撃《しゅうげき》から守られて、カノンも住民を盾《たて》に用いるような卑劣《ひれつ》な輩《やから》から解放されたのだ。誇《ほこ》るがいい、ランドール王女。以前、名剣《めいけん》が女の腰《こし》にあっても輝《かがや》きが鈍《にぶ》るだけといわれたが、その剣《けん》を振《ふ》るう騎士《きし》自身を、あなたは腰《こし》に携《たずさ》えているのだ」

ミネルバは瞼《まぶた》を閉ざしたまま、黒光りする騎士《きし》を正面から見あげている。ギュネイはつづけた。

「おれという名剣《めいけん》の力と命を預かる以上、あなたも名剣士《めいけんし》を気取ってもらわねば困る。裏で泣こうとわめこうとも構わない。ただし表の顔だけは覚悟《かくご》を決められよ。あなたはひとりではないが、決してその他大勢のなかに埋没《まいぼつ》してよい方でもない。孤高《ここう》の意志をもって、剣《けん》の抜《ぬ》きどころを見極《みきわ》めてほしい」

クルスのときと同様だ。他者にいっているようで、ギュネイは自分にも言い聞かせている。ずっと、慣れぬ戦いだと思っていた。〈竜《りゅう》戦士〉のときのように単純に戦えないことを嘆《なげ》いてもいた。

（なら、おれだって慣れるまでだ）

敵も味方もはっきりとした区別はなく、勝利も敗北もその形が見えづらいこの戦いに。

（おれは〈竜《りゅう》戦士〉になりすぎていた。強敵と剣《けん》を交えて血路を開くような戦いに慣れすぎていたんだ。いつまでも同じような戦いができるなんて思うな。これからは〈黒狼《こくろう》の騎士《きし》〉としての戦いを模索《もさく》しなきゃいけない）

すなわち、ギュネイは今後の振《ふ》る舞《ま》いを『これからの戦い』と定めた。それは、彼《かれ》にとってもこの国にとっても影響《えいきょう》小さからぬ決意であったのだが、本人にもわからないことだ。

部屋を立ち去り際、ギュネイはふと、窓辺のほうを見やった。さっきの部屋と同様に、この執務室《しつむ》にも狭《せま》い露台《ろだい》がある。一瞬《いっしゅん》足を止めかけたギュネイだったが、結局は、

「言葉が過ぎたることはご容赦《ようしゃ》いただきたい。では」

王女に一礼して部屋を去った。

残された王女はまだハンカチで顔を拭《ぬぐ》っていた。

血や涙《なみだ》をあらかた拭《ぬぐ》ってしまわないと、ターシャが部屋に来たときにうるさいだろうと思っ

てのことだ。さて、ではこの赤く濡《ぬ》れたハンカチをどうするべきか。

（捨ててしまおう）

ミネルバは露台《ろだい》に出た。薄着《うすぎ》では風が冷たい。指で摘《つま》んだハンカチを欄干越《らんかんご》しに投げ捨てようとして、ふと動きを止めた。

「どなたかいらっしゃいますか」

風が、庭木の梢《こずえ》をさわさわと鳴らしている。室外は真っ暗闇《やみ》だ。常人ではなにも見えないだろうが、もともと盲目《もうもく》のミネルバには、真っ昼間だろうと雲ひとつない暗夜だろうとかかわりはない。人の気配には敏感《びんかん》になっていた。

「何者かの『におい』がすると思っていたが、気のせいか。……ふふ、『におい』などとすぐいうのは、イシスの影響《えいきょう》だろうか」

ミネルバはひとり言をいいながら小さく笑った。

アー・シェが任命される以前は、神の依《よ》り代《しろ》たるミネルバの身辺警護はイシスという女性がつとめていた。人狼《じんろう》の一族である彼女《かのじょ》がやたら「不審《ふしん》な匂《にお》いがする」だの「あの匂《にお》いはおそらくコンラットさまが訪ねてきたようですね」などというから、ミネルバも自身が感じる気配の総称《そうしょう》を『におい』などという癖《くせ》がついている。

「声も姿もないのに『におい』が――気配がするというのは妖精《ようせい》のたぐい、いや、亡霊《ぼうれい》の仕業か。そういえば、六英雄《えいゆう》のひとり、〈竜《りゅう》戦士〉とやらは死者の声を聞けたというが」

ミネルバは欄干《らんかん》に両手を置いて、腕《うで》を伸《の》ばしながらぐっと背筋を逸《そ》らした。そうやって溜《た》めた力を一気に抜《ぬ》いて、深い呼吸をひとつ。

「もし本当に、死者がわたしのもとへ会いに来てくれたとするなら」

それは誰《だれ》だろう――、と考えかけて、ミネルバはまた笑った。

「思い当たるものが多すぎる」

ひとりずつ指折り数えていったのでは間に合わないくらいだ。

突然《とつぜん》、ミネルバは衝動《しょうどう》に駆《か》られて顔を伏《ふ》せた。

先ほどこみあげた感情が、また息を吹《ふ》きかえしてきて、ミネルバの足を伝い、背を波打たせながら、最後には嗚咽《おえつ》となって解放されていく。

しばらく経《た》って。

「まだ捨てずにいてよかった」

かろうじて綺麗《きれい》な部分が残されていたハンカチを使い終えて、ミネルバは背筋を伸《の》ばした。

露台《ろだい》に背を向けて一歩を踏《ふ》み出《だ》してから、つと、左右に顔を巡《めぐ》らせて、

「そこにいるのが幽霊《ゆうれい》であれ妖精《ようせい》であれ、ここで見たことを他言してはならぬ」

ひとり遊びのつもりで、ミネルバは威厳《いげん》をもって命じた。

「騎士《きし》どのがいわれたとおりだ。わたしはランドール王女。何者の前でも泣きはせぬ」

投げ捨てたハンカチがひらひらと空を漂《ただよ》い落ちるのを尻目《しりめ》に、王女は露台《ろだい》を去った。

風がぴたりとやんだ。

それも一瞬《いっしゅん》。夜に染まった梢《こずえ》はふたたびさわさわと揺《ゆ》れている。

六章 青空

1

翌日。

城の大広間に、王国の元高官たち——引継《ひきつ》ぎ作業のためバン＝シィに残されていた貴族——や、城の兵たち、さらに〈黒狼《こくろう》の騎士《きし》〉やブルート王子までもが顔を並べた。

呼びつけたのはミネルバ王女。

通常、こうした場においての帯剣《たいけん》は許されない。というのに、「装備をととのえてこい」とまで命じられた人々は、各々《おのおの》の得物を片手に当惑《とうわく》の表情をしていたが、

「いますぐ城下で、敵と戦うための兵を募《つの》りなさい」

王女の下した命令に声が出るほど驚《おどろ》いた。ブルートが青ざめた顔になって進み出る。

「ま、待たれよ。王女までもが兵をもって、兄の軍を迎《むか》え撃《う》つというか。それでは、もはやダスケスとのいくさは避《さ》けられぬ——」

「ダスケスに引く心づもりがない以上、すでに避《さ》けられはしません」

王女の強い断定に、ブルートは異を唱えられなかった。が、

「殿下《でんか》、ただし、われわれが戦う相手はダスケスではないのです」

新たな断定に細い目をみはった。

「なんと？　で、では」

「われわれが討《う》つべき相手は、ディラ・ロゴスから下ってきたコンラットの一派です」

いよいよ大広間がざわめきに包まれた。さらに、

「いまのランドールが他国といくさをしてなんになる。ようやく民《たみ》が田畑を耕しはじめ、商人たちが軒《のき》下に売り物を並べ、職人たちが腕《うで》を振《ふ》るいはじめたというのに。ハーディン大司教は死んだ。この地も焼かれた。というのに、自分たちにはいまだ神の加護があるなどと言《い》い募《つの》って戦火を招かんとする僧《そう》どもの妄言《もうげん》にはもはやつきあいきれぬ。彼《かれ》らは会談の席でブルート殿《でん》下《か》と、わたしをもかどわかそうとしたのだ。もはや彼《かれ》らは敬虔《けいけん》なる神のしもべなどではない、王家への謀《む》反《ほん》者である。よって、ミネルバ・ディオン・ランドールの名において、謀《む》反《ほん》者たちを討伐《とうばつ》する！　この決定に異はあるか」

王女の重ねた言葉に、皆《みな》、震《ふる》えあがるような感情を抱《いだ》いた。

これはすなわち、敗戦後はじめてランドールが『国』としての指針を示すということだ。すなわち、地図上から名を消しかけていたランドールが、『国』として名乗りをあげたということだ。すなわち、ミネルバ王女が国を背負《しょ》って立《た》つという名乗りをあげたも同然のことだ。

「異がある者はこの場でわたしの首を刎《は》ねよ。その首を、コンラットなり、ゴードン王子なり、望むほうに届けるがいい。武器の携帯《けいたい》を貴殿《きでん》らに許したのはそのためである。誰《だれ》かあるか！」

「なりません、王女」

大広間の一角から、黒い甲冑《かっちゅう》姿が出ようとしたが、

「控《ひか》えよ、〈黒狼《こくろう》の騎士《きし》〉！」王女が手を出して制した。「そなたがわが盾《たて》となったのでは、誰《だれ》も剣《けん》を取れぬ。威《い》を振《ふ》るうつもりはない。わが首を刎《は》ねる資格のある者は、〈黒狼《こくろう》の騎士《きし》〉よりも剣《けん》の腕《うで》が立つ者などではない、わが屍《しかばね》を踏《ふ》み越《こ》えてまでもランドールにちがう未来をもたらそうとする覚悟《かくご》のある者だ。個人の武力など問題ではない。わかったなら控《ひか》えておれ！」

するとミネルバは、これまでずっと閉じていた目を開いた。

あっ、と人々が息を呑《の》んだ。瞳《ひとみ》が、まるで腰《こし》の定まらない老人じみてふらふらと動いている。神の依《よ》り代《しろ》としての儀式《ぎしき》をいく度となく強制された結果、盲《めし》いてしまったという王女は、そのもはや視力の宿らない瞳《ひとみ》をさまよわせつつも、

「誰《だれ》もおらぬのだな」声ばかりは力強く言い放った。「よく考えよ。いましかこの機会は与《あた》えぬ。これ以降、『やはりミネルバに玉座は委ねられない』と刃《やいば》をわたしに向けた者は、わが兵をもってためらわず討《う》つ。おらぬのか。このミネルバを弑《しい》し、ランドールの玉座を背負おうとする者は誰《だれ》も！」

「おりませぬ」

ある者がいうと、

「ランドール王家に栄光あれ」

隣《となり》の者がつづいて、そして同じ言葉が伝染《でんせん》していくその波に押《お》されるように、人々は次々とひざまずいた。

ミネルバは、先ほど制した〈黒狼《こくろう》の騎士《きし》〉を目の前に手招いた。

「〈黒狼《こくろう》の騎士《きし》〉よ、わたしが預けた剣《けん》を持っているか」

騎士《きし》は「ここに」と剣《けん》を半ばほど抜《ぬ》いてみせた。王家に伝わる宝剣《ほうけん》の輝《かがや》きに、ひざまずいた人々が、おお、と小さく声を発する。

「各々《おのおの》、〈黒狼《こくろう》の騎士《きし》〉はわが客人の身だ。わたしに剣《けん》を捧《ささ》げている身ではないが、しかしその力のほどと、ランドールのため命を惜《お》しまず働いてきた活躍《かつやく》ぶりは皆《みな》も知っているだろう。〈黒狼《こくろう》の騎士《きし》〉よ、そなたの腰《こし》にいましばらくその剣《けん》を預けよう。そしてその剣《けん》を手にした以上は、王家の人間たるわたしの命によって一軍を預かる義務と責務がある。異存はないか」

「はっ」

有無《うむ》もいわさぬ決定に、〈黒狼《こくろう》の騎士《きし》〉をはじめ、人々はまたも異を唱えられはしなかった。

このとき彼《かれ》らは、敗戦からいまにいたるまで、まるで墓の下で眠《ねむ》っていたような『王国』としての時の流れがふたたび目を覚まし、唸《うな》りをあげながら動き出すのを感じて、ある種の熱に包まれていた。ある者は恍惚《こうこつ》とし、ある者は武者震《むしゃぶる》いをし、ある者は涙《なみだ》を流した。

ブルートひとりが、大広間の隅《すみ》っこで大量の汗《あせ》を拭《ぬぐ》うのに忙《いそが》しい。

誤算だ。ランドールの王位をうかがっていたブルートにとって、ランドールが自分の存在を抜《ぬ》きにしたまま『国』としての立場を取《と》り戻《もど》していくのは、これ以上もない誤算だった。が、自国の軍が迫《せま》るいま、王子にはどうすることもできない。

……熱覚めやらぬ顔をした人々が大広間を去ったのち、

「どうです」

席に着いたままの王女が、ただひとり居残った〈黒狼の騎士《こくろうのきし》〉――つまりギュネイに自慢《じまん》げな笑《え》みを見せた。

「なかなかの役者でしょう、わたしも」

「あれは芝居《しばい》などではなく、生まれながらに備わった王者としての風格でしょう。『控《ひか》えよ！』といわれたときは、いく多の戦場を踏《ふ》み越《こ》えてきたおれでさえ足がすくむ思いがしました」

「ふふっ、あなたも冗談《じょうだん》をいうのですね」

ギュネイは軽く一礼したきりで、肯定《こうてい》も否定もしなかった。

ミネルバは真顔になって、いまはがらんとなった大広間を見据《みす》え、

「これでよい」といった。「神を降ろさんとする魔術《まじゅつ》師たちとの戦いであれば、かつての諸国と同じ立場。ダスケスにも、フォーゼにも付け入る隙《すき》は与《あた》えぬ。あとは、あなた方武人に託《たく》しました。無論、わたしにできることがあれば骨身は惜《お》しまぬつもりです。とうに、わたしも戦

う覚悟《かくご》を決めている。『勝つ』ためならば火中にも身を投じよう」

「は。『勝つ』ために」

ギュネイはふたたび一礼した。


バン＝シィは混乱に陥《おちい》った。

当然だ。これまでロゥラ派の僧《そう》たちが兵を募《つの》っていたところへ、王家の命を受けた者たちが新たに兵を集めはじめたのだ。しかもその目的はほかならぬロゥラ派の軍勢を討《う》つためだ、という。

これまで民衆に邪魔《じゃま》をされると腰《こし》が引けていた兵士たちも、

「すでに王家は、コンラットとロゥラの一派を敵と定めた」

「これ以上邪魔《じゃま》立《だ》てするようなら、王家に弓引く者とみなすぞ！」

と強権を発動して、僧《そう》どもを都から追い出そうとし、さらに、これに反抗《はんこう》しようとした民衆たちをも捕《つか》まえると、容赦《ようしゃ》なく牢獄《ろうごく》送りにした。どちらも力ずくだ。

（おそろしや）

と身をすくめる者もある一方で、

（ふざけるな。いまさら姫《ひめ》ひとりきりの王家になにができる。王家はダスケス王子の身柄《みがら》は守りながらも、おれたちのことなどどうでもよいのだ）

と反発する者も大勢いた。

「われらには神の加護がある」

と考えてか、兵たちに立ち向かおうとする者までいて、連日、あちこちで騒動《そうどう》になった。逮《たい》捕者《ほ》や怪我人《けがにん》が続出し、ダスケス兵駐屯所《ちゅうとん》を巡《めぐ》って暴動となった箇所《かしょ》では死人すら出た。

それでも王女ミネルバは強権の手をゆるめない。ある朝、兵から報告を受けた王女は、

「牢獄《ろうごく》が人でいっぱいになった？　なら、これからは城に入れなさい。幸い、いまは空き部屋でいっぱいだ。困ることはないでしょう」

などと、お茶の入ったカップを傾《かたむ》けながら笑ったという。

王家への反発、猜疑《さいぎ》心、恐怖《きょうふ》などがバン＝シィに蔓延《まんえん》するなか、しかし王家を根強く支持する者たちも多く、

「邪神《じゃしん》を担《かつ》ぎあげようっていう連中に比べればまだしもだ」

「忘れるな。王女さまは〈黒狼《こくろう》の騎士《きし》〉を呼んで、野蛮《やばん》人に襲《おそ》われていたおれたちを救ってくださった方だ。今度もまちがいはないはずだ」

と、槍《やり》を持って城に馳《は》せ参《さん》じる男たちの数も日増しに増えていく。

そうなるとしかし、今度はバン＝シィ住民たちのあいだでもいさかいが表面化してきて、それぞれへの支持を呼びかける連中が路上でばったり出会ってしまうと、にらみあい、罵《のの》りあいはもちろんのこと、血を見るまでの争いに発展することも多々あった。これも、長くつづけば

死人が大勢出る羽目になったろうが、王女が兵を募《つの》ってから約十日後のこと。

潮目が変わった。

不死騎士《きし》団のクルス・アインが、兵を連れてバン＝シィへやってきたのだ。

これは王家への援軍《えんぐん》であると同時に、凱旋《がいせん》軍であるといってもいい。クルスと〈黒狼《こくろう》の騎《き》士《し》〉が、カノン城をフォーゼ国から奪回《だつかい》した一件は、すでに領国内に知れわたっている。

クルスは、カノンを守るために周辺で募《つの》った兵のうち二百に、王都を発《た》つ際に連れていた正規兵のうち五十を加えて、王都を目指して出立。さらに、いく道々で兵を集めて――これも、以前、クルスが賊《ぞく》を討伐《とうばつ》した土地土地であるため、苦労はなかった――カノンを出立したときの倍以上の人数になって、バン＝シィへと凱旋《がいせん》した。

クルスはただちに王城に入ると、王女ミネルバに拝謁《はいえつ》して、さらなる王家への忠誠を誓《ちか》ったという。無論、「コンラットらを討《う》て」との命令にも疑問を挟《はさ》むことなく応じた。

こうなると人々は現金なもので、

「そうだ。われらには〈黒狼《こくろう》の騎士《きし》〉どのと、ゼオ将軍の右腕《みぎうで》クルスさまがついている」

「お二方は、フォーゼ、ダスケスが涎《よだれ》を垂らして欲《ほ》しがっていたカノンを、あっという間に奪《うば》いかえしたというぞ！」

「知ってる？　〈黒狼《こくろう》の騎士《きし》〉さまはフォーゼの騎士《きし》が次々挑《いど》んできた一騎《いっき》打《う》ちにことごとく圧勝したんですって！　こんな物語じみたことってあるのかしら！」

王家にも確かな『力』がそなわっていると実感するや否《いな》や、もともと評価の割れていたディラ・ロゴス勢よりも多数の支持を集めるにいたり、大勢の若者が、われもわれもと王城へ押《お》しかけてくるようになった。

するとロゥラ派の僧《そう》たちは居場所を失って王都から姿を消し、支持者たちの勢いも自然と落ちた。

ただし、そのときには、すでにダスケス軍が間近に迫《せま》っている。

ロゥラ派は、街道脇《かいどうわき》で本格的に布陣《ふじん》を開始。

そしてこれを討《う》つべく、王城に集まった一千以上の兵たちも準備に取りかかった。

いわば、三《み》つ巴《どもえ》の戦いだ。いまのところ、王家と、ゴードン王子率いる軍勢はともに、邪神《じゃしん》を奉《ほう》ずる一派を敵だと断じているが、だからといって共闘《きょうとう》する流れとなるかどうかは不明瞭《ふめいりょう》。むしろ最初にぶつかりあうであろう王家とディラ・ロゴス陣営《じんえい》、どちらが勝つにせよ、ゴードンは疲弊《ひへい》しきったこの勝者に襲《おそ》いかかって漁夫の利を得るのではないか。

最終的な勝者は誰《だれ》か。そして何者が勝つのがバン＝シィに、ひいては国家にとってもっとも益となるのか。——誰《だれ》も正確な『答え』などはわからない。

日々、暴動騒《さわ》ぎが起こっていたバン＝シィからは狂奔《きょうほん》的な熱がひとまず引いて、夜ともなると、むしろ水を打ったような静けさに満ちた。それぞれの家々では、誰《だれ》もが自分と、身近な人々の安全を願っているだろう。だが、神に祈《いの》ろうにも、いまのランドールにおける『神』の定義は複雑であるからして、一時的な安らぎを求めることすら困難な状況下《じょうきょう》にある。

そんな、静謐《せいひつ》のなかにあっても悶々《もんもん》とした人々の不安や苛立《いらだ》ちが風に乗って伝わってきそうな、とある真夜中。

ギュネイはバン＝シィを離《はな》れ、さらに街道《かいどう》から外れて、ロゥラ一派が陣《じん》を張る場所へふたたび戻《もど》ろうとしていた。甲冑《かっちゅう》姿の後ろにはリーリンが乗っている。ギュネイにこき使われてさすがに疲《つか》れているのか、うつらうつら、、、、と頭が前後に揺《ゆ》れていた。

今宵《こよい》、月が煌々《こうこう》として、松明《たいまつ》を掲《かか》げずとも進めるほどの明るさがある。と、その月下に人影《ひとかげ》が忽然《こつぜん》とあらわれて、ギュネイのいく手を阻《はば》んだ。果たして敵か味方か。姿がはっきり見えてもギュネイにはその判断が難しかった。ディドーだ。

「おまえ」と出《だ》し抜《ぬ》けに彼女《かのじょ》はいった。「あのとき、、、、わたしに気づいていたんじゃないのか」

「またいきなり、なんの話だ？」

「貴様《きさま》――、いや、いい」

ディドーは深く息を吸ってから、かぶりを振《ふ》った。

「それより、これからの話だ。どうせ姫《ひめ》さまを炊《た》きつけたのはおまえだろう。勝算はあるのか」

「なかったなら、尻尾《しっぽ》を巻いて逃《に》げているところだ」

「おまえがか？」

せせら笑うようにいったディドーの心境も複雑なところだろう。ギュネイは頷《うなず》いた。

「おれに、ランドールのためにたったひとつしかない命を懸《か》ける理由はない。勝てるいくさだからやるんだ」

「そうか。なら、その『勝てる』相手というのはディラ・ロゴス軍か、ダスケス軍か」

ディドーは弓を構えた。もちろん狙《ねら》いはギュネイの首。ここで前者だと答えるようならすぐさま矢が飛んでくるだろう、と誰《だれ》にも思える場面なのに、

「当面の相手はディラ・ロゴス」ギュネイも腰《こし》の剣《けん》に手を置きざま答えた。「そののち、もしダスケスであれ、フォーゼであれ、軍旗をたなびかせて領内に押《お》し入《い》ってくるなら、おれも『勝てる』ために全力を尽《つ》くす」

ディドーは矢をつがえている。指を軽く放しさえすればその瞬《しゅん》間《かん》にも両者の戦いは幕を開けるだろう。もはやギュネイもためらわない、といった態度が、馬上で低くした姿勢からあらわれている。

「そうか」ディドーはいっそう表情を険しくさせた。「わたしと同じだ。わたしも、何者であれ、わが祖国を蹂躙《じゅうりん》しようとする者とは、全力をつくして戦う。たとえ〈竜《りゅう》戦士〉であれ」

「ああ」

「たとえ――、実の父であれ」

「なに？」

ギュネイが真実、驚《おどろ》きの声をあげる前で、ディドーは弓をおろした。

「敗戦後、祖国の置かれている状況《じょうきょう》はわかっているつもりだった。わかっていたからこそ復《ふく》讐《しゅうと》を遂げねばならないと思っていたのに、おまえを監視《かんし》する傍《かたわ》ら、領内のあちこちをこの目でじかに見てきて——、結局のところ、わたしにはなにもわかっていなかった、ということがわかった。いままでのわたしは、父や、その周囲の世界しか知らなかったということも。……おまえと同じだよ。ザッハを旅立って以来、おまえが見たものをわたしも見て、おまえが感じたことをわたしも感じ、おまえが決意したような決意をわたしもしたんだ。……そう自覚したからこそ、はっきりといえる。ランドールは、いま国内で争っているときではない。ましてや外国とのいくさなどは論外だ。……わたしは、父にそれを伝えねばならない」

それが、ギュネイに暗殺の矢を放って以来、ずっとギュネイの行動を追ってきた女戦士の出した結論らしかった。

「なら、おれといっしょに来るか？」

「そういうと思った」ディドーは小さく鼻で笑った。「おまえはおまえで、考えていることがあるのだろう。今回だけは邪魔《じゃま》はしない。わたしはいくさばで父に相対してみるつもりだ」

ディドーはそういうと弓を背に負い、踵《きびす》を返《かえ》した。ギュネイに背を向けながら、「〈竜《りゅう》戦士〉よ」と声だけを投げかけた。「『勝てる』いくさだから戦うだと？　わたしをあまり馬鹿《ばか》にするな。そんな嘘《うそ》が通用すると思うか。おまえは」

「おれは？」

「愚《おろ》か者《もの》だよ。神を降ろそうとした伯父上《おじうえ》や、その遺志を継《つ》いだ父上に負けず劣《おと》らずな」

ディドーの姿が遠ざかっていく。

ギュネイは手綱《たづな》を絞《しぼ》ると、ふたたび馬を進ませた。

もう、ディドーの矢に狙《ねら》われることもないのだろう。兜《かぶと》の下で笑顔《えがお》になりながら、しかしほんの少し、ギュネイは寂《さび》しげでもあった。

2

ディラ・ロゴス勢としても、ミネルバの動きは意外だったろう。

ダスケス軍を迎《むか》え撃《う》つ前に、まずはミネルバが募《つの》った兵たち、いわば王国軍が陣《じん》に迫《せま》ってきたのだ。

数は千近い。その日、黒い雲が空のあちこちにかかっていたが、ディラ・ロゴス陣営《じんえい》から見おろす先では、時折洩《も》れる陽光に槍《やり》のきらめきが上下に波打っていた。

先頭で部隊を率いるのはクルス・アイン。不死騎士《きし》団のひとりで、彼《かれ》が王家に味方しているという報は、当然、陣営《じんえい》にも伝わっている。その華々《はなばな》しき武勲《ぶくん》もまた。

しかし、ディラ・ロゴス側にさしたる動揺《どうよう》はない。

数日前、陣《じん》に一台の馬車が到着《とうちゃく》していた。双蛇《そうじゃ》兵団たちに護衛されながらやってきたのは、コンラット司教だ。相変わらず人前に姿を見せることはなかったが、馬車の窓越《ご》しにまちがいなく司教その人の声が聞こえると、信者たちはいっせいに十字の印を切った。

「相手が王家の兵とて、ためらうことはない。神の加護を受けしわれらの力を存分に見せつければ、王女とてわれらに槍《やり》を向けたことを悔《く》い、必ずやこちらの味方についてくださるだろう」

コンラット自身に言葉をたまわれば、士気はいや増すばかり。

いくさになるであろうこの日も、コンラットは陣《じん》の後方に馬車を進ませると、そのなかに鎮《ちん》座《ざ》したまま、兵からの報告をひっきりなしに受けていた。川向こうに布陣《ふじん》した敵の軍容が矢《や》継《つ》ぎ早《ばや》に伝えられるなか、敵の先頭にいるのがクルスという若者だと知ると、

「〈黒狼《こくろう》の騎士《きし》〉とやらの姿はないのか」いぶかしげな声を発した。「別働隊を指揮して、川を迂回《うかい》してくるつもりか？」

しかし、あちこちに斥候《せっこう》の兵を放っても、噂《うわさ》の、黒光りする甲冑《かっちゅう》姿はどこにも見えないという。彼《かれ》に関してはいまだ謎《なぞ》が多い。さしものコンラットにも正体はわからなかった。

腕《うで》は恐《おそ》ろしいほどに立つ。カノンに派遣《はけん》した双蛇《そうじゃ》兵団はおそらく殺されただろう。ブルートの身柄《みがら》を拉致《らち》するはずの場面においても邪魔《じゃま》をされた。それに加えて、

（〈黒狼《こくろう》〉などと思いあがりおって）

黒狼《こくろう》王を信仰《しんこう》の象徴《しょうちょう》としてきたコンラットにはそういった腹立ちもある。

が、コンラットは一度その存在を忘れることにした。どうせ、いくさとなれば、わざわざ捜《さが》

すまでもなく向こうから飛《と》び込《こ》んできてくれる。コンラットは大きく構えていた。予期せぬ戦いになったとはいえ、どうせこうした場面はこれから先も多々あるだろうと踏《ふ》んではいた。いや、むしろ多々あってもらわねば困るのだ。

「神託《しんたく》に歯向かう者ことごとくに勝利する。であればこそ、ランドールの民《たみ》も団結し、神のご降臨を心底から望むようになろう」

そしてそれが可能だとコンラットは本気で考えていた。覚悟《かくご》のうえならばとうに命は捨てている。無論、先を考えれば、コンラットが命をも覚悟《かくご》して力を振《ふ》るうのは『いま』ではない。もっとふさわしい場面があるだろう。勝利を重ねた先で、ロウラや信者たちに道筋さえ示すことさえできれば、この目で神のお姿、そして理想郷の到来《とうらい》を見ることができなくても構わない。

ただ、

「千を揃《そろ》えてきたか」

いくさの直前、ふと、コンラットは馬車のなかでひとり言を口にした。あのミネルバが。神の依《よ》り代《しろ》として聖堂に招いたときは十四歳《さい》の、無垢《むく》そのものといった少女だった。兄ハーディンも、神をこの世に降ろすための方法はミルド人の遺跡《いせき》から手に入れた秘術で心得ていたものの、当然、実行に移すのははじめてだった。ミネルバを中心におこなった儀式《ぎしき》は半年で百を超《こ》えよう。その都度心身に大きな負担を抱《かか》えながらも、王女は泣き言ひとつあげず、敬虔《けいけん》な心をもって、彼女《かのじょ》のみに神が与《あた》えたもうた試練に耐《た》えていた。当時のコンラットが感嘆《かんたん》するほどだ。

　そのミネルバが、いま、千の槍《やり》を揃《そろ》えて、コンラット率いる部隊と――言い換《か》えるなら、かつて共有したはずの神の理想と――戦おうとしている。

「いまの王宮に、強力な後ろ盾《うしだて》がいるとも思えんが。ふん、ダスケス王子の入れ知恵《いれぢえ》に惑《まど》わされたか。王女、そなたほどの人間が、現世《うつつ》のつまらぬ欲と利益に左右される輩《やから》の味方入りするとは、嘆《なげ》かわしいことぞ――」


　クルス・アインはまず、単身、馬を進めた。

川の浅瀬《あさせ》を渡《わた》っていくと、コンラット陣地《じんち》の兵たちがいっせいに矢をつがえる。見あげる先、視野いっぱいに矢を向けられながらも、クルスは臆《おく》することなく、

「王家の命を受けてまかりこした。ランドール王位継承《けいしょう》者の言伝《ことづて》がある。よく聞いて、いますぐ陣《じん》を引きはらうがいい、方々！」

　と、よく通る声で叫《さけ》ぶ。王家の意に反し、こうして武装して陣地《じんち》を築いているだけでいかほどの罪を負っているか、ダスケスといくさをすることがどれほど愚《おろ》かしいかをとうとうと説くのだが、返ってきたのは嘲笑《ちょうしょう》の群れ。ばかりか、

「帰ってお姫《ひめ》さまのおしめでも替《か》えていろ！」

「不死騎士《きし》団も、威《い》を失った娘《むすめ》っ子の使い走りとは堕《お》ちたものだ」

怒声《どせい》とともに矢を放ってくる。クルスは馬を右に左にと移動させて巧《たく》みにこの矢をかわすの

だが、それで苛立《いらだ》った敵がいっせいに矢を射かけてきたのだからたまらない。

（ちっ）

クルスが、馬を失う覚悟《かくご》で後ろに飛《と》び降りようとした刹那《せつな》のこと、視野を羽虫のごとく埋《う》めた矢の群れが、忽然《こつぜん》と消《き》え失《う》せた。

「なにっ」

叫《さけ》びは、クルスも、ディラ・ロゴス陣《じん》の兵たちと共通している。

クルスの傍《かたわ》らに馬を進めてきたのは、鎖《くさり》かたびらを着込《きこ》んだ武者だった。ただし武器は帯びていない。右手を宙に差しのべているきりだ。その右手で鎖《くさり》かたびらの頭巾《ずきん》部分をあげると、長い黒髪《くろかみ》が露《あら》わになった。

「き、貴様《きさま》は」

「世話を焼かせないでいただきたい。この力も無限ではないのですよ」

馬上で軽く微笑《ほほえ》んだのはジル・オ・ルーンだ。

「なぜここに」

「なぜ、とは心外な。邪教《じゃきょう》の徒がいるところにこのわたしがいるのはむしろ必然。お力を貸す、とはいいません。わたしはわたしの意志で、邪神《じゃしん》を崇拝《すうはい》するおぞましき敵を討《う》ち滅《ほろ》ぼします」

「好きにせいっ。どうせ、おまえの身柄《みがら》は騎士《きし》どののお預かりだ。おれがどうこういうことではない」

「ほっ、意外とものわかりのよい」

「貴様《きさま》こそ、以前は『ひとりでも城を落とせる』と豪語《ごうご》していたようだが、いまは『この力も無限ではない』と来た。随分《ずいぶん》としおらしくなったものだ」

二人、目には見えない火花をカッと散らしつつも、馬首を揃《そろ》える。瞬間《しゅんかん》、眼前に飛来した矢をクルスは剣《けん》で打《う》ち払《はら》った。

「このような輩《やから》は口で説いても無駄《むだ》なようだな」

「時と場合によりましょうが、いまはそのようです」

クルスが片手を振《ふ》りあげると、後方から馬のいななきが多量に迫《せま》った。まずは正規兵による騎馬《きば》集団の到来《とうらい》だ。

「矢はわたしが可能な限り引き受けます」

「承知」

これでも互《たが》いの力量に信は置いているらしい。射かけられる矢の群れをジルが炎《ほのお》で払《はら》い、その隙《すき》にクルスを先頭とした騎馬《きば》が突撃《とつげき》。歩兵たちがつづいて、仲間が敵と斬《き》り結ぶその傍《かたわ》らで、柵《さく》を地面から引《ひ》き抜《ぬ》いたり、土塁《どるい》、櫓《やぐら》の打《う》ち壊《こわ》しにかかったりする。

いくさのはじまりだ。

クルスやジルが必死で力を振《ふ》るうなか、しかし、なぜかこの集団に〈黒狼《こくろう》の騎士《きし》〉の姿はない。

それもそのはず、〈黒狼《こくろう》の騎士《きし》〉たるギュネイは、あろうことか、

「来たぞっ」

「神にあだなすとは畏《おそ》れを知らぬ者どもだ。踏《ふ》ん張《ば》れ、われらには大司教のご息女と、六人の神敵すら苦しめたコンラットさまがついている！」

剣《けん》や槍《やり》を掲《かか》げて、王家の軍を迎《むか》え撃《う》つ『邪教徒《じゃきょうと》』の群れに加わっているのだ。陣《じん》を構築する土木作業に従事していた素顔《すがお》のギュネイを味方と疑わない者はなかった。

怒号《どごう》と鋼《はがね》があちこちでぶつかりあいはじめると、ギュネイは自分の隊からそっと離《はな》れた。高台へ足を進めて、陣《じん》の南、木立が密集している箇所《かしょ》に屈《かが》み込《こ》んだ。ここから先は峻険《しゅんけん》な坂道になっていて、まず敵が空を飛ばぬ限りはやってくる恐《おそ》れはなく、したがって人手も薄《うす》い。ここなら、いくさばを広く見わたせた。

陣《じん》の要所要所において、黒い服の司祭たちがそれぞれ祈《いの》りを唱えている。ほどなくして、彼《かれ》らの頭上数クラットの位置に、まるでナイフで空を切りつけた跡《あと》のような、黒い亀裂《きれつ》があらわれはじめた。『亀裂《きれつ》』は怪《あや》しげに脈打ち、内部からなにかを吐《は》き出《だ》そうとしている。

あれぞ異界への門。ハーディンが遺跡《いせき》から見出《みいだ》した秘術のひとつだ。いまにも、翼《つばさ》あるもの、馬の姿に似たもの、〈インダルフの猟犬《りょうけん》〉、そして〈赤目〉にも引けを取らない巨体《きょたい》の鬼《おに》などが、黒々とした門からあらわれ出《い》でようとしている。

ギュネイは鋭《するど》く口笛を吹《ふ》いた。と、木々のあいだを縫《ぬ》うように、一匹《ぴき》の犬が坂道を駆《か》けあが

ってきた。リーリンだ。長い布袋《ぬのぶくろ》を背中にくくりつけており、また、口には腕輪《うでわ》を咥《くわ》えている。

「ありがとう」

舌を出して喘ぐリーリンから腕輪《うでわ》を受け取るや、ギュネイはすぐさま〈黒狼《こくろう》の騎士《きし》〉の鎧《よろい》兜《かぶと》を身にまとった。一方、布袋《ぬのぶくろ》から取り出したのは、ミネルバ王女から預かった宝剣《ほうけん》シィ・ク・ハート。

「じゃあ、いくか」

リーリンのお尻《しり》をひとつ叩《たた》いて坂道の向こうへ押《お》しやると、ギュネイは腰《こし》をあげた。

息を細く吸《す》い込《こ》んで、一気に吐《は》く。それを二、三回繰《く》りかえしたのち、今度は深く深く息を吸《す》い込《こ》むと——、

（さあ、『勝つ』ぞ）

駆《か》け出《だ》した。

工事に毎日従事していた以上、ギュネイは周辺の地形を知りつくしている。司祭たちの配置も頭に入れていた。このスタート地点は、念入りな調査を尽《つ》くし、彼《かれ》なりの検証を重ねたうえで決めたものだ。

駆《か》けるギュネイはすでに風を追《お》い抜《ぬ》いて、その姿は霞《かす》んですらいる。初速がすべてだ。停滞《ていたい》は許されない。高台から飛《と》び降りて、まずは張り出した岩棚《いわだな》に密集している司祭らのもとへ。
五、六人で固まっていた彼《かれ》らも、彼《かれ》らを護衛して槍《やり》を掲《かか》げていた兵たちも、

（おや、風が）

といった具合に横あいに目を向けたが、その『風』が吹《ふ》きすぎたときには、司祭たちは血を吐《は》いて倒《たお》れていた。

「な、なにっ」

兵たちのあげたその声は、すでにギュネイには届かない。

彼《かれ》はさらに駆《か》けている。『風』のいくところに高い櫓《やぐら》があったが、そこにぶち当たりざま、ギュネイは櫓《やぐら》を段々状に蹴《け》って、その頂上へと一気に舞《ま》いあがった。

てっぺんで矢を放っている兵たちは『風』に気づきもしなかった。ギュネイはさらに頂上の縁《ふち》を蹴《け》りつけて、急降下。躍《おど》りかかる猛禽《もうきん》にも似た動きと速度とで、次の目標地点へと。柵《さく》に前面を守られながら祈《いの》りを唱えていた司祭四名が、やはり『風』に気づきもせず、剣《けん》で急所を一撃《いちげき》されて倒《たお》れていった。

司祭が倒《たお》れれば、その頭上にあらわれていた『亀裂《きれつ》』も消えて、魔獣《まじゅう》たちも消滅《しょうめつ》する。

ギュネイは止まらない。止まるわけにはいかない。止まればその時点で、彼《かれ》は敵軍にひとり取り残されてしまう。だからこそ『止まらずに済む』ルートを戦前に模索《もさく》していた。

目の前にあらわれた――というより、たまたまいく手に居あわせてしまった――不運な兵士の胴体《どうたい》を一撃《いちげき》しざま、ふたたび櫓《やぐら》を駆《か》けあがる。

（あと二箇所《かしょ》）

六英雄《えいゆう》として誉《ほま》れの高いギュネイではあるが、当然、こうした戦い方を生まれながらに会得《えとく》していたはずもない。邪神討伐《じゃしんとうばつ》を目指した旅の途中《とちゅう》、必要に駆《か》られて次々身につけたものだ。櫓《やぐら》を蹴《け》りあがっていった体術は、空を飛ぶ魔獣《まじゅう》に対抗《たいこう》するために、崖《がけ》に向かって日夜修練を重ねてものにした。敵の群れに飛《と》び込《こ》んでいきざま、立ち止まらずに次々相手を斬《き》り伏《ふ》せていく技術もそうだ。敵兵士に見立てた無数の甲冑《かっちゅう》をケイオロスの魔力《まりょく》で操《あやつ》ってもらい、そこに飛《と》び込《こ》んでいっては剣《けん》を振《ふ》りまわす——という訓練を何日つづけたかわからない。生傷は絶えず、骨を折ること数度、訓練だというのに命の危機に陥《おちい》ることもたびたびあった。それでもやらねばならなかった。やらねば、どのみち実戦で息絶えるからだ。

（あと一箇所《かしょ》！）

ギュネイは息つく間もなく駆《か》けては、跳躍《ちょうやく》し、剣《けん》を振《ふ》りたくる。目の前で割れた風がごうごうという咆哮《ほうこう》を発しては耳の後ろへ流れ飛んでいった。あるいはそれはギュネイの体内の血液が酸素を求めて駆《か》けまわる音であったか。ついに、最後となる司祭の胸を貫《つらぬ》いた直後、一瞬《いっしゅん》、目の前が真っ暗になった。足もとがふらついて、急激に重くなった身体が前のめりになる。

（駄目《だめ》だ！）

ここで倒《たお》れては死ぬばかり。

（敵に殺されるな、せめておれに殺されろ）

肉体に活を入れつつ、最後の一撃《いちげき》を見舞《みま》うと、ギュネイは『風』の勢いそのままに、やはり木立の密集していた箇所《かしょ》へと身を投じた。

ごろごろと坂道を転がっていったギュネイの身体は、やがて大木の幹にぶつかって停止した。しばらく、ギュネイは動けなかった。目の前は真っ暗なまま。さらには耳も遠くなってか、戦場の喧騒《けんそう》どころか、荒々《あらあら》しいはずの呼吸や、脈打っている心臓の音さえ聞こえない。

(しまった、ついに)

死んだかな、とギュネイは戦慄《せんりつ》した。

「無理をしすぎだぜ、青二才」

ケイオロスがこちらの顔を覗《のぞ》き込《こ》んで笑う。

「おぬしは、おのれの命をあまりに安く見てはいまいか」難しい顔をしたのはジューザだ。「局所での勝利欲《ほ》しさに命を削《けず》っても、大局に影響《えいきょう》はない。戦士ならば、命の懸《か》けどころも見極《きわ》めばならん」

「ギュネイ、ギュネイ――」頬《ほお》に涙《なみだ》を散らしているのは――エリシスだ。「聞こえますか、わたしの声が？　見えますか、わたしの顔が？　ああ、馬鹿《ばか》ね！　あなたって本当に……いつになったらわかってくれるの？　神が皆《みな》に等しくお与《あた》えになった命はひとつしかないのよ。馬鹿《ばか》、本当に……」

(馬鹿《ばか》だな、おれ)

エリシスは散々こちらを罵《ののし》った挙げ句、最後にはか細い手を伸《の》ばして、ギュネイの身体を引きあげてくれる。ギュネイは無意識のうちに手を伸《の》ばした。その手が虚空《こくう》を摑《つか》んだ瞬間《しゅんかん》、ギュネイは息を吹《ふ》きかえした。

「死んでる場合じゃなかった」

五感も戻《もど》ってきた。目にうるさいほどの色彩《しきさい》、むせかえるような汗《あせ》と血の臭《にお》い、鋼《はがね》の音に絶叫《ぜっきょう》の数々、そして遅《おく》れればせながら聞こえてきた自身の鼓動《こどう》——現実の世界が舞《ま》い戻《もど》ってくるのと引《ひ》き換《か》えに、ケイオロス、ジューザ、エリシスの幻《まぼろし》は消えていく。それを惜《お》しむ間とてない。

ギュネイはいったん兜《かぶと》を『解いて』、多量の汗《あせ》を拭《ぬぐ》った。

手にしたままだった剣《けん》を見やる。大勢の人間を斬《き》りつけたが、血一滴《てき》、脂《あぶら》ひとつついておらず、新品同様の輝《かがや》きだ。シィ・ク・ハート、王家の宝剣《ほうけん》にふさわしい逸品《いっぴん》ではある。

その後、木立からそっと顔を出してうかがうと、予想どおり、ディラ・ロゴス勢は大混乱に陥《おちい》っていた。

司祭たちが謎《なぞ》の死を遂《と》げるや、空を舞《ま》い、地を駆《か》ける魔獣《まじゅう》たちの群れが忽然《こつぜん》と失われたのだ。

「な、何事だ！」

無敵の援軍《えんぐん》になるはずの魔獣《まじゅう》が消えてしまって、青ざめた顔を見あわせる兵たちは動揺《どうよう》いちじるしく、攻《せ》めあがってくるクルスたちの勢いに押《お》されてしまう。

ギュネイはさらに仕上げとばかり、力を振《ふ》り絞《しぼ》って甲冑《かっちゅう》の姿を変えた。ディラ・ロゴス勢における伝令兵の扮装《ふんそう》だ。機動性を重視した薄手《うすで》の甲冑《かっちゅう》であり、手にした長い槍《やり》に白い布をくくりつけている。槍《やり》のほうはあらかじめ地面の下に隠《かく》しておいたものだった。

彼《かれ》は木立のなかから、なに食わぬ顔をして出てきて、陣地《じんち》を駆《か》けながら大声を張りあげた。

「ロンカー隊が敵と通じていた模様、司祭さまたちを急襲《きゅうしゅう》しました！」

だの、

「南方の崖《がけ》から敵部隊が接近。コルムさまをはじめとするそちらの司祭さまたちも全滅《ぜんめつ》！」

だのと、偽《にせ》の情報をわめき散らす。これが思ったとおりの効果をあげた。

確かに、これほど同時に陣地《じんち》のあちこちを襲《おそ》われては、味方の裏切りがあったか、敵が意外な方向から奇襲《きしゅう》をしかけてきたと思《おも》い込《こ》んでも仕方がない。ギュネイは地形ばかりか、ディラ・ロゴス勢の主だった将兵の名前も、また彼《かれ》らの配置も記憶《きおく》している。情報としては大きい。

「どこそこの隊が裏切ったから司祭が襲《おそ》われた」「なにがしが勝手に持ち場から逃《に》げたから奇《き》襲《しゅう》を防げなかった」というまやかしの報告にも現実味がある。

ディラ・ロゴス勢はにわかに崩《くず》れた。

「ま、待て、踏《ふ》みとどまれ、雄々《おお》しく戦えば必ずや神のご加護はわれらに——」

部隊の指揮官がなんとか混乱を押《お》しとどめようとするのだが、神どころか、味方すらも信じられないのでは加護もなにもない。槍《やり》を突き立《た》てられて、矢を射かえされ、馬に踏《ふ》みつぶされて、次々と陣地《じんち》を乗《の》り越《こ》えられてしまう。

「こ、これは、どうしたことだ？」

陣地《じんち》を築いた丘《おか》の頂上地点、コンラットと同じく馬車で赴《おもむ》いていたロゥラは、勝ちいくさの見物と決め《き》込《こ》んでいたのだが、兵たちが雪崩《なだれ》を打って引きかえしてくる現場を目の当たりにして青ざめている。

「なんだ、このありさまは！　くそっ、わたしが出るぞ。わたしのミスラで敵の群れなんか引《ひ》き裂《さ》いてやる！　そうすれば兵どもも……」

「おやめください、お嬢《じょう》さま。本当に、それはもう真剣《しんけん》に」

イシスがロゥラを羽交《はが》い絞《し》めにしているあいだにも、いくさの趨勢《すうせい》は決まりつつあった。

「諸君！」クルス・アインが剣《けん》を振《ふ》りあげながら叫《さけ》ぶ。「正義と勝利はわれらにあり。敵はすでにもろくも崩《くず》れ去《さ》っている。なぜか？　無論、英雄《えいゆう》のご活躍《かつやく》があったからにほかならない。各々《おのおの》、剣《けん》を掲《かか》げよ、声を揃《そろ》えて英雄《えいゆう》を迎《むか》えるのだ！」

〈黒狼《こくろう》の騎士《きし》〉が登場したのはようやくこの時点になってからだ。

伝令兵としての役割を終えたギュネイは、またも人目のつかない場所に駆《か》け込《こ》んで甲冑《かっちゅう》の姿を戻《もと》していた。

（あちこちで着替《きか》えて、まあ、大変なこと）

子供時代、祭りの日にやらされた芝居《しばい》の経験を思い出す。あのときも、ひとりで何役も押《お》しつけられていたから、舞台《ぶたい》の袖《そで》に引《ひ》っ込《こ》んではしょっちゅう着替《きか》えさせられていた。

（ガキの芝居《しばい》か。本当にそうだ）

手を振《ふ》って兵たちの声に応じながら、〈黒狼《こくろう》の騎士《きし》〉はちらりと思う。芝居《しばい》というなら、これまでも、そしていまだってそうなのだ。

(いいさ、実におれらしい戦い方じゃないか)

ちらりとこのとき、ギュネイは兵たちの集団の片隅《かたすみ》にディドーの姿を見つけた。弓を手にしている。兵たちを激励《げきれい》するように歩いていきながら、小声で、

「戦ってくれたのか」

という。ディドーは険しすぎる表情を見せた。

「そのつもりで弓を取った。しかし……矢が当たらん。一本も、まったく、これっぽっちも。かつての味方に、気が引けるものがあるのか……いや、馬鹿《ばか》な、わたしとて、戦士の端《はし》くれ。覚悟《かくご》を決めた以上は、引きかえしはしない……なのに、ええい、くそ。おまえのせいだ」

「おれのせいか」

「おまえが、わたしの放つ矢をことごとく斬《き》り落としたりするからだ。それで……、もういい。こっちの問題だ。さあ、まだいくさは終わってないのだろう!」

ディドーに背中を押《お》されて、ギュネイはそのとおりだと思った。

その後、兵たちが引いてきた馬に跨《また》がり、敵陣《てきじん》へと進む。敵兵は憐《あわ》れなほどに右往左往していた。それでも、こちらにかかってこようとする気概《きがい》を見せる者もいるにはいたが、

「ここまでだ!」

ギュネイはこれも芝居《しばい》の台本を読みあげるかのように、いささか大仰《おおぎょう》に声を張った。

このまま兵を進めれば、陣《じん》を落とせるには落とせるだろう。だが、剣《けん》のみでこの事態を片づけてはならない、とギュネイは決めていた。それでは王家とロゥラ派に禍根《かこん》を残すのみだ。だから言葉で呼びかける。

「これ以上の戦いは双方《そうほう》にとっても無益だ。各々《おのおの》、剣《けん》を、槍《やり》をおさめよ。われらが主、ミネルバ王女殿下《でんか》は決して方々との戦いを望んではいない。諸国との融和《ゆうわ》をなす前に、まずはわれらが兜《かぶと》を脱《ぬ》ぎあって、互《たが》いを理解すべきであろう。すべてはランドールのためだ」

「なにをいうか！」

丘《おか》のてっぺんから叫《さけ》ぶのはロゥラだ。イシスに身動きを封《ふう》じられながらも、駄《だ》々っ子《こ》のように足を踏《ふ》み鳴《な》らしながら、

「仕掛《しか》けてきたのはそっちじゃないか！　こ、こんなにたくさんの兵をつれて……融和《ゆうわ》だと？　最初からおまえたちが『兜《かぶと》を脱《ぬ》いで』、神のご意志に従っていれば、互《たが》いの兵をもって、ダスケスなどはたやすく打ち破れたのだ！」

「神のご意志、とそれこそたやすくいうものではない。われらに神への信仰心《しんこう》はあっても、あなた方が都合よく解釈《かいしゃく》した命令に従う義務はない」

「ふざけるな！　わたしたちが……わたしの父が、叔父上《おじうえ》が、みんなが、神のご降臨のためにどれだけ血を流して戦ってきたと思っている！　そのわたしたちの命令に背《そむ》いて、なにが信仰《しんこう》

心だっ」

「あなた方だけではない！」

ギュネイはここぞとばかりに叫《さけ》んだ。これまでのものと異なり、あきらかに怒《いか》りの感情を乗せたその声に、ロゥラばかりか、クルスや、ディドーまでもがはっとなる。

「戦ってきたのは、あなた方だけではない。あるものか！　王家も、兵も、民《たみ》も戦った。血を流して傷ついた。誰《だれ》もが親兄弟や、昨日までの隣人《りんじん》を失って悲しみに暮れたのだ。戦いが終わったあとも、領土は荒廃《こうはい》した。人々はさらなる苦境に落とされた。それがようやくミネルバ王女のもと、国が再興しようとしているいま、神がなんでこれをお喜びになられぬはずがあるか。なんでいままたこれ以上の争いをお望みになられるや。考えよ。神はあなた方だけのもとにあるはずはないということを！」

その叫《さけ》びに、ロゥラは返す言葉を失い、敗戦後の苦しみを知る人々は敵味方かかわらず胸を打たれた。ただひとり、遠くの木立からこれを聞いていたリーリンだけが呆《あき》れかえっていた。

（この方は、どういう立場でものをいってるんだろ？）

一瞬《いっしゅん》、戦場とは思えないほどの静寂《せいじゃく》が舞《ま》い降《お》りた。

怪我人《けがにん》のあげるかすかな呻《うめ》き。血と死臭《ししゅう》を運ぶ風。空には変わらず、暗い雲がかかっている。

ロゥラがなにかいいかえそうと、必死に頭を振《ふ》り絞《しぼ》っていると、そのとき、傍《かたわ》らに馬車が進み出てきた。ロゥラの乗っていたものではない。馬車の横っ腹には、太陽を抱《だ》いて丸くなった

黒い狼《おおかみ》の絵が描《えが》かれている。

「あらわれたか、〈黒狼《こくろう》の騎士《きし》〉」

近くにいたロゥラはおろか、陣《じん》を挟《はさ》んで下方にいたギュネイさえ耳を塞《ふさ》ぎたくなるほどの大《だい》音声《おんじょう》が轟《とどろ》いた。

「いいたいことはそれでしまいか。わかるとも、おまえの言葉は。理解できるとも。そう、神はわれらのもとだけにあるのではない。おまえたちのもとにも、そして、本来は憎《にく》むべきエレイノア、ダスケス、フォーゼのもとにも神はある。ありつづける。だが、そうあってさえ、人は争いつづけて、奪《うば》い、奪《うば》われて、殺し、殺されていく。だからこそだ。だからこそ、もはや信仰《しんこう》の形をも変えねばならぬ。見えぬ神のお姿を見ようと必死に目を凝《こ》らし、聞こえぬ神のお声を聞こうと懸命《けんめい》に耳を傾《かたむ》ける――、そのていどの信仰《しんこう》すらままならぬ愚《おろ》かな人々のために、いまこそ、真実の神のお姿が必要とされるのだ。わかるか？　わかるまいな、王家や国といった古い枷《かせ》に縛《しば》られて、われらに弓引く者には」

馬車のドアが開いた。

そこから降り立ったコンラット。大司教ハーディンの弟にして、長らく近しい信者の前にも姿を見せなかった男が、いまようやくのことであらわれたとき。

王家の兵も、ディラ・ロゴス勢の兵たちも、等しく驚愕《きょうがく》の声をあげた。

それをひと言であらわすならば、〈異形〉だった。

3

アレフに斬《き》り飛ばされた右腕《みぎうで》はない。そしてこれも情報どおり、両脚《りょうあし》は揃《そろ》って失われていた。というのに、コンラットは誰《だれ》の介助《かいじょ》もなしに馬車から降り立って、丘《おか》の上を進んでいる。失われた部分を別のものが補っているからだ。それは黒い霧《きり》状の物質にも、半透明《とうめい》の管のようにも、海洋生物の触手《しょくしゅ》がいく千も寄り集まっているようにも見えた。いずれにせよこの世のものではなく、あえていいあらわすならば、〈異形〉。

「あ、あ、あ……」

ギュネイの背後で、ディドーのあげる声が聞こえた。この場にいる誰《だれ》がもっとも衝撃《しょうげき》を受けているかといえば、それは彼女《かのじょ》にほかならなかったろう。

（なんて奴《やつ》だ）

ギュネイは息を呑《の》む思いでディドーの父を——、かつて四天王といわれた男を見つめていた。

『あれ』は、魔《ま》獣《じゅう》のものにちがいない。別次元の生物を、自分の身体に宿している。つまるところ、複数の魔《ま》獣《じゅう》を召喚《しょうかん》したうえで、それを目には見えない鎖《くさり》でもってこの世につなぎとめつづけている。おそらくは日常的に。もし〈賢者《けんじゃ》〉ケイオロスがこの場にいたなら、（あり得ん。魔《ま》獣《じゅう》一体を、一タルンこの世にとどめているだけで、どれほど魔《ま》力《りょく》を消費するものか。奴《やつ》らの物質を現世で維持《いじ》するのも、奴《やつ》らの理解不能の精神を制御《せいぎょ》下におくのも、文字どおり心身を削《けず》る思いがするはずだ。なのに、複数を常にとどめおいて、おのれの肉体代わりにするだと？　奴《やつ》こそ人間じゃねえ、魔獣《まじゅう》そのものだ！）

驚《おどろ》きを通《とお》り越《こ》して笑い出してさえいたかもしれない。

身体の半分以上が人間のものではないコンラットの姿を見た者たちは、皆《みな》、やはり驚《おどろ》きに打たれたが、その後の反応は大きく割れた。信者たちが神々《こうごう》しいものを仰《あお》ぎ見《み》るような表情で十字の印を切ったのに対し、王家の兵たちは恐怖《きょうふ》に足がすくんだ。コンラットの姿はまさしく神と人間が一体になった信仰《しんこう》の極致《きょくち》にも見えたし、同時に、人としてあり得ない、あってはならない領域へと心身を売《う》り渡《わた》した、恐《おそ》ろしくもおぞましい化け物のようにも見えたのだ。

ギュネイもぞっとなっていた。異変の起こっている身体もそうだが、なによりギュネイが心底恐《おそ》ろしいと感じたのは、むしろ人間らしさをとどめているコンラットの、傷にまみれた顔。死相さえ浮《う》かびながらもなお勝利に執着《しゅうちゃく》するそのまがまがしい目つきが、人間ならではの凄《すさ》まじい、そして浅ましいまでの感情を露《あら》わにしている。

「真実の神のお姿だと？」ギュネイは自身を奮い立たせて、ふたたび大きな声を発した。「それこそ信仰《しんこう》の否定にほかならないのではないか、コンラット司祭。神そのひとが降り立たねば救われぬ地平に、もはや人の居場所などないではないか」

「おまえと神学的な議論をしている時間などはない、騎士《きし》よ。ここで交《か》わす言葉になど、まこと、糞《くそ》ひとかけらほどの価値もない。浅ましき人々が欲《ほっ》するのは、結局のところ、『力』であり、このうえもなくわかりやすい『結果』でしかないのだ」

「お、お待ちください、叔父《おじ》……叔父上《おじうえ》」

ロゥラが震《ふる》えながらも声をかけた。彼女《かのじょ》にも、叔父《おじ》の〈異形〉に満ちた姿は衝撃的《しょうげき》だったようだが、同時に、ある種の熱に憑《つ》かれてか、赤く、のぼせあがったような顔になって、

「叔父上《おじうえ》が出られるまでもありません……、わ、わたくしが、ここは、わたくしに……」

「さがっておれ」コンラットは姪《めい》のほうを見ようともせずにいった。「わたしとて、いくさの潮目はわきまえている。いまは力の出《だ》し惜《お》しみをすべきところではない。まずはこ奴《やつ》らを退けぬことには、二度目、三度目のいくさもあり得ぬ。そなたの父と夢見た理想郷も二度と訪《おとず》れぬということだ」

ロゥラが二の句を継《つ》げなくなったのは、その言葉に納得《なっとく》したからではないだろう。

コンラットの頭上に、例の『亀裂《きれつ》』があらわれていた。それも複数のナイフでいっぺんに、そしてでたらめに切りつけたかのように、長さも幅《はば》もばらばらの『亀裂《きれつ》』が見る間に増殖《ぞうしょく》していく。

はっとなったギュネイより、先に動いた者があった。

視界の端《はし》で弓を構えたのはディドーだ。矢をつがえている。鋭《するど》いその先端《せんたん》はしかし震《ふる》えていた。

（父上、もう、もうそれ以上は……）

そんな思いが、泣き出す寸前の幼子のような横顔からも痛いほど伝わってくる。

矢は放たれない。放たれるはずもない。ギュネイは宝剣《ほうけん》を構えた。馬の脇腹《わきばら》を蹴《け》りつけるや、疾走《しっそう》を開始。柵《さく》をひとつ、二つと飛《と》び越《こ》えて、丘《おか》を一気に駆《か》けあがる。十字を切る兵らの姿を左右にしたあと、岸壁《がんぺき》にしぶきをあげる波のようにせりあがった人馬の姿が、そのとき空中で二つに割れた。

「覚悟《かくご》」

馬から飛び降りたギュネイは、コンラットの頭部を眼下にしていた。剣《けん》を振《ふ》りあげる。自分はこれで、ディドーにとっても父の仇《かたき》になる。構うまい。王女ミネルバもいく多の感情を呑《の》んで覚悟《かくご》をした。その『剣《けん》』だと自認《じにん》するギュネイが、いまさらためらってはならない。

シィ・ク・ハートの一撃《いちげき》はコンラットの頭を一瞬《いっしゅん》にして粉砕《ふんさい》するはずだった。しかしその寸前に大きな力で弾《はじ》かれた。空中でよろめいたギュネイがコンラットの傍《かたわ》らに着地。なおも一撃《いちげき》を見舞《みま》おうとしたが、再度弾《はじ》かれる。

頭上にある『亀裂《きれつ》』から霧《きり》を色濃《いろこ》く凝縮《ぎょうしゅく》したような物質があらわれては、コンラットの周囲に吸い寄せられている。〈黒狼《こくろう》の騎士《きし》〉の剣《けん》を弾《はじ》いたのも同じ物質だ。

（魔獣《まじゅう》を盾《たて》にしているのか？）

そう思いかけたギュネイだったが、瞬間《しゅんかん》、兜《かぶと》の下で目をひん剝《む》いた。

本来、この世に召喚《しょうかん》された時点でなんらかの姿を取るはずの魔獣《まじゅう》が、空中で黒い絵の具を重ね塗《ぬ》りしたようなべったりとした渦《うず》を巻くや、コンラットの身体に次々と吸収されているのだ。すると、まるであまりにも強いエネルギーの照射に耐《た》えがたくなったかのように、司教の身体が突如《とつじょ》、二倍、三倍にも膨《ふく》れあがった。一瞬《いっしゅん》、ギュネイは王城で戦った、ウー、ラーの兄弟を連想したが、膨張《ぼうちょう》率はその比ではない。一気に、人間ではあり得ないサイズにまで膨《ふく》れあがるとともに、その姿かたちもまた人間のものからかけ離《はな》れていく。

「騎士《きし》どの、おさがりを！」

背後から馬を進めてきたクルスが叫《さけ》ぶまでもなく、ギュネイはいったん後ろに跳《と》びさがった。左右に、クルスとやはり馬を進めてきたジルが並ぶ。三人が見あげる先、すでにコンラットは人間の面影《おもかげ》をとどめてはいなかった。

黒い稲光《いなびかり》で構成されたようなその四肢《しし》は、ひと目で獣《けもの》のものだと知れる。地面についた四つの脚《あし》は太く長く、一本ずつが大樹の幹であるかのようだ。そして黒々といまだ不定形のエネルギーが渦《うず》を巻く胴体《どうたい》部を経たその上に、狼《おおかみ》のものとよく似た頭部が口を掻《か》き開いていた。

「黒狼王《こくろう》」

叫《さけ》んだのは、信者のひとりだったか、あるいは王国軍の兵士だったか。

まさしくそれは神話に描《えが》かれる伝説の獣《けもの》のようだった。小さな城ほどのサイズはあろうかという獣《けもの》が前肢《ぜんし》をひと振《ふ》りする。ギュネイたちはとっさに跳《と》び離《はな》れたが、黒い爪《つめ》は空をも引《ひ》き裂《さ》くかのようであり、叩《たた》きおろされた地面は鳴動した。

呆然《ぼうぜん》となっていたロゥラの肩《かた》を抱《だ》いたイシスがすばやくその場を離《はな》れるあいだにも、信者たちは歓声《かんせい》を揃《そろ》え、王国軍の兵たちは悲鳴をあげた。なかには、王家に忠誠を誓《ちか》った兵であっても、急いでその場にひざまずいて十字を切る者もある。ランドール人にとっては、黒狼王《こくろう》はまさしく神の遣《つか》いだ。ハーディン大司教が押《お》しつけた神の教えとはかかわりなく、古くからの神話に伝わっている。

神話の具現化を前にして、さっきとは正反対に、王国軍のほうが士気をくじかれて、ディラ・ロゴス陣営《じんえい》のほうの意気があがった。その勢いの流転《るてん》と、彼我《ひが》の差には目がくらむほどに凄《すさ》まじいものがあったが、

（させるか）

ただひとり、ギュネイは、勢いに屈《くっ》することなく剣《けん》を片手に打ちかかった。コンラットはここでの勝利を『絶対』とさだめているようだが、それはギュネイとて同じだ。王女ミネルバの名のもと集ったこの軍勢が初戦で敗れるようなことになれば、王家の権威《けんい》は失墜《しっつい》する。コンラットの言ではないが、ギュネイとて戦いの勘《かん》どころはある。

「黒狼王《こくろう》などではない！」ギュネイは腹の底から声を響《ひび》きわたらせた。「民《たみ》のために太陽を喰《く》らう神の御使《みつか》いが、どうして民《たみ》を苦しめるものか！　わが剣《けんき》で斬り伏《ふ》せて、それを証明してやる」

巨獣《きょじゅう》の腕《うでき》を斬りつけるものの、一撃《いちげき》丸ごとがギュネイの身体に跳《は》ねかえったかのようだった。

かろうじて両足を踏《ふ》んばってそれを耐《た》えつつ、次の一撃《いちげき》を送る。

「ご助勢つかまつる！」

ひと声あげたクルスは、馬を飛ばして、巨獣《きょじゅう》の側面から斬《き》りかかった。

いずれも剣《けん》に関しては達人級の二人であるが、どちらの剣《けん》もあきれるほど効果をあげない。獣《けもの》の皮膚《ひふ》が硬《かた》い、というのではなく、その、黒光りする獣《けもの》の輪郭《りんかく》に触《ふ》れた端《はし》から鋼《はがね》が弾《はじ》きかえされていくのだ。あたかも最初から物質を『受けつけない』というように。

獣《けもの》が前肢《ぜんし》をひと薙《な》ぎした。ギュネイは後方に跳《と》びさがり、クルスは馬から飛び降りざるを得なかった。馬のほうはあわれ巨大狼《きょだいおおかみ》の爪《つめ》にかかり、ただひと撫《な》でされただけで木っ端《こ》《ぱ》のように吹《ふ》き飛《と》んだ。

「お二人とも、ここはわたしが」

クルスにつづいて、ジルも駆《か》け込《こ》んできた。剣《けん》で駄目《だめ》なら魔術《まじゅつ》で、という考えか。ギュネイ、クルスはあらかじめ段取りを決めていたかのように、側面から獣《けもの》の注意を引きつつ、ジルが巨《きょ》狼《ろう》の正面に立った瞬間《しゅんかん》、それぞれ左右に散った。

振《ふ》りあがったジルの腕《うで》が交差する。かつて『聖杯《せいはい》』から伸《の》び出《い》でていた青白い炎《ほのお》は、いまや彼《かれ》の腕《うで》そのものにとぐろを巻きつつ現出した。左右一対《つい》の炎《ほのお》が巨狼《きょろう》に躍《おど》りかかる。兵百人あまりを一瞬《いっしゅん》にしてこの世から消し去れるほどの炎《ほのお》だ。直撃《ちょくげき》すれば、いかに巨大《きょだい》な魔獣《まじゅう》といえど、さすがにひとたまりもない——かと思いきや、ジル・オ・ルーンは青い炎《ほのお》をその手に得て以来、はじめての経験をした。

確かに炎《ほのお》は狼《おおかみ》の首から上を包んだ。だというのに、魔獣《まじゅう》は消えもせず、傷つきもせず、さらには微動《びどう》だにせず。

愕然《がくぜん》となったジルに、魔獣《まじゅう》は巨体《きよたい》を跳躍《ちょうやく》させて跳《と》びかかった。瞬間《しゅんかん》、

「こっちだ、コンラット！」

ギュネイは魔獣《まじゅう》の背後にあった櫓《やぐら》へと跳《と》びついていた。またも櫓《やぐら》を次々と蹴《け》りあがって頂上へ。そこから身を躍《おど》らせて、魔獣《まじゅう》の額へと剣《けん》を打ちおろした。

しかし急降下の勢いを得ても剣《けん》は通らない。咄嗟《とっさ》に魔獣《まじゅう》の顔にしがみつこうとした。が、魔《ま》獣《じゅう》の『感触《かんしょく》』が甲冑《かっちゅう》越しに伝わった瞬間《しゅんかん》、ギュネイは総毛立った。それは柔《やわ》らかくも硬《かた》くもなく、およそ、血肉の通った皮膚《ひふ》の感触《かんしょく》とは異なっていた。

反射的にギュネイは飛び離《はな》れて、ふたたび櫓《やぐら》に取りつく。が、そのときには姿勢を反転させた狼《おおかみ》の前肢《ぜんし》が迫《せま》っていた。櫓《やぐら》が一撃《いちげき》で粉砕《ふんさい》。

ギュネイは寸前に横っ飛びをして、地面に降り立っていた。が、しかし——。

ギュネイ、クルス、ジル、生まれも経歴も異なれど、戦いの経験も実績も十分にあるという共通点を持った三人が、一瞬《いっしゅん》、いくさばにあって呆然《ぼうぜん》となった。

なにも通じない。

ギュネイは信じがたい思いがした。たとえば、鋼《はがね》を弾《はじ》きかえすほどの皮膚《ひふ》を持った相手とな

ら戦った経験がある。四天王のひとりといわれた〈竜人《りゅうじん》〉ゴドイだ。しかしゴドイといえど、〈竜戦士《りゅう》〉の尾《お》にして、聖槍《せいそう》エル・スリーンをも防ぎきることはできなかった。あれはガイフレイムと同じく、魔法《まほう》と神竜《しんりゅう》の産物だ。しかし、いまのコンラットはどうか。最高の鋼《はがね》も、恐《おそ》るべき魔術《まじゅつ》も、まるで歯が立たない。エル・スリーンとておそらく同様ではないか。

「これぞ、奇跡《きせき》だ！」まるで狼《おおかみ》が遠吠《とおぼ》えをするように顔を上向けると、そこからコンラット自身の声が轟《とどろ》いた。「ようやく、ようやく見つけたぞ……、おまえらていどが振《ふ》るう武器も魔術《まじゅつ》も通じぬ深い深い領域を……、そこから生み出される無垢《むく》なる魂《たましい》の群れを……、おお神よ、神はいずこにおわすか。いまのわたしであれば、さらなる領域へ『手』を伸《の》ばすこともできるのではないか……わたし自らの『手』で、神をお導きすることも……」

魔術《まじゅつ》に詳《くわ》しくないギュネイには、コンラットの言葉など大半が意味不明だ。が、コンラットがいま、魔術《まじゅつ》であれ奇跡《きせき》であれ、ともかくそういう分野で兄のハーディン以上の才と力を発揮しているのではないか、とも思えた。とともに、

（ここで死ぬつもりか、コンラット）

とも思った。馬車から降り立った、まだ人間らしい姿をとどめていたときでさえ、その顔には死相が色濃《いろこ》かった。ギュネイとて、ガイフレイムを装着しているいま、魔力《まりょく》が――ケイオスいうところの意識の力が――じわじわと奪《うば》われているのだ。このうえ、さらに人間離《にんげんばな》れした力を行使したのでは、もはやコンラットがコンラット自身に戻《もど》れるかどうかも怪《あや》しい。いや、

もはや彼《かれ》は正常な意識を保ってはいないのではないか？

考えていられる時間などはなかった。

コンラットの声を発する巨狼《きょろう》は、ギュネイめがけて跳《と》びついて、爪《つめ》を振《ふ》るい、尻尾《しっぽ》を叩《たた》きつけてこようとする。ギュネイはそのたび身を躍《おど》らせてこれをかわすのだが、なにしろ相手が常識離《じょうしきばな》れした巨体《きょたい》であるのに加えて、信じがたいほどに敏捷《びんしょう》だ。一撃《いちげき》をかわしても、体勢をととのえきれないうちにさらに次の一撃《いちげき》が来る。

いたるところで櫓《やぐら》が壊《こわ》れ、柵《さく》が踏《ふ》みつぶされていって、地面が陥没《かんぼつ》するなか、クルス、ジルも、剣《けん》と魔術《まじゅつ》をもってなんとか一矢報《いっしむく》いようとするのだが、巨獣《きょじゅう》には傷ひとつつけられない。

「神よ、神よ！」

「われらに慈悲《じひ》を、われらに力を、われらに勝利を！」

信者たちが口々に叫《さけ》んだ。彼《かれ》らにとって、黒狼王《こくろう》が神の敵を蹂躪《じゅうりん》するさまは、神そのひとが地平に降り立ったのと同じくらいの感動と感慨《かんがい》があるのだろう。祈《いの》りに夢中になるあまりに、戦場に取り残されて巨狼《きょろう》に踏《ふ》みつぶされる信者もいた。

（くそっ、まずいか――）

ギュネイは苦い味が口に広がるのを感じた。何度か経験がある。敗色濃厚《のうこう》のとき、唾液《だえき》に混じる味だ。手持ちにあるうちで、最強と目される剣《けん》も魔術《まじゅつ》も通じないとあっては、打開策を講じようもない。いや、唯一《ゆいいつ》、あるにはある。コンラットとて人間だ。ただでさえ深手を負っているコンラットがいつまでも常識離《じょうしきばな》れした力を振《ふ》るいつづけられるとは思えない。持久戦に持《も》ち込《こ》めばあるいは、という望みがないでもないが、ギュネイとて、先ほど死の淵《ふち》の入り口を覗《のぞ》き込《こ》みかけるほどに力を行使した身。いったいどちらの自滅《じめつ》が早いか——。

とそのとき、ひょうっとギュネイの頭上を一本の矢が飛んだ。それは巨狼《きょろう》を狙《ねら》うにしても大きく逸《そ》れていたが、黒い魔獣《まじゅう》はどうしてか、一瞬《いっしゅん》ぴたりと身動きを止めて、その矢が地面に突《つ》き刺《さ》さるまで、白濁《はくだく》とした目で追いかけた。

おかげで体勢を取《と》り戻《もど》したギュネイは、矢が放たれた方向を見た。果たして、そこには震《ふる》えながらも弓を構えるディドーの姿があった。あの一矢《いっし》は、父への牽制《けんせい》のつもりだったか。しかし彼女の表情には早くも後悔《こうかい》の色が濃《こ》い。

瞬間《しゅんかん》、過去のいろいろな光景や言葉がギュネイの脳裏《のうり》をよぎった。それは死者の魂《たましい》を数々『見送って』きたギュネイ自身の姿であり、ディドーと交《か》わしたいくつかの会話であり、フォーゼの聖騎士《せいきし》ジルが宿の部屋で語った言葉であり……、取りとめもないようでいて、しかし、それらはギュネイに、ある予感を抱《いだ》かせるにいたった。

ギュネイはすぐさまディドーのもとへと急いだ。

「ギュ、ギュネイ」ディドーはいままで見たこともないほど青白い顔をしていた。「あ、あれが、父か。黒狼王《こくろう》……そうなのか。し、しかし、あれでは、父は、父はいったい……」

あきらかに混乱している。無理もない。時間さえ許されれば言葉を尽《つ》くして説得したいとこ

ろだったが、

「ディドー、きみの力が必要だ」

ギュネイは口早にいった。

「前にいったな。父に会って、話してみたいと。いくさばで説得する覚悟《かくご》だとも」

「あ、ああ、ああ、いったとも。いったさ！　だけど、あの父に、わたしごときがなんといえばいいのだ？」ディドーは眉《まゆ》を震《ふる》わせながらも、自虐《じぎゃく》めいた笑いを覗《のぞ》かせた。「あんなお身体になっているとは、娘《むすめ》のわたしでさえ知らなかった、知らされていなかった……。ち、父は、あれほどの、お覚悟《かくご》なのだ。わたしが、なにをいったところで……」

「伝わらない？　ここで伝わらなければ、この先、永遠にそうだろう。きみは父に口を利《き》けない振《ふ》りをして、なにも見えない振《ふ》りをして、なにも考えない馬鹿《ばか》の真似《まね》までして、父についていくつもりか？　ランドールに忌《い》まわしい戦火を招きつづけながら」

「そ、それは、しかし……」

「もう一度矢を射てくれ」ギュネイはディドーの両肩《りょうかた》に手を置いて、突然脈絡《とつぜんみゃくらく》もなくそういった。「今度は牽制《けんせい》じゃない。確実に当てるんだ」

当然のことながら、ディドーはぎょっとしたように目をみはった。

「馬鹿《ばか》な。あ、あれは、父だ……どのようなお姿になろうとも、父に、矢を当てるなど」

「大丈夫《だいじょうぶ》だ」

「なにが大丈夫《だいじょうぶ》なものか！　そ、それに、おまえの剣《けん》でも、あの男の炎《ほのお》でも通じないのなら、わたしの矢がいったいなんの役に立つものか！」

「なら、当てても問題ない。そうじゃないか？」

背後では、クルスとジルが絶えず移動をつづけながら、各々《おのおの》の攻撃《こうげき》を巨狼《きょろう》に見舞《みま》っている。しかし、相変わらず、黒光りするその身体には効果がまるでない。

ディドーは自分の顔をおぼろに反射する兜《かぶと》にじっと目を凝《こ》らした。

「お、おまえ……。なにを、いったいなにを考えている？」

「いっただろう。おれが常に考えているのは、『勝つ』ためにはどうしたらいいか、ってことだけだ」

双蛇《そうじゃ》兵団の女刺客《しかく》は一瞬《いっしゅん》唇《くちびる》を閉ざしてしまったが、

「おれを信じろ、ディドー」

そういわれて、今度はぽかんと口を開けた。表情の変化が常にめまぐるしい彼女《かのじょ》だが、今度ばかりはギュネイのせいだろう。

「し、信じろだと？　おまえを、わたしがか？」

むしろこれまでギュネイのことを憎《にく》み——与《あた》えられた任務のせいばかりではなく——殺意さえ抱《だ》いて追いかけまわしていたのがディドーの立場だ。ランドール各地で、民《たみ》のために剣《けん》を振《ふ》るう彼《かれ》を遠目にしているときも、常に疑いの念を持って見張っていた。

「おまえを信じる？」

ディドーは笑おうとしたのだろう、口の両端《りようたん》を吊《つ》りあげながら息を吸おうとして——不意に、止めた。

「おれは、きみを信じる」ギュネイは肩《かた》にかけた手に力を込《こ》めた。「きみは、おれとずっといっしょにいた。おれと同じものを見てきた。だからきみを信じる。任せたよ」

あとは返事も聞かず、ギュネイは孤剣《こけん》を携《たずさ》えながら、ふたたび巨狼《きようろう》へと立ち向かっていった。

取り残されたディドーは、しばし身動きが取れずにいた。

（まったくあの男は馬鹿《ばか》げている）

率直《そつちよく》にそう思う。これまで出会ってきた者たちのなかで、あれほど馬鹿《ばか》げていて、あれほど理解不能な男がいたろうか？

（……いや）

身近なところにもいたな、と思いなおす。

（父上）

年に一、二度しか会えなくなっても、それ以前よりいっそう愛情のある笑顔《えがお》を向けてくれた父。ランドールの戦況《せんきよう》が逼迫《ひつぱく》するなか、双蛇《そうじや》兵団として呼び寄せられたときに、その笑顔《えがお》は消えていた。ディドーに自分のことを『父』と呼ぶことも許さなかった。

が、ディドーはそんな『父』を理解した。コンラット司教にとっては、もはや血のつながりは意味をなさないのだ。いまや父にとっては国民すべてが、守り、導くべき家族であって、そして神が降臨した暁《あかつき》には全世界の人々とて同じになる。

……そんな風に理解をしてきた『父』であったのに、いまの『父』は、ディドーにもわからない。ランドールや世界を救うどころか、いまだ血の滲《にじ》むランドールの傷口を刃《やいば》でさらに広げようとしているようにも思う。

「ディドー」

数か月前、御山の礼拝堂にて、双蛇《そうじゃ》兵団の主だった面々を呼び集めたコンラットは、ぶ厚い緞帳《どんちょう》で姿を隠《かく》しつつ、ひとりひとりに命令を与《あた》えたのち、最後にディドーの名を呼んだ。

「おまえは〈竜《りゅう》戦士〉をやれ。最近、ザッハの田舎《いなか》村付近の盛《さか》り場《ば》に〈竜《りゅう》戦士〉が夜な夜なあらわれるという話がある。どこまで真実かはわからぬが、おまえは正体を隠《かく》して潜伏《せんぷく》し、時間をかけてでも奴《やつ》の居所を突《つ》き止《と》めて、必ずやその命を奪《うば》うのだ」

ディドーは身の引きしまる思いがした。が、まったく疑念がなかったかといえば嘘《うそ》になる。

（いま六英雄《えいゆう》に刃《やいば》を向けては、態勢のととのわぬランドールは諸国から格好の餌食《えじき》にされるのではないか）

と、そのときですら懸念《けねん》を覚えた。が、『父』の命令に異を唱えるなどは当時のディドーにはあり得ないことだ。「はっ」と踵《かかと》を揃《そろ》えて顎《あご》を引いたきり。

(話さなければいけなかった。姿を隠《かく》す緞帳《どんちょう》を引《ひ》き剝《は》がしてでも)

たとえ父娘《むすめ》の関係でなくなっていたとはいえ、同じランドール人として、未来のランドールを憂《うれ》える立場として、コンラットと交《か》わさねばならぬ言葉は山ほどあったはずだ。

悔《く》いても遅《おそ》い。

ただし遅《おそ》すぎはしない。言葉はディドーのなかにある。あのときの何倍にも増えて。

「こっちへ来い、コンラット！」

三十クルンほど前方では、ギュネイが剣《けん》を掲《かか》げて巨大《きょだい》な魔獣《まじゅう》を挑発《ちょうはつ》していた。ディドーの狙《ねら》いをつけやすくしようというのだ。ただでさえ危険な相手だというのに、自分から死の真《ま》っ只中《ただなか》へ飛《と》び込《こ》もうとしている。

(馬鹿《ばか》め)

ありとあらゆるものに毒づきながら、ディドーは弓を構えた。矢をつがえる。

(馬鹿《ばか》のギュネイ、馬鹿《ばか》のディドー、馬鹿《ばか》のコンラット！)

魔獣《まじゅう》が突進《とっしん》した。地響《じひび》きがする。足の裏から身体を突《つ》きあげられながらも、矢の狙《ねら》いはぴたりと定まっている。本人の素養と、血を吐《は》くような修練の賜物《たまもの》だ。まさか、『父』の敵を討《う》つべく磨《みが》いてきた腕《うで》をもって、『父』を狙《ねら》い撃《う》つとは。

(いや、わたしていどの矢でどうなるものか。せいぜい、『娘《むすめ》』の恨《うら》み言《ごと》と思って受け止めていただきたい)

ギュネイに向かって魔獣《まじゅう》の口が開いた。〈黒狼《こくろう》の騎士《きし》〉は動かない。あとは丸飲みにされるばかり。

同じ瞬間《しゅんかん》にディドーの手から矢が放たれた。風切る音。あやまたず魔獣《まじゅう》の額へと突《つ》き刺《さ》さる。

「どうだっ」

ディドーは声をあげたが、しかし、というべきか、やはり、というべきか、魔獣《まじゅう》は石つぶてをぶつけられたほどにも感じなかったらしい。額から矢尻《やじり》を生やしたまま、ギュネイを喰《く》らうべく首を振《ふ》った。双方《そうほう》の姿が重なりあう。次の矢をつがえかけていたディドーは、

(間にあわない)

思わず両目を閉じかけた。

そのときだ。

魔獣《まじゅう》が突然《とつぜん》、耳を圧するような咆哮《ほうこう》をあげたかと思うと、首を上向けて、身体をよじらせて、四本の脚《あし》で地団太を踏《ふ》みはじめた。激しい地鳴りを呼び起こしながら、巨狼《きよろう》はその身体を構成している黒い稲妻《いなずま》を激しく膨張《ほうちょう》させた。

(これ以上、さらに巨大《きよだい》化するのか)

と信者、兵士問わず、ほとんどの者がそう考えたろう。が、膨張《ほうちょう》の極《きわ》みに達した稲妻《いなずま》は、次の瞬間《しゅんかん》から、むしろ正反対に収縮をはじめた。まるで服の糸が急速にほどけていくかのように、巨大《きよだい》な狼《おおかみ》の輪郭《りんかく》が崩《くず》されては、見る見るうちに小型化していく。

すべての人間が息を呑《の》んで見つめるその先で、黒い稲妻《いなずま》は風に霞《かす》むかのように消えていった。あれほど圧倒的《あっとうてき》だった巨狼《きょろう》の姿はもはやない。そこにはただ、痩《や》せ衰《おとろ》えた男が倒《たお》れた姿のみがある。コンラットだ。肉体の失われた部分を補完していた〈異形〉も、やはり消えかかっていた。

突然《とつぜん》の、あまりに呆気《あっけ》ない幕切れに、ディドーをはじめとして、皆《みな》、声もない。

王国軍の兵士たちは、

(騎士《きし》どのだ、クルスどのだ。お二人がまたもやってくれたのだ)

と思ったろうし、信者たちは、

(な、なにごとだ。われらの祈《いの》りが足りなかったのか?)

と絶望したろう。

が、もっともこの事態を理解できていなかったのは、余人にあらず、当のコンラットだったかもしれない。ぎょろりと天を仰《あお》いだその目が、驚《おどろ》きと、受けた衝撃《しょうげき》の大きさをあらわしている。

「なにが起こった」

しわがれた声でそうつぶやいたコンラットは、傍《かたわ》らに黒い甲冑《かっちゅう》姿があらわれると、

「……なにを、した」

そう言《い》い換《か》えた。

4

死相をさらに色濃《いろこ》くしながらそう問いかけるコンラットも、

「わからないのか」

剣《けん》をおさめながらのギュネイの返事も、激戦ののちの態度としては相当におかしい。

「わかるはずがない」コンラットは唸《うな》った。「もう少しで、神そのひととさえ手をつなぎあわせる境地まで達しておきながら、いったいなにが、わたしを現世へ呼《よ》び戻《もど》したのだ。貴様《きさま》ていどの剣《けん》でも、あの男の魔術《まじゅつ》でもあるまい。いったいなんだ、なにをした、いえ」

（ケイオロスに似ているな）

ギュネイは思った。いついかなるときでも、知的好奇心《こうきしん》が旺盛《おうせい》で、それは時に戦いの勝敗や、自分の命よりも優先されることがある。

クルスやジルがそろそろと近づいていたが、ギュネイは手振《てぶ》りだけで「コンラットと話がある」と二人に伝えた。二人は納得《なっとく》したらしい、やや距離《きょり》を取りつつギュネイの前後に立って、息を呑《の》んで見つめる信者たちを牽制《けんせい》した。動こうとする者があれば、

「司教どのの死出の祈《いの》りぞ」ジルが機先を制して叫《さけ》ぶ。「勝者である〈黒狼《こくろう》の騎士《きし》〉どのが、礼を捧《ささ》げて聞き届けようというのだ。これも勝負のならい。邪魔《じゃま》はならぬ」

「好きなことをいう」コンラットは仰向《あおむ》けの体勢のまま嘆息《たんそく》した。「……が、やんぬるかな。もはや指一本自由にはならぬ。わたしも、兄のあとを追うしかないようだ。しかしこれで勝ったなどとはゆめゆめ思わぬことだ。わたしは黒狼王《こくろう》をこの地に舞《ま》い降《お》ろした。今日、戦いに参加した者たちにはそれが真実だ。信者たちはいっそう信仰心《しんこう》を高めるだろうし、噂《うわさ》を聞いた大勢のランドール人が、ロゥラの味方をしてもくれよう――」

「満足か」

「満足ではない。まだ答えを聞いていないのだ。いったい、わたしになにをした。そもそも、おまえは誰《だれ》だ？〈黒狼《こくろう》の騎士《きし》〉などと不遜《ふそん》な名をわたしの目の前で名乗るおまえは？」

ギュネイは周囲を見やった。クルス、ジルともに十分な距離《きょり》がある。ギュネイはコンラットの傍《かたわ》らに膝《ひざ》をついた。

「久方ぶりになる、コンラット司教。おれは、ギュネイ。世間では〈竜《りゅう》戦士〉と呼ばれている。ランドールでは〈邪竜《じゃりゅう》〉などと呼ばれることもあるようだが」

コンラットがふたたびぎょろっと目を剥《む》いた。

「なにっ、〈竜《りゅう》戦士〉？」

「信じられぬなら素顔《すがお》を見せてもよいのだが、いかんせん、司教はもともと、〈竜《りゅう》戦士〉の素《す》顔《がお》を知るまい」

「〈竜《りゅう》戦士〉――、まさか、いや……確かに、おまえほどの戦士、そうそういるとも思えぬが

「……」コンラットは何度か咳《せ》き込《こ》みながらも、受けた衝撃《しょうげき》は隠《かく》せない様子だった。「わが道を阻《はば》むほどの者となれば、確かに〈竜戦士《りゅう》〉はふさわしいが、しかしランドール王家の味方をする者としてはまったくふさわしくない。王女の味方をして信頼《しんらい》を得たのちに、その王女をも殺すなり、手なずけるなりして、国を乗っ取る気でいるのか？」

（こういうところは娘《むすめ》に似ている）

ギュネイはこみあげてくる笑いを押《お》し殺《ころ》して、

「そんな面倒《めんどう》はごめんこうむる」

とだけいった。コンラットは胸を弱々しく上下させながらも、険しい顔になった。

「信じられるものか、神の敵の言葉など。大体、〈竜戦士《りゅう》〉よ、おまえが生きてここにいる以上——」

「ああ、そちらからの贈《おく》り物《もの》は届いている。ディドーといったか。おまえの娘《むすめ》らしいな」

「娘《むすめ》……娘《むすめ》か」コンラットは青ざめた唇《くちびる》を噛《か》んだ。「そう呼ぶことを、あれが許してくれるかどうか……。まったくわたしは兄にとっては不甲斐《ふがい》ない弟であったが、娘《むすめ》にとっても同様の父であった。どちらも、貴様《きさま》のような賊《ぞく》の手にかかる運命を許してしまったのだから」

「おれに恨《うら》み言《ごと》をいうのは筋ちがいというものだ、司教。なにかいいたいことがあるなら、直接娘《むすめ》に伝えればいい」

「死ねばその魂《たましい》が天国にて巡《めぐ》り会《あ》う、か？　娘《むすめ》に会えるよう、祈《いの》りを唱えながら死んでいけ、と？　はっはっ、そのような、平凡《へいぼん》で、穏《おだ》やかな最期《さいご》など、このわたしにふさわしいものか」

「死ぬのを待つまでもない。ここに呼んでやろう」

ギュネイは立ちあがって、遠くからこちらを呆然《ぼうぜん》と見つめいてたディドーの名を呼んだ。

ディドーは驚《おどろ》いた様子だったが、それ以上に驚愕《きょうがく》したのは父のコンラットだ。

「なに、ディドーだと？　貴様《きさま》、ふざけるな……」

急に感情を激化させたためか、コンラットはこれまで以上に強く咳《せ》き込《こ》んだ。すると、口から黒っぽい血があふれた。それを見てついにたまらなくなったらしい、ディドーが足早に駆《か》け寄《よ》ってきて、

「父上……い、いや、し、司教さま。司教さまっ」

声高《こわだか》に叫《さけ》んだものの、それから言葉がつづかなくなった。コンラットの命の灯《ひ》が絶えつつあるのは誰《だれ》の目にもあきらかだ。ディドーの声は詰《つ》まり、目からは涙《なみだ》が止まらなくなった。がくりと膝《ひざ》を折って、コンラットの左手に触《ふ》れようとした。

が、なぜか——意地にでもなっているのか——コンラットは、娘《むすめ》のほうを見ようとしない。

娘《むすめ》の手に応じる動きも見せない。

「どうした」とギュネイが聞いた。「わからないのか。そこにおまえの娘《むすめ》がいる」

「なに？」

コンラットは目だけを左右にさまよわせた。ディドーとも目があった。ただし一瞬《いっしゅん》。すぐに

ふたたび表情を険しくさせて、

「おのれ……、自分で手にかけておいて、ここにいる、だと？　いるはずがなかろう！　はっ、家族を省《かえり》みなかったわたしにはふさわしい仕打ちであろうがな。神の敵に愚弄《ぐろう》されるいわれなどはない！」

命の灯《ひ》が費《つい》えかけたコンラットは、ついにはその視覚をも失ったのだろうか？　いや、そうではない。

ディドーは父に触《ふ》れた手を凝視《ぎょうし》していた。恐《おそ》ろしいものを見るような目つきだったが、それはコンラットに対してではない。傍目《はため》にしているギュネイにもわかった。それは、〈竜《りゅう》戦士〉が何度も何度も見てきた顔だった。ランドールへ来て間もないころ、あの焼け落ちた村のなかで、いっしょに水汲《みずく》みをした女の子があることに気づいたとき、同じ顔をしていた。

ギュネイは立ったまま『二人』の姿を見おろしながら、いった。

「そうだ。本当なら、いるはずがないんだ。コンラット、おまえの――あなたの娘《むすめ》ディドーは、おれのところにやってきた時点で、すでに亡《な》くなっていたんだから」

このとき――、

空を憂鬱《ゆううつ》げに這《は》っていた黒い雲が、ただの偶然《ぐうぜん》か、それとも神の奇跡《きせき》か、太陽の前からやはり物憂《ものう》げな仕草で遠のいた。さっと地表に降り注いだ光が、ギュネイ、コンラットの影《かげ》を色濃《いろこ》く引《ひ》き伸《の》ばすなか、ディドーの影《かげ》だけがいっこうにあらわれない。

ディドー本人はそれに気づいたのかどうか、固まったように動かずにいた。「馬鹿《ばか》な」ともいわない。あのときの女の子と同じ目、同じ顔をしている。

「あなたにおれの殺害を命令されて、フォーゼに包囲された山を脱出《だっしゅつ》しようとしたときだろうか。おそらくは、そのとき、フォーゼ軍が放った矢に当たって命を落としたんだろう。だが、ディドーには、なんとしてでもあなたの、父の命令を遂行《すいこう》し、国を再興せねばならない、という強い想《おも》いがあった。自分の死すら受け止められず、あるいは気づきもしなかったほどの。そしてこれもおそらく、ディドー亡《な》きあとも任務を遂行《すいこう》しようとした仲間たちについていって、おれの前にあらわれて、矢を放った」

「な、なにをいっている、貴様《きさま》」

コンラットが困惑《こんわく》の声をあげたのも無理からぬこと。ギュネイは、自分が出会い、声を交《か》わしてきて、矢を挟《はさ》んでの応酬《おうしゅう》を繰《く》りかえしてきたディドーは、亡霊《ぼうれい》であった、というのだ。

「おれは最初、おかしいと思った。いままでランドールを恨《うら》む亡者《もうじゃ》たちの姿を見たり、声を聞いたりしたことはいくらもあったけれど、ランドール人のそれははじめてだったから……、きっと、ランドールが、悪《あ》しき魔術《まじゅつ》で死者の魂《たましい》をも利用して、刺客《しかく》にしているんじゃないかと誤解をした。だから、〈賢者《けんじゃ》〉とはちがう意味でランドールを怪《あや》しみ、この国でいまなにが起こっているのかを知りたいと思った。そう、そうだとも、おれは、だから、ここに、来たんだ」

ギュネイはランドールの地を巡《めぐ》っていく途中《とちゅう》で、ごく平凡《へいぼん》な——といってはおかしいが——

ランドール人の魂《たましい》とも出会った。故郷を守るため〈赤目〉になることを志願したピーターという若者がそうだったし、すでに滅《ほろ》びた村で水汲《みずく》みをしていた女の子もそうだった。なぜ突然《とつぜん》ランドール人の魂《たましい》さえも知覚できるようになったか、その理由はいまだ定《さだ》かではないものの、ともかくも、ディドーが魔術《まじゅつ》で利用されているのではなく、地上に強い未練と執着《しゅうちゃく》を残して漂《ただよ》う、『ただの死者』であることも知れた。

「まったく」ギュネイは肩《かた》を落とした。「普通《ふつう》の人が死者の声を聞けないのはなぜだか知っているか？　決まっている、生きているほうが無限に背負《せお》い込《こ》むことになるからだよ」

〈黒狼《こくろう》の騎士《きし》〉はふたたび地面に膝《ひざ》をついて、装甲《そうこう》された右手にディドーの手を取り、左手にコンラットの手を取って、父娘《むすめ》のそれを重ねあわせた。

当初コンラットの顔は険しいままだったが、やがて当惑《とうわく》の表情へと移り変わり、それから大きな驚《おどろ》きに歪《ゆが》んだ。

「この手……この手は、まさか、本当にディドーなのか」

ディドーの目がはっと丸くなる。一瞬《いっしゅん》ためらうようだったが、ギュネイのほうを見たのも一瞬《いっしゅん》、すぐに重ねた父の手にすがりついた。

「ち、父上、おわかりになりますか、父上っ」

「お、おお、聞こえる、ディドー。確かにおまえの声だ。確かに……」

コンラットは一瞬《いっしゅん》、喜びの声をあげかけたが、すぐにそれが萎《しぼ》んだのは、〈竜戦士《りゅう》〉の言葉を思い出したからか。ディドーも、気づいたのだろう、実感したのだろう。ギュネイをにらむときも、ギュネイを怒《おこ》るときも、ギュネイに呆《あき》れるときも――、活《い》き活《い》きと輝《かがや》いていた目はその光を失いつつあり、また、そのしなやかな肢体《したい》も半ば霞《かす》みつつある。

「お許しを……わたしを、お許しください、父上」

「わたしは、おまえが、わたしになにを謝《あやま》る？」

「わたしは、父の命令を果たすことができませんでした。どうしても〈竜《りゅう》戦士〉を討《う》ち取《と》れず、それどころか、わたしは、父に、矢を放ちました――」

「矢を」

そうつぶやいたコンラットは、カッと目をみはった。

「そうか、そうであったか、あれは……おまえの矢であったか。だからなのだな。この世に存在するどんな強力な武器も魔術《まじゅつ》も、わたしが呼び寄せたあの肉体は傷つかないはずだった。しかし、おまえの――すでに死したおまえの矢は、おまえの思念そのものだ。だからわたしの思念にも届いたのだ」

口から黒い泡《あわ》をこぼしつつ、コンラットは合点がいったようにつづける。

「ああ、思い出した。おまえに射られたとき、頭にいくつもの光景がひらめいては消えていったのを。あれは、おまえがじかに見てきた光景なのだね。民《たみ》が苦しみに喘《あえ》いでいる姿を、それでも立ちなおっていこうとする姿を、わたしに伝えたかったのだね。ああ、伝わったとも、思い知ったとも。ほかの誰《だれ》に、言葉でそれを説明されたところで、おそらく、わたしは聞く耳を貸さなかったろうが……、わたしはあの瞬間《しゅんかん》、まさしく目が覚める思いがしたのだ。このままでは、わたしは、神の敵ではなく、愛する信者たちを喰《く》らうことになると。だからこうして、惨《みじ》めな姿をさらしてでも——、自ら、力を解いたのだろう」

「お、お許しを」

「いわずともよい！」

コンラットは怒声《どせい》を放った。それは、いま彼《かれ》が置かれている状況《じょうきょう》からすると信じがたいほどに大きく、鋭《するど》い声だった。

「死してなお、わたしの与《あた》えた任をやり遂《と》げようとしたおまえは、いま、死してなお、父の頬《ほお》を引っぱたいたのだ。わたしはいったはずだな？　ランドールでは、生まれも性別もかかわりなく、好きな道を選ぶことができるのだと。父に盾《たて》ついてでも、なにかをやり遂《と》げようとした、そんな、誰《だれ》よりもランドール人らしい道をおまえが選んでくれたのが、わたしには嬉《うれ》しいのだ」

「ち、父上……」

コンラットがゆっくりと重たげに瞬《また》きする。その目尻《めじり》からひと筋の涙《なみだ》を伝わせながら、「それに引《ひ》き換《か》え、わたしのほうは、檻《おり》のごとき古い因習に囚われていたのかもしれぬ」囁《ささや》くような声でいった。「わたしは多くのものを失った。兄も、神の理想も、かつてのランドールも、聖堂も、そして娘《むすめ》さえも。取りかえすことはもはや不可能でも、次の人間に同じ理想を託《たく》すことはできる。そう思い、ロゥラに道筋を残すべく、この命を使い切る覚悟《かくご》でいた。が、結局のところ、それは、自分や兄が生きた証《あかし》を残したい、われわれのしたことが無駄《むだ》ではなかったと思いたい、そんな、誰《だれ》よりも浅ましい気持ちからだったのかも知れぬ。くそっ、なぜいまになってこうもむざむざと思い知る羽目になるのか……。わたしは、わたしに残されていたはずの、たったひとつのもの――真実の信仰心《しんこう》までも失うところだったのだ」

コンラットは目を開き、またもぎょろりとした視線をギュネイによこした。

「〈竜《りゅう》戦士〉よ」

「ここに」

「よもや、兄の仇《かたき》に、わたしの不信心をたしなめられることになろうとは。ランドールは、この先、どうなる。また英雄《えいゆう》を気取る者どもが攻《せ》めてくるか」

「そうはさせないだろう」

「ほう、貴様《きさま》がか？」

「兵を集めたのも、司教に立ち向かうと決めたのも、王家の――ミネルバ王女のご意志によるもの。あなたとさえ戦ったのだ、王女は国を守るために必ずや力を尽《つ》くすだろう」

「王女。あの、ミネルバがか」

コンラットは半ば愕然《がくぜん》としてそういったが、ふと娘《むすめ》と重ねあわせた手を見やって、

「誰《だれ》もが子供のままではないということか」

ひとり言のようにつぶやいた。それから、

「使いの者をここへ。カスパーという男を指名しろ」

ギュネイがその言伝《ことづて》をクルス越《ご》しにディラ・ロゴス陣営《じんえい》へ伝えると、カスパーなる男が走ってきた。ギュネイが一瞬驚《いっしゅんおどろ》いたのは、その男が、ギュネイを面接した、あの『掌《たなごころ》の目』の男だったからだ。ともかく、カスパーはやはり司教の伝言を携《たずさ》えてふたたび陣営《じんえい》へ駆《か》け戻《もど》り、その後、ロゥラが、複数の兵とイシスに護衛されながら、恐《おそ》る恐《おそ》るこちらへ近づいてきた。

ロゥラは、〈黒狼《こくろう》の騎士《きし》〉を燃えるような眼差《まなざ》しでねめつけたが、コンラットの姿を見るなり、もはやそれどころではなくなって、その場に膝《ひざ》をついて泣きじゃくった。

「コ、コンラット司教、叔父上《おじうえ》――、おじさんっ。いなくならないで。もうわたしの前から誰《だれ》もいなくならないで！」

「おお、あまり身体を揺《ゆ》さぶるものではない。伝えねばならぬことがある。聞きなさい――」

「わたし、いますぐこいつらを皆殺《みなごろ》しにするわ！　邪教徒《じゃきょうと》どもの血を捧《ささ》げれば、神はきっとわたしの願いを叶《かな》えてくださる。だから……」

「大司教ハーディンの娘《むすめ》ロゥラ！　聞くのだ！」

コンラットが力を振《ふ》り絞《しぼ》って大声をあげると、さしものロゥラも雷《かみなり》に打たれたようにかしこまった。

その後、鼻を啜《すす》りあげるロゥラに、コンラットは、

「わたしのやり方はまちがっていたのだろう」と告げたうえで、「わたしはおまえの父が広めた信仰《しんこう》を、好きに利用して、この国をも操《あやつ》って、復讐《ふくしゅう》をなそうとした。おまえは同じ道を辿《たど》ってはならない。カスパー、わたしの手に触《ふ》れておけ。わたしの言葉が真実かどうか、おまえにはわかるはずだ。誰《だれ》に脅《おど》されたのでも、死に瀕《ひん》して弱気になっているのでもない。わたしは確かに悟《さと》ったのだ。……ロゥラ、今後は王家と協力し、わたしとも……おまえの父ともちがうやり方で、神を讃《たた》えて、国を再興するのだ。よいか……わかったなら、わかったというのだ。おまえの声で、そういうのだ……」

ロゥラが泣きながら発したひと言を、司教が聞き届けられたかどうかはわからない。大司教ハーディンの弟コンラットは、ここに永眠《えいみん》した。

ロゥラがわっと発した泣き声で、遠く離《はな》れていたディラ・ロゴスの僧《そう》たち、信者たちも、司教の死を知ったのだろう、いっせいに祈《いの》りを唱え、また涙《なみだ》ながらに十字を切った。

ギュネイは〈黒狼《こくろう》の騎士《きし》〉の扮装《ふんそう》のままそれを見つめていたが、

「少しいいか、六英雄《えいゆう》がひとり、〈竜《りゅう》戦士〉ギュネイどの」

大声でそう呼ばれたので少なからず驚《おどろ》いた。見ると、ディドーが手招いている。

「なにを焦《あせ》る？　わたしの声はほかの者には聞こえないのだろう」

くっくっと笑った。

ギュネイは憮然《ぶぜん》としながらもディドーのほうへ歩み寄った。

いくつかの群れからなる雲が、ことごとく中天から遠ざかりつつある。青い、目に染《し》みるような空の下、ディドーの影《かげ》だけがそこにはない。

「最初から気づいていたのか」

「……ああ」

「なんてことだ。おまえと会った時点で死んでいたなんて。自分のことと気づかないものなんだな」ディドーは女性にしては広めの肩《かた》をすくめた。「だからわざと逃《に》がしたり、正体を明かしたりしたのか。くそっ、舐《な》められたものだ。わたしが生きながらおまえの暗殺を計っていたなら、きっとおまえの剣《けん》は容赦《ようしゃ》なくわたしの首を刎《は》ねていたはずだ」

「ええと、多分。余裕《よゆう》がないくらい追《お》い詰《つ》められたんなら――」

「おうとも。わたしの弓でおまえは追《お》い詰《つ》められ、だからこそわたしを殺していた。そうだな?」

おかしな強要もあったものだ。ギュネイは仕方なしに頷《うなず》いた。

「そうなっていれば、おまえがランドールを見る目もいまとは随分《ずいぶん》変わっていたはずだ。わたしが死んでいたからこそ、おまえは死者の思いを汲《く》み取《と》って、戦っているときとはちがう目でランドールを見ていたのだから。結果、おまえは王家や民《たみ》を救った。そうだな?」

「自分のことだとてそう詳《くわ》しくはわからないけど、多分」

「なら、死んだ甲斐《かい》があったというものだ」

ディドーは笑った。

背後に大きく広がる、青く澄《す》んだ空に似つかわしい、そんな晴れやかなディドトの笑《え》みを、ギュネイははじめて見た。とともに、胸が大きく高鳴った。

（可愛《かわい》い笑い方をするんだな）

と、そう思ったのだ。そんな笑顔《えがお》で、

「おまえはどうやら、死者の願いを聞き届けずにはいられない性質のようだな」

なにやら面白《おもしろ》いことを思いついた、というような声を出す。

「そ、そんな厄介《やっかい》な性質を背負《せお》い込《こ》んだ覚えはないぞ」

「いいや、おまえのことはずっと見てきた。わたしにもそれくらいのことはわかる。そうか、なら、せっかく死んでいるこの立場をもう少し利用してやるとしよう。おまえを縛《しば》りつけてやる」

「な、なにをする？」

ギュネイが驚《おどろ》いたのは、ディドーがその場にひざまずいて、さらに両手を組みあわせると、なにやら涙《なみだ》に潤《うる》んだ目で見あげてきたからだ。

「〈竜《りゅう》戦士〉ギュネイさま、お願い申しあげます。どうかこれからもランドールのためにそのまたとない力をお貸しくださいませ」

「や、やめろ」

「苦境に喘《あえ》ぐ民《たみ》のため、孤高《ここう》かつお寂《さび》しい王女ミネルバ殿下《でんか》のため、ロウラさまのため。あなたの剣《けん》が常に彼《かれ》らの救いとなりますよう。それと、ストリゴイの森とデボラの川の狭間《はざま》にわたしの生まれ故郷があります。いつかそこに赴《おもむ》き、わたしの母に、父とわたしの最期《さいご》をお伝えください。親不孝者の娘《むすめ》をお許しください、ともお伝えください。あと、飼っている犬がいるのでぜひ頭を撫《な》でてあげてください。あと、ストリゴイの北に、祖父母が住んでおります。いつか、ハーディン大司教が都に招こうというのを拒《こば》んで、質素で平和な生活を営んでいる善良な方々です。彼《かれ》らにも同じことを伝えてくださいませ。あと……」

「ま、まだなにかあるのか」

ギュネイがうんざりして目を逸《そ》らそうとした。

「おまえのままでいてくれ」

「えっ？」

ギュネイがあわてて目線を戻《もど》したときには、ディドーの姿は半透明《とうめい》になっていて、身体の向こうにあるはずの景色がうっすら透《す》けて見えていた。

「おれを信じろ、とおまえはいった。それはわたしとの『約束』だ。死者相手ゆえに、決して不履行《ふりこう》のかなわぬ約束だ。わたしが信じられるおまえでいろ。ずっと、永遠に」

「――」

「ありがとう、ギュネイ。あなたは確かに英雄《えいゆう》だった」ディドーは幼子のように、顔いっぱいで笑《え》みを表現した。「そうだ、母の家にいったなら、フルーメンティーをご馳走《ちそう》してもらうといい。とっても美味《おい》しいよ。わたしもいっしょに……」

雲を吹《ふ》き散《ち》らした風がそのとき地上にも吹《ふ》いて、ひとりの笑顔《えがお》を、はるか向こうへとつれさってしまった。


その後。

ゴードン王子率いる軍勢が王都間近まで迫《せま》ったが、ダスケス第二王子ブルートと、いよいよ公《おおやけ》に名乗りをあげたランドール王女ミネルバとが、ともにゴードン王子の陣営《じんえい》にまで足を運んだ。

さしものゴードンも、この二人にじかに説得され、また、討《う》つべき相手として名指ししていたコンラットがすでに亡《な》くなったと聞かされては、隊を引きあげざるを得なくなった。

が、去り際、

「どうにも貴国がきな臭《くさ》いのは確かなようですな。もはや弟のみには任せてはおけない。というよりこれは、ランドールを取り巻く諸国全体の問題であります」

王女にそういった。

ミネルバも名乗りをあげた以上は、これですべてが片づいた、などとは考えていない。

むしろこれからが、ランドールの生き残りと再興を賭《か》けた大勝負となろう。

(願わくは)

王女は馬車に乗《の》り込《こ》みながら、見えない目をランドールの荒地《あれち》に向けた。

（その勝負が、剣《けん》と魔術《まじゅつ》のぶつかりあいのたぐいにならぬことを。もう命のやり取りは懲《こ》り懲《ご》りだ）

その願いは〈竜《りゅう》戦士〉も等しく胸に抱《いだ》いたものだったろう。が――、

若き二人の願いは、数日後にもはかなく打ち破られる運命にあった。

あとがき

しょっぱなから、言い訳をひとこと。

すうーっ（息を吸う）。

「原稿《げんこう》は、だいぶ前に書きあがっていたんだー！」

ふう。

まあ、諸事情ありまして、皆《みな》さんのお手もとに届いたのがこんなにも遅《おく》れた次第《しだい》。

申しわけありません。

お待たせしたぶん、いつもよりじっくり時間をかけて楽しんでいただけると、作者のみが喜びます。


『神を地上に降臨させるには、人間の器《うつわ》が必要』

というのはこの作品世界の設定で、まあ、ファンタジーとしてはそれほどに珍《めずら》しい設定でもないのだけど、シリーズの執筆《しっぴつ》途中《ちゅう》、わたしは妙《みょう》なことに頭を悩《なや》ませていました。

「ほかの作品からの既視感《きしかん》というか、この設定、自分でも一度書いたことなかったっけな。それも、プロになる以前に」

と頭をひねること数度。

「あ」

と、あるとき突然《とつぜん》思いいたりました。

それは昔の話。若い読者さんが「昔」と認識《にんしき》するよりもずっと前。いや、さらに前。

かの国民機スーパーファミコンに一本のRPGが誕生しました。

『グレイ・クエスト』

ご存じでしょうか。

高い評価を得ることはかなわず、ネット上に懐《なつ》かしむ声や攻略《こうりやく》情報のたぐいが載《の》ることもなく、有名でないどころか、発売リストの片隅《かたすみ》にさえ掲載《けいさい》されていないこのタイトル。

……それもそのはず、これは公式に発表されたものではなく、当時アスキーから発売されていた『RPGツクールSUPER DANTE』という、ユーザーがオリジナルRPGを作製できるソフトを使って、若かりしころの杉原智則《すぎはらとものり》が作ったゲームだからです。

「破壊神《はかいしん》ソロンを信仰《しんこう》する教団が、神をこの世に降臨させるべく、ふさわしい器《うつわ》を求めて世界各地を襲撃《しゅうげき》しはじめた。主人公グレイは、教団に生贄《いけにえ》として連れ去られた妹を救おうと単身立ちあがるのだが……。総プレイ時間およそ九〇《きゅうじゅっ》分の超《ちょう》大作がきみを大冒険《ぼうけん》へいざなう！」

というコピーで（ごく狭《せま》い世間に）発表された本作ですが、おそらくプレイした当時の友人たちの記憶《きおく》からもきれいさっぱり消え去っていることでしょう。覚えているのは作者本人だけです。

それほどはるか昔にも、本作と同じ設定を使っていたのですね。業《ごう》には抗《あらが》えないというべきか、まったく進歩がないというべきか。

——まあ、ともあれ、懐《なつ》かしい思い出に浸《ひた》った自分は、出版までに空いたこの時間を利用して、次回作の構想を練るだとか、小説全般《ぜんぱん》のスキルをあげるための勉強をするだとかはいっさいせずに、埃《ほこり》をかぶっていた『RPGツクール2000』を十数年ぶりに引っぱり出してきて、短編ゲームを作ったり、十年前に途中《とちゅう》で放棄《ほうき》していたゲームを完成させたり、「よーし、FC時代のドラ●エによく似た素材を使って、ぼくのかんがえたさいこうにおもしろいドラ●エを作っちゃうぞ！」と意気込《いきご》んですぐに挫折《ざせつ》したり、PC用最新作『RPGツクールMV』を買ったり。まるでおもちゃを買い与《あた》えられた子供同然に夢中になって、そろそろこの原稿《げんこう》のことも本格的に失念しそうになったころ、

「出版の日時が決まりましたので、ゲラの校正お願いします」

というお電話によって現実に帰還《きかん》したのが、わずか三日前でしょうか。

ふとわれに返ってみれば、目の前（HD）には、ゲームとも呼べない、ストーリーとキャラクターの出来損《できそこ》ないの山、山、山。未完成のキャラクターたちが、「おれたちに陽の目を」と伸《の》ばしてくる手をすべて振《ふ》り払《はら》い、決死の思いでツクールを閉じて、やはり未完成の原稿《げんこう》に立

ち向かう自分の背中は、きっと美しい。
おわかりでしょうが、杉原智則《すぎはらとものり》は『どく』と『マヒ』でどうにかなっています。宿屋で一泊《いっぱく》すれば治ると思いますので、読者の皆《みな》さま、またお会いできる日までさようなら……。

（と言いつつネットを見ながら）そうかあ、頑張《がんば》れば『2000』でもアクションRPGが作れるんだなあ。レトロなアクションRPGはいちばん好きなジャンルだからなあ、やってみたいなあ、作りかけのゲームは一度中断してこっちに挑戦《ちょうせん》してみようかなあ、いやでも、これ以前に中断したのが、三、四本……。

杉原智則《すぎはらとものり》

◉杉原智則著作リスト

「熱砂のレクイエム　鉄騎兵、跳ぶ！」（電撃文庫）
「熱砂のレクイエムII　協同戦線」（同）
「頭蓋骨のホーリーグレイル」（同）
「頭蓋骨のホーリーグレイルII」（同）
「頭蓋骨のホーリーグレイルIII」（同）
「頭蓋骨のホーリーグレイルIV」（同）
「ワーズ・ワースの放課後」（同）
「ワーズ・ワースの放課後II」（同）
「殿様気分でHAPPY！」（同）
「殿様気分でHAPPY！②」（同）
「殿様気分でHAPPY！③」（同）
「殿様気分でHAPPY！④」（同）
「レギオン　きみと僕らのいた世界」（同）
「レギオンII　きみと僕らのいた世界」（同）
「烙印の紋章　たそがれの星に竜は吠える」（同）

「烙印の紋章Ⅱ　陰謀の都を竜は駆ける」（同）
「烙印の紋章Ⅲ　竜の翼に天は翳ろう」（同）
「烙印の紋章Ⅳ　竜よ、復讐の爪牙を振るえ」（同）
「烙印の紋章Ⅴ　そして竜は荒野に降り立つ」（同）
「烙印の紋章Ⅵ　いにしえの宮に竜はめざめる」（同）
「烙印の紋章Ⅶ　愚者たちの挽歌よ、竜に届け」（同）
「烙印の紋章Ⅷ　竜は獅子を喰らいて転生す」（同）
「烙印の紋章Ⅸ　征野に竜の慟哭吹きすさぶ」（同）
「烙印の紋章Ⅹ　竜の雌伏を風は嘆いて」（同）
「烙印の紋章Ⅺ　あかつきの空を竜は翔ける（上）」（同）
「烙印の紋章Ⅻ　あかつきの空を竜は翔ける（下）」（同）
「放課後のフェアリーテイル　ぼくと自転車の魔法使い」（同）
「レオ・アッティール伝Ⅰ　首なし公の肖像」（同）
「レオ・アッティール伝Ⅱ　首なし公の肖像」（同）
「レオ・アッティール伝Ⅲ　首なし公の肖像」（同）
「レオ・アッティール伝Ⅳ　首なし公の肖像」（同）
「叛逆せよ！　英雄、転じて邪神騎士」（同）
「叛逆せよ！　英雄、転じて邪神騎士2」（同）

「てのひらのエネミー　魔王城起動」（角川スニーカー文庫）
「てのひらのエネミー②　魔将覚醒」（同）
「てのひらのエネミー③　魔軍胎動」（同）
「てのひらのエネミー④　魔王咆哮」（同）
「交響詩篇エウレカセブン　1　BLUE MONDAY」（同）
「交響詩篇エウレカセブン　2　UNKNOWN PLEASURE」（同）
「交響詩篇エウレカセブン　3　NEW WORLD ORDER」（同）
「交響詩篇エウレカセブン　4　HERE TO STAY」（同）
「交響詩篇エウレカセブン　ポケットが虹でいっぱい」（同）
「CANNAN（上）」（同）
「CANNAN（下）」（同）
「聖剣の姫と神盟騎士団Ⅰ」（同）
「聖剣の姫と神盟騎士団Ⅱ」（同）
「聖剣の姫と神盟騎士団Ⅲ」（同）
「聖剣の姫と神盟騎士団Ⅳ」（同）
「聖剣の姫と神盟騎士団Ⅴ」（同）
「聖剣の姫と神盟騎士団Ⅵ」（同）
「ブラッディ・ギアス」（同）

本書に対するご意見、ご感想をお寄せください。

電撃文庫公式ホームページ 読者アンケートフォーム
http://dengekibunko.jp/
※メニューの「読者アンケート」よりお進みください。

ファンレターあて先
〒102-8584　東京都千代田区富士見1-8-19
電撃文庫編集部
「杉原智則先生」係
「魔太郎先生」係

本書は書き下ろしです。

電撃文庫

叛逆《はんぎゃく》せよ！　英雄《えいゆう》、転《てん》じて邪神騎士《じゃしんきし》2

杉原智則《すぎはらとものり》

2018年5月10日　初版発行

発行者　郡司 聡
発行　株式会社KADOKAWA
〒102-8177　東京都千代田区富士見 2-13-3
0570-06-4008（ナビダイヤル）
装丁者　荻窪裕司（META＋MANIERA）
印刷　株式会社暁印刷
製本　株式会社ビルディング・ブックセンター

ISBN978-4-04-893831-0　C0193　Printed in Japan

電撃文庫　http://dengekibunko.jp/

電撃文庫創刊に際して

文庫は、我が国にとどまらず、世界の書籍の流れのなかで〝小さな巨人〟としての地位を築いてきた。古今東西の名著を、廉価で手に入りやすい形で提供してきたからこそ、人は文庫を自分の師として、また青春の想い出として、語りついできたのである。

その源を、文化的にはドイツのレクラム文庫に求めるにせよ、規模の上でイギリスのペンギンブックスに求めるにせよ、いま文庫は知識人の層の多様化に従って、ますますその意義を大きくしていると言ってよい。

文庫出版の意味するものは、激動の現代のみならず将来にわたって、大きくなることはあっても、小さくなることはないだろう。

「電撃文庫」は、そのように多様化した対象に応え、歴史に耐えうる作品を収録するのはもちろん、新しい世紀を迎えるにあたって、既成の枠をこえる新鮮で強烈なアイ・オープナーたりたい。

その特異さ故に、この存在は、かつて文庫がはじめて出版世界に登場したときと、同じ戸惑いを読書人に与えるかもしれない。

しかし、〈Changing Times,Changing Publishing〉時代は変わって、出版も変わる。時を重ねるなかで、精神の糧として、心の一隅を占めるものとして、次なる文化の担い手の若者たちに確かな評価を得られると信じて、ここに「電撃文庫」を出版する。

1993年6月10日
角川歴彦